ISBN 978-0-259-34903-7
PIBN 10631759

This book is a reproduction of an important historical work. Forgotten Books uses
state-of-the-art technology to digitally reconstruct the work, preserving the original format
whilst repairing imperfections present in the aged copy. In rare cases, an imperfection in
the original, such as a blemish or missing page, may be replicated in our edition. We do,
however, repair the vast majority of imperfections successfully; any imperfections that
remain are intentionally left to preserve the state of such historical works.

1 MONTH OF
FREE
READING

at

www.ForgottenBooks.com

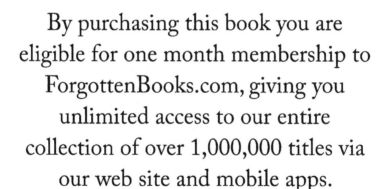

By purchasing this book you are eligible for one month membership to ForgottenBooks.com, giving you unlimited access to our entire collection of over 1,000,000 titles via our web site and mobile apps.

To claim your free month visit:

www.forgottenbooks.com/free631759

English
Français
Deutsche
Italiano
Español
Português

www.forgottenbooks.com

Mythology Photography **Fiction**
Fishing Christianity **Art** Cooking
Essays Buddhism Freemasonry
Medicine **Biology** Music **Ancient
Egypt** Evolution Carpentry Physics
Dance Geology **Mathematics** Fitness
Shakespeare **Folklore** Yoga Marketing
Confidence Immortality Biographies
Poetry **Psychology** Witchcraft
Electronics Chemistry History **Law**
Accounting **Philosophy** Anthropology
Alchemy Drama Quantum Mechanics
Atheism Sexual Health **Ancient History**
Entrepreneurship Languages Sport
Paleontology Needlework Islam
Metaphysics Investment Archaeology
Parenting Statistics Criminology
Motivational

VICTOR HUGO.

NOTRE-DAME DE PARIS.

VOL. II.

ADAPTED FOR USE IN SCHOOLS AND COLLEGES

BY

J. BOÏELLE, B.A. (UNIV. GALL.),

Senior French Master in Dulwich College; Examiner in French to the Intermediate Education Board, Ireland; Author of School Editions of 'Les Misérables,' 'Les Travailleurs de la Mer,' &c. &c.

CONTENTS:

WILLIAMS AND NORGATE,

14, HENRIETTA STREET, COVENT GARDEN, LONDON;
AND 20, SOUTH FREDERICK STREET, EDINBURGH.

1888.

LON
PRINTED BY C.
178, s

NOTRE-DAME DE PARIS.

Vol. II.

Chapter IX.

LA QUESTION.

GRINGOIRE et toute la Cour des Miracles[1] étaient dans une mortelle inquiétude. On ne savait depuis un grand mois ce qu'était devenue la Esmeralda, ce qui contristait fort le duc d'Égypte et ses amis les truands, ni ce qu'était devenue sa chèvre, ce qui redoublait la douleur de Gringoire. Un soir l'Égyptienne avait disparu, et depuis lors n'avait plus donné signe de vie. Toutes recherches avaient été inutiles.

Un jour qu'il passait tristement devant la Tournelle criminelle,[2] il aperçut quelque foule à l'une des portes du Palais de Justice.

'Qu'est cela? demanda-t-il à un jeune homme qui en sortait.

— Je ne sais pas, monsieur, répondit le jeune homme. On dit qu'on juge une femme qui a assassiné[3] un gendarme. Comme il paraît qu'il y a de la sorcellerie là-dessous, l'évêque et l'official[4] sont intervenus dans la cause, et mon frère, qui est archidiacre de Josas, y passe sa vie. Or je voulais lui parler, mais je n'ai pu arriver jusqu'à lui, à cause de la foule, ce qui me contrarie fort, car j'ai besoin d'argent.

— Hélas ! monsieur, dit Gringoire, je voudrais pouvoir vous en prêter ; mais si mes grègues sont trouées, ce n'est pas par les écus.'

Il n'osa pas dire au jeune homme qu'il connaissait son frère l'archidiacre, vers lequel il n'était pas retourné depuis la scène de l'église ; négligence qui l'embarrassait.

L'écolier passa son chemin, et Gringoire se mit à suivre la foule qui montait l'escalier de la grand'chambre.[5] Le peuple auquel il s'était mêlé marchait et se coudoyait en silence. Après un lent et insipide piétinement[6] sous un long couloir sombre, qui serpentait dans le palais comme le canæ intestinal du vieil édifice, il parvint auprès d'une porte bass qui débouchait sur une salle que sa haute taille lui permi d'explorer du regard par-dessus les têtes ondoyantes de l cohue.

La salle était vaste et sombre, ce qui la faisait paraîtr plus vaste encore.[7] Le jour tombait ; les longues fenêtre ogives ne laissaient plus pénétrer qu'un pâle rayon qu s'éteignait avant d'atteindre jusqu'à la voûte, énorme treill: de charpentes sculptées, dont les mille figures semblaier remuer confusément dans l'ombre. Il y avait déjà plusieu chandelles allumées çà et là sur des tables, et rayonnant su des têtes de greffiers affaissés[8] dans des paperasses. L partie antérieure de la salle était occupée par la foule ; droite et à gauche, il y avait des hommes de robe[9] à de tables ; au fond, sur une estrade, force[10] juges dont les de nières rangées s'enfonçaient dans les ténèbres ; faces imm(biles et sinistres. Les murs étaient semés de fleurs de l sans nombre. On distinguait vaguement un grand Chri: au-dessus des juges, et partout des piques. et des hallebard(au bout desquelles la lumière des chandelles mettait[11] d pointes de feu.

'Monsieur, demanda Gringoire à l'un de ses voisins, q font donc tous ces braves gens-là ?

— Ils jugent.[12]

— Ils jugent qui ? je ne vois pas l'accusé.

— C'est une femme, monsieur. Vous ne pouvez la vo˙ Elle vous tourne le dos, et elle nous est cachée par la foul Tenez, elle est là où vous voyez un groupe de pertuisanes.

— Qu'est-ce que cette femme ? demanda Gringoire. Save vous son nom ?

— Non, monsieur ; je ne fais que d'arriver.[14] Je présun seulement qu'il y a de la sorcellerie, parceque l'offici assiste au procès.'[15]

A ce moment, l'accusée se leva ; sa tête dépassa la foul Gringoire épouvanté reconnut la Esmeralda.

Elle était pâle ; ses cheveux, autrefois si gracieuseme nattés et pailletés de[16] sequins, tombaient en désordre ; s lèvres étaient bleues, ses yeux creux effrayaient.

'Huissier, dit le magistrat, introduisez la seconde accusé Tous les yeux se tournèrent vers une petite porte q s'ouvrit, et, à la grande palpitation de Gringoire, donna passage à une jolie chèvre aux cornes et aux pieds d'or. L'élégante bête s'arrêta un moment sur le seuil, tendant le cou, comme si, dressée à la pointe d'une roche, elle eût eu sous les yeux un immense horizon. Tout à coup elle aperçut la bohémienne, et sautant par-dessus la table et la tête d'un greffier, en deux bonds elle fut à ses genoux ; puis elle se roula gracieusement sur les pieds de sa maîtresse, sollicitant un mot ou une caresse ; mais l'accusée resta immobile, et la pauvre Djali elle-même n'eut pas un regard.

Jacques Charmolue intervint.

'S'il plaît à messieurs, nous procéderons à l'interrogatoire de la chèvre.'

C'était en effet la seconde accusée. (Rien de plus simple alors qu'un procès de sorcellerie intenté à un animal.)

Gringoire eut la sueur froide. Charmolue prit sur une table le tambour de basque de la bohémienne, et, le présentant d'une certaine façon à la chèvre, il lui demanda : 'Quelle heure est-il ?'

La chèvre le regarda d'un œil intelligent, leva son pied doré et frappa sept coups. Il était en effet sept heures. Un mouvement de terreur parcourut la foule. Gringoire n'y put tenir.[17]

'Elle se perd !'[18] cria-t-il tout haut ; vous voyez bien qu'elle ne sait ce qu'elle fait.

— Silence aux manants du bout de la salle !' dit aigrement l'huissier.

Jacques Charmolue, à l'aide des mêmes manœuvres du tambourin, fit faire à la chèvre plusieurs autres momeries[19] sur la date du jour, le mois de l'année, etc., dont le lecteur a déjà été témoin. Et, par une illusion d'optique propre aux débats judiciaires, ces mêmes spectateurs qui peut-être avaient plus d'une fois applaudi dans le carrefour aux innocentes malices de Djali, en furent effrayés sous les voûtes du palais de justice. La chèvre était décidément le diable.

Ce fut bien pis encore, quand, le procureur du roi ayant vidé sur le carreau un certain sac de cuir plein de lettres mobiles, que Djali avait au cou, on vit la chèvre extraire avec sa patte de l'alphabet épars le nom fatal : *Phœbus*.

La Esmeralda, elle, ne donnait aucun signe de vie ; ni les gracieuses évolutions de Djali, ni les menaces du parquet,[20]

couloir sombre, ui serpentait dans le palais comme le canal
intestinal du vie édifice, il parvint auprès d'une porte basse
qui débouchait ir une salle que sa haute taille lui permit
d'explorer du reard par-dessus les têtes ondoyantes de la
cohue.

La salle étai vaste et sombre, ce qui la faisait paraître
plus vaste encor.[7] Le jour tombait ; les longues fenêtres
ogives ne laissent plus pénétrer qu'un pâle rayon qui
s'éteignait avant d'atteind esqu'à la voûte, énorme treillis
de charpentes sulpt mille figures semblaient
remuer confusé Il y avait déjà plusieurs
chandelles allu es tab rayonnant sur
des asses. La

foule ; à
obe[9] à des
les der-
immo-
de lis
hrist
oardes
t[11] des

voisins, que

usé
ous ne pouvez
par

cte
erald
utrefoi
omba
eux e
troduis
ent vers

s'ouvrit, et, à la grande palpitation de Gngoire, donna passage à une jolie chèvre aux cornes et aux pieds d'or. L'élégante bête s'arrêta un moment sur le seil, tendant le cou,
comme si, dressée à la pointe d'une roch, elle eût eu sous
les yeux un immense horizon. Tout à cup elle aperçut la
bohémienne, et sautant par-dessus la tale et la tête d'un
greffier, en deux bonds elle fut à ses geoux ; puis elle se
roula gracieusement sur les pieds de sa nîtresse, sollicitant
un mot ou une caresse ; mais l'accusée reta immobile, et la
pauvre Djali elle-même n'eut pas un regad.

Jacques Charmolue intervint.

'S'il plaît à messieurs, nous procéderos à l'interrogatoire
de la chèvre.'

C'était en effet la seconde accusée. (Fen de plus simple
alors qu'un procès de sorcellerie intenté un animal.)

Gringoire eut la sueur froide. Charolue prit sur une
table le tambour de basque de la bohémine, et, le présentant d'une certaine façon à la chèvre, il lui demanda : 'Quelle
eure est-il ?'

La chèvre le **regarda** d'un œil intelligent, leva son pied
et frappa sept coups. Il était en eff sept heures. Un
nent de terreur parcourut la foie. Gringoire n'y

perd !18 cri   t haut ; voyez bien qu'elle
u'elle fait

           mai   !' dit aigrement

Charmolue,   es du

ni les sourdes imprécations de l'auditoire, rien n'arrivait plus
à sa pensée.[21]

Il fallut, pour la réveiller, qu'un sergent la secouât sans
pitié et que le président élevât solennellement la voix :

'Fille, vous êtes de race bohème, adonnée aux maléfices.
Vous avez, de complicité avec la chèvre ensorcelée, impliquée
au procès, dans la nuit du 29 mars dernier, meurtri et poig-
nardé, de concert avec les puissances de ténèbres, à l'aide
de charmes et de pratiques,[22] un capitaine des archers de
l'ordonnance du roi, Phœbus de Châteaupers. Persistez-
vous à nier?

— Horreur! cria la jeune fille en cachant son visage de
ses mains. Mon Phœbus! Oh! jamais!

— Persistez-vous à nier? demanda froidement le président.

— Si je le nie!' dit-elle d'un accent terrible, et elle s'était
levée et son œil étincelait.

Le président continua carrément :

'Alors comment expliquez-vous les faits à votre charge?'

Elle répondit d'une voix entrecoupée :

'Je l'ai déjà dit. Je ne sais pas. C'est un prêtre, un
prêtre que je ne connais pas ; un prêtre qui me poursuit !

— C'est cela, reprit le juge : le moine bourru.[23]

— O messeigneurs! ayez pitié! je ne suis qu'une pauvre
fille . . . .

— D'Égypte,' dit le juge.

Maître Jacques Charmolue prit la parole avec douceur :

'Attendu l'obstination douloureuse de l'accusée, je requiers[24] l'application de la question.

— Accordé,' dit le président.

La malheureuse frémit de tout son corps. Elle se leva
pourtant à l'ordre des pertuisaniers, et pas assez
ferme, précédée de Charmolue et des ja pour le fficialité,
entre deux rangs de hallebardes, vers soi. bâtarde qui
s'ouvrit subitement et se referma sur ce qui fit au triste
Gringoire l'effet d'une gueule qui venait de la
dévorer.

Quand elle disparut, on entendit un bêlement plaintif.
C'était la petite chèvre qui pleurait.

L'audience fut suspendue.[25]

Après quelques degrés montés et descendus dans des couloirs si sombres qu'on les éclairait de lampes en plein jour, la Esmeralda, toujours entourée de son lugubre cortége, fut poussée par les sergents du palais[26] dans une chambre sinistre. Cette chambre, de forme ronde, occupait le rez-de-chaussée de l'une de ces grosses tours qui percent encore, dans notre siècle,[27] la couche d'édifices modernes dont le nouveau Paris a recouvert l'ancien. Pas de fenêtres à ce caveau ; pas d'autre ouverture que l'entrée basse et battue[28] d'une énorme porte de fer. La clarté cependant n'y manquait point : un four était pratiqué dans l'épaisseur du mur ; un gros feu y était allumé, qui remplissait le caveau de ses rouges réverbérations et dépouillait de tout rayonnement[29] une misérable chandelle posée dans un coin. La herse de fer[30] qui servait à fermer le four, levée en ce moment, ne laissait voir, à l'orifice du soupirail flamboyant sur le mur ténébreux, que l'extrémité inférieure de ses barreaux, comme une rangée de dents noires, aiguës et espacées ; ce qui faisait ressembler la fournaise à l'une de ces bouches de dragons qui jettent des flammes dans les légendes. A la lumière qui s'en échappait, la prisonnière vit tout autour de la chambre des instruments effroyables dont elle ne connaissait pas l'usage. Au milieu gisait un matelas de cuir presque posé à terre, sur lequel pendait une courroie à boucle, rattachée à un anneau de cuivre que mordait un monstre camard,[31] sculpté dans la clef de la voûte. Des tenailles, des pinces, de larges fers de charrue, encombraient l'intérieur du four et rougissaient pêle-mêle sur la braise. La sanglante lueur de la fournaise n'éclairait dans toute la chambre qu'un fouillis[32] de choses horribles.

Ce Tartare s'appelait simplement *la chambre de la question*.

S... d'orthog..., nalamment assis Pierrat Torterue,[33] le tourmen. ..rrêtez, ..s valets, deux gnomes à face carrée, à tablier de cui., .. ves de toiles,[34] remuaient la ferraille sur les charbons.

La pauvre fille ava... ..eau recueillir[35] son courage ; en pénétrant dans cette ch...ore, elle eut horreur.

Les sergents du bailli du Palais[36] se rangèrent d'un côté. les prêtres de l'officialité[37] de l'autre. Un greffier, une écritoire et une table étaient dans un coin. Maître Jacques

Charmolue s'approcha de l'Égyptienne avec un sourire très-doux.

'Ma chère enfant, dit-il, vous persistez donc à nier?

— Oui, répondit-elle d'une voix déjà éteinte.

— En ce cas, reprit Charmolue, il sera bien douloureux pour nous de vous questionner avec plus d'instance,[38] que nous ne le voudrions .... Veuillez prendre la peine de vous asseoir sur ce lit.

Cependant la Esmeralda restait debout.   Ce lit de cuir, où s'étaient tordus[39] tant de misérables, l'épouvantait.

La terreur lui glaçait la moelle des os : elle était là, effarée et stupide.[40]   A un signe de Charmolue, les deux valets la prirent et la posèrent assise sur le lit.   Elle jeta un regard égaré autour de la chambre.   Il lui sembla voir se mouvoir et marcher de toutes parts vers elle, pour lui grimper le long du corps et la mordre et la pincer, tous ces difformes outils de la torture, qui étaient parmi les instruments de tout genre qu'elle avait vus jusqu'alors, ce que[41] sont les chauves-souris, les mille-pieds et les araignées parmi les insectes et les oiseaux.

'Madamoiselle, reprit la voix caressante du procureur, pour la troisième fois, persistez-vous à nier les faits dont vous êtes accusée?'

Cette fois elle ne put faire qu'un signe de tête.   La voix lui manqua.

'Vous persistez? dit Jacques Charmolue.   Alors, j'en suis désespéré, mais il faut que je remplisse le devoir de mon office.

— Monsieur le procureur du roi, dit brusquement Pierrat, par où commencerons-nous?

— Par le brodequin.'[42]

L'infortunée se sentit si profondément abandonnée de Dieu et des hommes que sa tête tomba sur sa poitrine comme une chose inerte qui n'a pas de force en soi.

Le tourmenteur et le médecin s'approchèrent d'elle à la fois.   En même temps les deux valets se mirent à fouiller dans leur hideux arsenal.   Au cliquetis de cette affreuse ferraille, la malheureuse enfant tressaillit comme une grenouille morte qu'on galvanise.   Puis elle se replongea dans son immobilité et dans son silence de marbre.   Ce spectacle eût déchiré[43] tout autre cœur que des cœurs de juges.   On

eût dit une pauvre âme pécheresse questionnée par Satan
sous l'écarlate guichet de l'enfer. Le misérable corps auquel
allait se cramponner[44] cette effroyable fourmilière de scies,
de roues et de chevalets, l'être qu'allaient manier ces âpres
mains de bourreaux et de tenailles, c'était donc cette douce,
blanche et fragile créature, pauvre grain de mil que la justice
humaine donnait à moudre[45] aux épouvantables meules de
la torture !

Bientôt la malheureuse vit, à travers un nuage qui se
répandait sur ses yeux, approcher le *brodequin*, bientôt elle
vit son pied, emboîté entre les ais ferrés,[46] disparaître sous
l'effrayant appareil.   Alors la terreur lui rendit la force.

'Otez-moi cela !' cria-t-elle avec emportement ; et se dres-
sant tout échevelée : ' Grâce !'

Elle s'élança hors du lit pour se jeter aux pieds du procureur du roi, mais sa jambe était prise dans le lourd bloc de
chêne et de ferrures, et elle s'affaissa sur le brodequin, plus
brisée qu'une abeille qui aurait un plomb sur l'aile.

A un signe de Charmolue, on la replaça sur le lit, et deux
grosses mains assujettirent à sa fine ceinture la courroie qui
pendait de la voûte.

' Une dernière fois, avouez-vous les faits de la cause ?
demanda Charmolue avec son imperturbable bénignité.

— Je suis innocente.

— Alors, madamoiselle, comment expliquez-vous les cir-
constances à votre charge ?[47]

— Hélas ! monseigneur ! je ne sais.

— Vous niez donc ?

— Tout !

— Faites,' dit Charmolue à Pierrat.

Pierrat tourna la poignée du cric, le brodequin se resserra,
et la malheureuse poussa un de ces horribles cris qui n'ont
d'orthographe dans aucune langue humaine.

' Arrêtez, dit Charmolue à Pierrat.   Avouez-vous ? dit-il
à l'Égyptienne.

— Tout ! cria la misérable fille.   J'avoue ! j'avoue, grâce !'

Elle n'avait pas calculé ses forces en affrontant la question.
Pauvre enfant dont la vie jusqu'alors avait été si joyeuse, si
suave, si douce, la première douleur l'avait vaincue !

' L'humanité m'oblige à[48] vous dire, observa le procureur
du roi, qu'en avouant, c'est la mort que vous devez attendre.

— Je l'espère bien, dit-elle.

— Ecrivez, greffier,' dit Charmolue. Et s'adressant aux tortionnaires : ' Qu'on détache la prisonnière, et qu'on la ramène à l'audience.

Quand elle rentra, pâle et boîtant, dans la salle d'audience, un murmure général de plaisir l'accueillit. De la part de l'auditoire, c'était ce sentiment d'impatience satisfaite qu'on éprouve au théâtre, à l'expiration du dernier entr'acte de la comédie, lorsque la toile se relève et que la fin va commencer.[49] De la part des juges, c'était espoir de bientôt souper. La petite chèvre aussi bêla ·de joie. Elle voulut courir vers sa maîtresse, mais on l'avait attachée au banc.

La nuit était tout à fait venue. Les chandelles, dont on n'avait pas augmenté le nombre, jetaient si peu de lumière qu'on ne voyait pas les murs de la salle. Les ténèbres y enveloppaient tous les objets d'une sorte de brume. Quelques faces apathiques de juges y ressortaient à peine.[50] Vis-à-vis d'eux, à l'extrémité de la longue salle, ils pouvaient voir un point de blancheur vague se détacher sur le fond sombre. C'était l'accusée.

Elle s'était traînée à sa place. Quand Charmolue se fut installé magistralement à la sienne, il s'assit, puis se releva et dit, sans laisser percer trop de vanité de son succès : ' L'accusée a tout avoué.'

Puis le greffier se mit à écrire ; puis il passa au président un long parchemin. Alors la malheureuse entendit le peuple se remuer, les piques s'entre-choquer et une voix glaciale qui disait :

' Fille de bohème, le jour qu'il plaira au roi notre sire, à l'heure de midi, vous serez menée dans un tombereau, pieds nus, la corde au cou, devant le grand portail de Notre-Dame, et y ferez amende honorable[51] avec une torche de cire du poids de deux livres à la main, et de là serez menée en place de Grève, où vous serez pendue et étranglée au gibet de la ville ; et cette votre chèvre pareillement ; et payerez à l'offi-cial trois lions d'or,[52] en réparation des crimes, par vous commis et par vous confessés.

— Oh ! c'est un rêve !' murmura-t-elle, et elle sentit de rudes mains qui l'emportaient.

Au moyen âge, quand un édifice était complet, il y en avait presque autant dans la terre que dehors. A moins

d'être bâtis sur pilotis, comme Notre-Dame, un palais, une
forteresse, une église avaient toujours un double fond. Dans
les cathédrales, c'était en quelque sorte une autre cathédrale[53] souterraine, basse, obscure, mystérieuse, aveugle et
muette, sous la nef supérieure qui regorgeait de lumière[54] et
retentissait d'orgues et de cloches jour et nuit ; quelquefois
c'était un sépulcre. Dans les palais, dans les bastilles, c'était
une prison, quelquefois aussi un sépulcre, quelquefois les
deux ensemble. Ces puissantes bâtisses[55] n'avaient pas
simplement des fondations, mais, pour ainsi dire, des racines
qui s'allaient ramifiant dans le sol[56] en chambres, en galeries,
en escaliers, comme la construction d'en haut. Ainsi, églises,
palais, bastilles, avaient de la terre à mi-corps.[57] Les caves
d'un édifice étaient un autre édifice où l'on descendait au
lieu de monter, et qui appliquait[58] ses étages souterrains
sous le monceau d'étages extérieurs du monument, comme
ces forêts et ces montagnes qui se renversent dans l'eau
miroitante d'un lac au-dessous des forêts et des montagnes
du bord.

A la bastille Saint-Antoine, au Palais de Justice de Paris,
au Louvre, ces édifices souterrains étaient des prisons. Les
étages de ces prisons, en s'enfonçant dans le sol, allaient se
rétrécissant et s'assombrissant. C'était autant de zones où
s'échelonnaient les nuances de l'horreur. Dante n'a rien pu
trouver de mieux pour son enfer. Ces entonnoirs de cachots
aboutissaient d'ordinaire à un cul de basse-fosse, à fond de
cuve[59] où Dante a mis Satan, où la société mettait le condamné
à mort. Une fois une misérable existence enterrée là, adieu
le jour, l'air, la vie ; elle n'en sortait que pour le gibet ou le
bûcher. Quelquefois elle y pourrissait : la justice humaine
appelait cela *oublier.* Entre les hommes et lui, le condamné
sentait peser sur sa tête un entassement de pierres et de
geôliers ; et la prison tout entière, la massive bastille n'était
plus qu'une énorme serrure compliquée qui le cadenassait
hors du monde vivant.

C'est dans un fond de cuve[60] de ce genre, dans les ou-
bliettes creusées par saint Louis, qu'on avait, de peur d'évasion sans doute, déposé la Esmeralda condamnée au gibet,
avec le colossal Palais-de-Justice sur la tête. Pauvre mouche
qui n'eût pu remuer le moindre de ses moellons !

Certes, la Providence et la société avaient été également

injustes, un tel luxe de malheur et de torture n'était pas nécessaire pour briser une si frêle créature.

Elle était là, perdue dans les ténèbres, ensevelie, enfouie, murée. Qui l'eût pu voir en cet état, après l'avoir vue rire et danser au soleil, eût frémi. Froide comme la nuit, froide comme la mort, plus un souffle d'air dans ses cheveux, plus un bruit humain à son oreille, plus une lueur de jour dans ses yeux ; brisée en deux, écrasée de chaînes, accroupie près d'une cruche et d'un pain, sur un peu de paille, sans mouvement, presque sans haleine, elle n'en était même plus à souffrir.[61] Le soleil, midi, le grand air, les rues de Paris, les danses aux applaudissements, le prêtre, le poignard, le sang, la torture, le gibet : tout cela repassait bien encore dans son esprit,[62] tantôt comme une vision chantante et dorée, tantôt comme un cauchemar[63] difforme ; mais ce n'était plus qu'une lutte horrible et vague qui se perdait dans les ténèbres, ou qu'une musique lointaine qui se jouait là-haut sur la terre et qu'on n'entendait plus à la profondeur où la malheureuse était tombée. Depuis qu'elle était là, elle ne veillait ni ne dormait. Dans cette infortune, dans ce cachot, elle ne pouvait pas plus distinguer la veille du sommeil, le rêve de la réalité, que le jour de la nuit. Tout cela était mêlé, brisé, flottant, répandu confusément dans sa pensée. Elle ne sentait plus, elle ne savait plus, elle ne pensait plus ; tout au plus elle songeait.[64]

Ainsi engourdie, gelée, pétrifiée, à peine avait-elle remarqué deux ou trois fois le bruit d'une trappe qui s'était ouverte quelque part au-dessus d'elle, sans même laisser passer un peu de lumière, et par laquelle une main lui avait jeté une croûte de pain noir. C'était pourtant l'unique communication qui lui restât avec les hommes, la visite périodique du geôlier. Une seule chose occupait encore machinalement son oreille : au-dessus de sa tête l'humidité filtrait à travers les pierres moisies de la voûte, et à intervalles égaux une goutte d'eau s'en détachait. Elle écoutait stupidement le bruit que faisait cette goutte d'eau en tombant dans la mare à côté d'elle.

Cette goutte d'eau tombant dans cette mare, c'était là le seul mouvement qui remuât encore autour d'elle, la seule horloge qui marquât le temps, le seul bruit qui vînt[65] jusqu'à elle de tout le bruit qui se fait sur la surface de la terre.

Depuis combien de temps y était-elle? elle ne le savait. Elle avait souvenir[66] d'un arrêt de mort prononcé quelque part contre quelqu'un, puis qu'on l'avait emportée, elle, et qu'elle s'était réveillée dans la nuit et dans le silence, glacée. Elle s'était traînée sur les mains ; alors des anneaux de fer lui avaient coupé la cheville du pied, et des chaînes avaient sonné. Elle avait reconnu que tout était muraille autour d'elle, qu'il y avait au-dessous d'elle une dalle couverte d'eau, et une botte de paille. Mais ni lampe, ni soupirail. Alors, elle s'était assise sur cette paille, et quelquefois, pour changer de posture, sur la dernière marche d'un degré de pierre, qu'il y avait dans son cachot. Un moment, elle avait essayé de compter les noires minutes que lui mesurait[67] la goutte d'eau ; mais bientôt ce triste travail d'un cerveau malade s'était rompu de lui-même dans sa tête, et l'avait laissée dans la stupeur.

Un jour enfin ou une nuit (car minuit et midi avaient même couleur dans ce sépulcre) elle entendit au-dessus d'elle un bruit plus fort que celui que faisait d'ordinaire le guichetier quand il lui apportait son pain et sa cruche. Elle leva la tête et vit un rayon rougeâtre passer à travers les fentes de l'espèce de porte ou de trappe pratiquée dans la voûte. En même temps la lourde ferrure cria, la trappe grinça sur ses gonds rouillés, tourna, et elle vit une lanterne, une main et la partie inférieure du corps de deux hommes, la porte étant trop basse pour qu'elle pût apercevoir leurs têtes. La lumière la blessa si vivement[68] qu'elle ferma les yeux.

Quand elle les rouvrit, le falot était posé sur un degré de l'escalier, un homme, seul, était debout devant elle. Elle regarda fixement quelques minutes cette espèce de spectre. Cependant elle ni lui ne parlaient. On eût dit deux statues qui se confrontaient.

Enfin la prisonnière rompit le silence :

'Qui êtes-vous?

— Un prêtre.'

Le mot, l'accent, le son de sa voix, la firent tressaillir.

Le prêtre poursuivit en articulant sourdement :

'Etes-vous préparée?

— A quoi?

— A mourir.

— Oh! dit-elle, sera-ce bientôt?

— Demain.'

Sa tête, qui s'était levée avec joie, revint frapper sa poitrine.

'C'est encore bien long! murmura-t-elle; qu'est-ce que cela leur faisait, aujourd'hui?

— Vous êtes donc très-malheureuse? demanda le prêtre après un silence.

— J'ai bien froid,' répondit-elle.

Le prêtre parut promener, de dessous son capuchon, ses yeux[69] dans le cachot.

'Sans lumière! sans feu! dans l'eau! c'est horrible!

— Oui, répondit-elle avec l'air étonné que le malheur lui avait donné. Le jour est à tout le monde. Pourquoi ne me donne-t-on que la nuit?

— Savez-vous, reprit le prêtre après un nouveau silence, pourquoi vous êtes ici?

— Je crois que je l'ai su, dit-elle en passant ses doigts maigres sur ses sourcils comme pour aider sa mémoire, mais je ne le sais plus.'

Tout à coup elle se mit à pleurer comme un enfant.

'Je voudrais sortir d'ici, monsieur. J'ai froid, j'ai peur.

— Eh bien, suivez-moi.'

En parlant ainsi, le prêtre lui prit le bras. Cependant cette main lui fit une impression de froid.

'Oh! murmura-t-elle, c'est la main glacée de la mort. Qui êtes-vous donc?'

Le prêtre releva son capuchon; elle regarda.

'Ah! cria-t-elle, les mains sur ses yeux et avec un tremblement convulsif, c'est le prêtre!'

Puis elle laissa tomber ses bras découragés, et resta assise, la tête baissée, l'œil fixé à terre, muette et continuant de trembler . . . .

Tout à coup la jeune fille se leva, se jeta sur lui comme une tigresse furieuse et le poussa sur les marches de l'escalier avec une force surnaturelle.

'Va-t'en, monstre! va-t'en, assassin! laisse-moi mourir! cria-t-elle. Que notre sang à tous deux[70] te fasse au front une tache éternelle!'

Et elle tomba la face contre terre, et l'on n'entendit plus dans le cachot d'autre bruit que le soupir de la goutte d'eau qui faisait palpiter la mare dans les ténèbres.

CHAPTER X.

ASILE !

JE ne crois pas qu'il y ait[1] rien au monde de plus riant
que les idées qui s'éveillent dans le cœur d'une mère à la
vue du petit soulier de son enfant : surtout si c'est le soulier
de fête, des dimanches, du baptême ; le soulier brodé jusque
sous la semelle ; un soulier avec lequel l'enfant n'a pas
encore fait un pas.   Ce soulier-là a tant de grâce et de peti-
tesse, il lui est si impossible de marcher,[2] que c'est pour la
mère comme si elle voyait son enfant.   Elle lui sourit, elle
le baise, elle lui parle ; elle se demande s'il se peut, en effet,
qu'un pied soit si petit ; et, l'enfant fût-il[3] absent, il suffit du
joli soulier pour lui remettre sous les yeux[4] la douce et
fragile créature.   Elle croit le voir, elle le voit, tout entier,
vivant, joyeux, avec ses mains délicates, sa tête ronde, ses
lèvres pures, ses yeux sereins.   Si c'est l'hiver, il est là, il
rampe sur le tapis, il escalade laborieusement un tabouret,
et la mère tremble qu'il n'approche[5] du feu.   Si c'est l'été,
il se traîne dans la cour, dans le jardin, arrache l'herbe
d'entre les pavés, regarde naïvement les grands chiens, les
grands chevaux, sans peur, joue avec les coquillages, avec
les fleurs, et fait gronder le jardinier, qui trouve le sable dans
les plates-bandes et la terre dans les allées.   Tout rit, tout
brille, tout joue autour de lui, comme lui, jusqu'au souffle
d'air et au rayon de soleil qui s'ébattent à l'envi dans les
boucles follettes de ses cheveux.[6]   Le soulier montre tout
cela[7] à la mère, et lui fait fondre le cœur comme le feu une
cire.

Mais quand l'enfant est perdu, ces mille images de joie,
de charme, de tendresse, qui se pressent autour du petit
soulier brodé deviennent autant de choses horribles.   Le joli
soulier brodé n'est plus qu'un instrument de torture qui broie
éternellement le cœur de la mère.   C'est toujours la même
fibre qui vibre, la fibre la plus profonde et la plus sensible ;
mais au lieu d'un ange qui la caresse, c'est un démon qui
la pince.[8]

Un matin, tandis que le soleil de mai se levait dans un
de ces ciels bleu foncé où le Garofolo aime à placer[9] ses

descentes de croix, la recluse de la Tour-Roland entendit un bruit de roues, de chevaux et de ferrailles[10] dans la place de Grève. Elle s'en éveilla peu, noua ses cheveux sur ses oreilles pour s'assourdir, et se remit à contempler à genoux l'objet inanimé qu'elle adorait ainsi depuis quinze ans. Ce petit soulier était pour elle l'univers. Sa pensée y était enfermée, et n'en devait plus sortir qu'à la mort. Ce qu'elle avait jeté vers le ciel d'imprécations amères, de plaintes touchantes, de prières et de sanglots, à propos de ce charmant hochet de satin rose, la sombre cave de la Tour-Roland seule l'a su. Jamais plus de désespoir n'a été répandu sur une chose plus gentille et plus gracieuse. Ce matin-là, il semblait que sa douleur s'échappait[11] plus violente encore qu'à l'ordinaire ; et on l'entendait du dehors se lamenter avec une voix haute et monotone qui navrait le cœur.

'O ma fille, disait-elle, ma fille ! ma pauvre chère petite enfant, je ne te verrai donc plus ! c'est donc fini ! Il me semble toujours que cela s'est fait hier ! Mon Dieu, mon Dieu, pour me la reprendre si vite, il valait mieux ne pas me la donner. Ma fille, ma fille ! qu'ont-ils fait de toi ? Seigneur, rendez-la-moi. Mes genoux se sont écorchés[12] quinze ans à vous prier, mon Dieu ! est-ce que ce n'est pas assez ? Rendez-la-moi, un jour, une heure, une minute ; une minute, Seigneur ! Oh ! si je savais où traîne un pan[13] de votre robe, je m'y cramponnerais de mes deux mains, et il faudrait bien que vous me rendissiez[14] mon enfant ! Son joli petit soulier, est-ce que vous n'en avez pas pitié, Seigneur ? Pouvez-vous condamner une pauvre mère à ce supplice de quinze ans ? Oh ! quelle misère ! dire que voilà son soulier et que c'est tout !'

La malheureuse s'était jetée sur ce soulier, sa consolation et son désespoir depuis tant d'années, et ses entrailles se déchiraient en sanglots[15] comme le premier jour. Car pour une mère qui a perdu son enfant, c'est toujours le premier jour. Cette douleur-là ne vieillit pas. Les habits de deuil ont beau[16] s'user et blanchir : le cœur reste noir.

En ce moment, de fraîches et joyeuses voix d'enfants passèrent devant la cellule. Toutes les fois que des enfants frappaient sa vue et son oreille, la pauvre mère se précipitait dans l'angle le plus sombre de son sépulcre, et l'on eût dit qu'elle cherchait à plonger sa tête dans la pierre pour ne pas

les entendre. Cette fois, au contraire, elle se dressa comme
en sursaut, et écouta avidement. Un des petits garçons
venait de dire :
' C'est qu'on va[17] pendre une Égyptienne aujourd'hui.'
Avec le brusque soubresaut de cette araignée que nous
avons vue se jeter sur une mouche au tremblement de sa
toile,[18] elle courut à sa lucarne, qui donnait comme on sait,
sur la place de Grève.[19] En effet, une échelle était dressée
près du gibet permanent, et le maître des basses-œuvres[20]
s'occupait d'en rajuster les chaînes rouillées par la pluie. Il
y avait quelque peuple alentour.
Le groupe rieur des enfants était déjà loin. La sachette
chercha des yeux un passant qu'elle pût[21] interroger. Elle
avisa,[22] tout à côté de sa loge un prêtre qui faisait semblant
de lire dans le bréviaire public, mais qui était beaucoup plus
occupé du gibet, vers lequel il jetait de temps à autre un
sombre et farouche coup d'œil. Elle reconnut monsieur
l'archidiacre de Josas, un saint homme.
' Mon père, demanda-t-elle, qui va-t-on pendre là ?'
Le prêtre la regarda et ne répondit pas ; elle répéta sa
question. Alors il dit :
' Je ne sais pas.
— Il y avait là des enfants qui disaient que c'était une
Égyptienne, reprit la recluse.
— Je crois qu'oui,' dit le prêtre.
Alors elle éclata d'un rire d'hyène.
' Ma sœur, dit l'archidiacre, vous haïssez donc bien les
Égyptiennes ?
— Si je les hais![23] s'écria la recluse ; ce sont des stryges,[24]
des voleuses d'enfants ! Elles m'ont dévoré ma petite fille,
mon enfant, mon unique enfant ! Je n'ai plus de cœur, elles
me l'ont mangé !'
Elle était effrayante. Le prêtre la regardait froidement.
' Il y en a une surtout que je hais, et que j'ai maudite,
reprit-elle ; c'en est une jeune, qui a l'âge que ma fille aurait,
si sa mère ne m'avait pas mangé ma fille. Chaque fois que
cette jeune vipère passe devant ma cellule, elle me bouleverse
le sang !
— Hé bien ! ma sœur, réjouissez-vous, dit le prêtre, glacial
comme une statue de sépulcre ; c'est celle-là que vous allez
voir mourir.'

Sa tête tomba sur sa poitrine, et il s'éloigna lentement.

La recluse se tordit les bras de joie. 'Je le lui avais prédit, qu'elle y monterait ? Merci, prêtre !' cria-t-elle.

Et elle se mit à se promener à grands pas[25] devant les barreaux de sa lucarne, échevelée, l'œil flamboyant, heurtant le mur de son épaule, avec l'air fauve d'une louve en cage qui a faim depuis longtemps et qui sent approcher l'heure du repas.

Phœbus, cependant, n'était pas mort.[26] Les hommes de cette espèce ont la vie dure.

Donc un beau matin, tout à fait guéri, et présumant bien qu'après deux mois l'affaire de la bohémienne devait être finie et oubliée, notre cavalier arriva en piaffant[27] à la porte du logis Gondelaurier.

Il ne fit pas attention à une cohue assez nombreuse qui s'amassait dans la place du Parvis, devant le portail de Notre-Dame ; il se souvint qu'on était au mois de mai ; il supposa[28] quelque procession, quelque Pentecôte, quelque fête, attacha son cheval à l'anneau du porche, et monta joyeusement chez sa fiancée.

Elle était seule avec sa mère.

La jeune fille était assise près de la fenêtre, brodant toujours sa grotte de Neptunus. Le capitaine se tenait appuyé au dossier de sa chaise, et elle lui adressait à demi-voix ses caressantes gronderies.

'Qu'est-ce que vous êtes donc devenu depuis deux grands mois ? dit-elle.

— Hé bien ! chère cousine, j'ai été rappelé à tenir garnison.[29]

— Et où cela, s'il vous plaît ? et pourquoi n'êtes-vous pas venu me dire adieu ?

— A Queue-en-Brie.'

Phœbus était enchanté que la première question l'aidât à esquiver la seconde.

'Mais c'est tout près, monsieur. Comment n'être pas venu[30] me voir une seule fois ?'

Ici Phœbus fut assez sérieusement embarrassé.

'C'est que . . . . le service . . . . et puis, charmante cousine, j'ai été malade.

— Malade ! reprit-elle effrayée.

— Oui . . . . blessé.

— Blessé !'

La pauvre enfant était toute bouleversée.[31]

'Oh ! ne vous effarouchez pas de cela, dit négligemment Phœbus, ce n'est rien. Une querelle, un coup d'épée.

— Qu'est-ce que ce coup d'épée ? Je veux tout savoir.

— Eh bien ! chère belle, j'ai eu noise[32] avec Mahé Fédy, vous savez ? le lieutenant de Saint-Germain en Laye ;[33] et nous nous sommes décousu[34] chacun quelques pouces de la peau. Voilà tout.'

Le menteur capitaine savait fort bien qu'une affaire d'honneur fait toujours ressortir[35] un homme aux yeux d'une femme.

'Mais, s'écria-t-il, pour changer de conversation, qu'est-ce que c'est donc que ce bruit dans le Parvis ?'

Il s'approcha de la fenêtre.

'Oh ! mon Dieu, belle cousine, voilà bien du monde sur la place !

— Je ne sais pas, dit Fleur-de-Lys ; il paraît qu'il y a une sorcière qui va faire amende honorable[36] ce matin devant l'église pour être pendue après.'

Le capitaine croyait si bien l'affaire de la Esmeralda terminée qu'il s'émut fort peu des paroles de Fleur-de-Lys. Il lui fit cependant une ou deux questions.

'Comment s'appelle cette sorcière ?

— Je ne sais pas, répondit-elle.

— Et que dit-on qu'elle a fait ?'

Elle haussa encore une fois les épaules.

'Je ne sais pas.

— Oh ! mon Dieu ![37] dit la mère, il y a tant de sorciers maintenant qu'on les brûle, je crois, sans savoir leurs noms. Autant vaudrait[38] chercher à savoir le nom de chaque nuée du ciel. Après tout, on peut être tranquille.[39] Le bon Dieu tient son registre.' Ici la vénérable dame se leva et vint à la fenêtre. 'Seigneur ![40] dit-elle, vous avez raison, Phœbus. Voilà une grande cohue de populaire. Il y en a jusque sur les toits . . . . Savez-vous, Phœbus? cela me rappelle mon beau temps.[41] L'entrée du roi Charles VII,[42] où il y avait tant de monde aussi . . . . Je ne sais plus en quelle année. Quand je vous parle de cela, n'est-ce pas ? cela vous fait l'effet de quelque chose de vieux, et à moi de quelque chose de jeune . . . . Oh ! c'était un bien plus beau

peuple qu'à présent. Il y en avait jusque sur les mâchicoulis[43] de la porte Saint-Antoine. Le roi avait la reine en
croupe, et après Leurs Altesses venaient toutes les dames
en croupe de[44] tous les seigneurs. C'était bien beau. Une
procession de tous les gentilshommes de France avec leurs
oriflammes qui rougeoyaient à l'œil.[45] Il y avait ceux à
pennon et ceux à bannière. Que sais-je, moi? .... Hélas!
que c'est une chose triste de penser que tout cela a existé et
qu'il n'en est plus rien!'

La place du Parvis Notre-Dame présentait en effet en ce
moment un spectacle sinistre et singulier.

Une foule immense, qui refluait dans toutes les rues ad-
jacentes, encombrait la place proprement dite. La petite
muraille à hauteur d'appui[46] qui entourait le Parvis n'eût
pas suffi à la maintenir libre, si elle n'eût été doublée d'une
haie épaisse de sergents des onze-vingts et de hacquebutiers
la coulevrine au poing.[47] Grâce à ce taillis de piques et
d'arquebuses,[48] le Parvis était vide. L'entrée en était gardée
par un gros[49] de hallebardiers aux armes de l'évêque. Les
larges portes de l'église étaient fermées, ce qui contrastait
avec les innombrables fenêtres de la place, lesquelles,
ouvertes jusque sur les pignons, laissaient voir des milliers
de têtes entassées à peu près comme les piles de boulets
dans un parc d'artillerie.[50]

La surface de cette cohue était grise, sale et terreuse. Le
spectacle qu'elle attendait était évidemment de ceux qui ont
le privilége d'extraire et d'appeler[51] ce qu'il y a de plus im-
monde dans la population. Rien de hideux comme le bruit
qui s'échappait de ce fourmillement de coiffes jaunes et de
chevelures sordides. Dans cette foule, il y avait plus de
rires que de cris, plus de femmes que d'hommes.

De temps en temps quelque voix aigre et vibrante perçait
la rumeur générale.[52]

En ce moment midi sonna lentement à l'horloge de
Notre-Dame. Un murmure de satisfaction éclata dans la
foule. La dernière vibration du douzième coup s'éteignait
à peine que toutes les têtes moutonnèrent[53] comme les vagues
sous un coup de vent, et qu'une immense clameur s'éleva[54]
du pavé, des fenêtres et des toits:

'La voilà!'

Un tombereau[55] traîné d'un fort limonier normand et tout

enveloppé de cavalerie en livrée voilette à croix blanches, venait de déboucher sur la place par la rue Saint-Pierre-aux-Bœufs. Les sergents du guet lui frayaient passage dans le peuple à grands coups de boullayes.[56] A côté du tombereau chevauchaient quelques officiers de justice et de police, reconnaissables à leur costume noir et à leur gauche façon de se tenir en selle. Maître Jacques Charmolue[57] paradait à leur tête. Dans la fatale voiture, une jeune fille était assise, les bras liés derrière le dos, sans prêtre à côté d'elle. Ses longs cheveux noirs (la mode alors était de ne les couper qu'au pied du gibet) tombaient épars sur sa gorge et sur ses épaules.

A travers cette ondoyante chevelure, plus luisante qu'un plumage de corbeau, on voyait se tordre et se nouer[58] une grosse corde grise et rugueuse qui écorchait ses fragiles clavicules et se roulait autour du cou charmant de la pauvre fille comme un ver de terre sur[59] une fleur. Sous cette corde brillait une petite amulette ornée de verroteries vertes qu'on lui avait laissée sans doute parce qu'on ne refuse plus rien à ceux qui vont mourir.[60]

Cependant la lugubre cavalcade avait traversé la foule au milieu des crie de joie et des attitudes curieuses. Nous devons dire toutefois, pour être fidèle historien, qu'en la voyant si belle et si accablée, beaucoup s'étaient émus de pitié, et des plus durs.[61] Le tombereau était entré dans le Parvis.

Devant le portail central, il s'arrêta. L'escorte se rangea en bataille des deux côtés. La foule fit silence, et, au milieu de ce silence plein de solennité et d'anxiété, les deux battants de la grande porte tournèrent, comme d'eux-mêmes, sur leurs gonds qui grincèrent avec un bruit de fifre. Alors on vit dans toute sa longueur la profonde église sombre,[62] tendue de deuil, à peine éclairée de quelques cierges scintillant au loin sur le maître autel, ouverte comme une gueule de caverne au milieu de la place éblouissante de lumière. Tout au fond, dans l'ombre de l'abside,[63] on entrevoyait une gigantesque croix d'argent, développée sur[64] un drap noir qui tombait de la voûte au pavé. Toute la nef était déserte. Cependant on voyait remuer confusément quelques têtes de prêtres dans les stalles lointaines du chœur, et au moment où la grande porte s'ouvrit, il s'échappa de l'église un chant grave, éclatant et monotone, qui jetait comme par bouffées sur la tête de la condamnée des fragments de psaumes lugubres.

Ce chant que quelques vieillards perdus[65] dans les ténèbres chantaient de loin sur cette belle créature, pleine de jeunesse et de vie, caressée par l'air tiède du printemps,[66] inondée de soleil, c'était la messe des morts.

Le peuple écoutait avec recueillement.

La malheureuse, effarée, semblait perdre sa vue et sa pensée dans les obscures entrailles de l'église.[67] Ses lèvres blanches remuaient comme si elles priaient, et quand le valet du bourreau[68] s'approcha d'elle pour l'aider à descendre du tombereau, il l'entendit qui répétait à voix basse ce mot: *Phœbus.*

On lui délia les mains, on la fit descendre accompagnée de sa chèvre qu'on avait déliée aussi, et qui bêlait de joie de se sentir libre ; et on la fit marcher pieds nus sur le dur pavé jusqu'au bas des marches du portail. La corde qu'elle avait au cou traînait derrière elle. On eût dit un serpent qui la suivait.

Alors le chant s'interrompit dans l'église. Une grande croix d'or et une file de cierges se mirent en mouvement dans l'ombre. On entendit sonner la hallebarde des suisses bariolés ;[69] et quelques moments après, une longue procession de prêtres en chasubles et de diacres en dalmatiques, qui venait gravement et en psalmodiant vers la condamnée, se développa à sa vue et aux yeux de la foule. Mais son regard s'arrêta à celui qui marchait en tête, immédiatement après le porte-croix : 'Oh ! dit-elle tout bas en frissonnant, c'est encore lui ! le prêtre !'

Cependant les portes de Notre-Dame étaient restées ouvertes, laissant voir l'église vide, désolée, en deuil sans cierges et sans voix.

La condamnée demeurait immobile à sa place, attendant qu'on disposât d'elle.[70]

Tout à coup, tandis que l'homme jaune lui liait les coudes, elle poussa un cri terrible, un cri de joie. A ce balcon, là-bas, à l'angle de la place, elle venait de l'apercevoir, lui, son ami, son seigneur, Phœbus, l'autre apparition de sa vie ![71] C'était bien lui, elle n'en pouvait douter ; il était là, beau, vivant, revêtu de son éclatante livrée, la plume en tête, l'épée au côté !

'Phœbus !' cria-t-elle.

Et elle voulut tendre vers lui ses bras tremblants, mais ils étaient attachés.

Alors elle vit le capitaine froncer le sourcil, une belle jeune fille qui s'appuyait sur lui, le regarder avec une lèvre dédaigneuse et des yeux irrités ; puis Phœbus prononça quelques mots qui ne vinrent pas jusqu'à elle, et tous deux s'éclipsèrent précipitamment derrière le vitrail du balcon qui se referma.

'Phœbus ! cria-t-elle éperdue, est-ce que tu le crois ?'

Une pensée monstrueuse venait de lui apparaître.[72]   Elle se souvenait qu'elle avait été condamnée pour meurtre sur la personne de Phœbus de Châteaupers.

Elle avait tout supporté jusque-là.   Mais ce dernier coup était trop rude.   Elle tomba sans mouvement sur le pavé.

'Allons ! dit Charmolue, portez-la dans le tombereau, et finissons !'

Personne n'avait encore remarqué dans la galerie des statues des rois, sculptés immédiatement au-dessus des ogives du portail,[73] un spectateur étrange qui avait tout examiné jusqu'alors avec une telle impassibilité, avec un cou si tendu, avec un visage si difforme, que, sans son accoutrement mi-partie rouge et violet, on eût pu le prendre pour un de ces monstres de pierre par la gueule desquels se dégorgent depuis six cents ans les longues gouttières de la cathédrale.[74]   Ce spectateur n'avait rien perdu de ce qui s'était passé depuis midi devant le portail de Notre-Dame. Et dès les premiers instants, sans que personne songeât à l'observer,[75] il avait fortement attaché à l'une des colonnettes de la galerie une grosse corde à nœuds, dont le bout allait traîner en bas sur le perron.   Cela fait, il s'était mis à regarder tranquillement, et à siffler de temps en temps quand un merle passait devant lui.   Tout à coup, au moment où les valets du maître des œuvres se disposaient à exécuter l'ordre flegmatique de Charmolue, il enjamba la balustrade de la galerie, saisit la corde des pieds, des genoux et des mains ; puis on le vit glisser sur la façade, comme une goutte de pluie qui glisse le long d'une vitre, courir vers les deux bourreaux avec la vitesse d'un chat tombé d'un toit,[76] les terrasser sous deux poings énormes, enlever l'Égyptienne d'une main, comme un enfant sa poupée, et d'un seul élan rebondir jusque dans l'église, en élevant la jeune fille au-dessus de sa tête, et en criant d'une voix formidable : 'Asile !'[77]

Cela se fit avec une telle rapidité, que, si c'eût été la nuit, on eût pu tout voir à la lumière d'un seul éclair.

'Asile ! asile !' répéta la foule, et dix mille battements de mains firent étinceler de joie et de fierté l'œil unique de Quasimodo.[78]

Cette secousse fit revenir à elle la condamnée. Elle souleva sa paupière, regarda Quasimodo, puis la referma subitement comme épouvantée de son sauveur.

Charmolue resta stupéfait, et les bourreaux, et toute l'escorte. En effet, dans l'enceinte de Notre-Dame, la condamnée était inviolable. La cathédrale était un lieu de refuge. Toute justice humaine expirait sur le seuil.[79]

Quasimodo s'était arrêté sous le grand portail. Ses larges pieds semblaient aussi solides sur le pavé de l'église que les lourds piliers romans. Sa grosse tête chevelue s'enfonçait dans ses épaules comme celle des lions, qui, eux aussi, ont une crinière et pas de cou. Il tenait la jeune fille toute palpitante, suspendue à ses mains calleuses, comme une draperie blanche ; mais il la portait avec tant de précaution qu'il paraissait craindre de la briser ou de la faner. On eût dit qu'il sentait que c'était une chose délicate, exquise et précieuse, faite pour d'autres mains que les siennes. Par moments il avait l'air de n'oser la toucher, même du souffle. Puis, tout à coup, il la serrait avec étreinte dans ses bras, sur sa poitrine anguleuse, comme son bien, comme son trésor, comme eût fait la mère de cette enfant. Son œil de gnome, abaissé sur elle, l'inondait de tendresse, de douleur et de pitié, et se relevait subitement plein d'éclairs.[80] Alors les femmes riaient et pleuraient, la foule trépignait d'enthousiasme, car en ce moment-là Quasimodo avait vraiment sa beauté.[81] Il était beau, lui, cet orphelin, cet enfant trouvé, ce rebut, il se sentait auguste et fort, il regardait en face cette société dont il était banni, et dans laquelle il intervenait si puissamment, cette justice humaine à laquelle il avait arraché sa proie, tous ces tigres forcés de mâcher à vide,[82] ces sbires, ces juges, ces bourreaux, toute cette force du roi qu'il venait de briser, lui infime, avec la force de Dieu.

Et puis c'était une chose touchante que cette protection tombée d'un être si difforme sur un être si malheureux, qu'une condamnée à mort sauvée par Quasimodo. C'était les deux misères extrêmes de la nature et de la société, qui se touchaient et qui s'entr'aidaient.[83]

Cependant, après quelques minutes de triomphe, Quasimodo s'était brusquement enfoncé dans l'église avec son fardeau. Le peuple, amoureux de toute prouesse, le cherchait des yeux, sous la sombre nef, regrettant qu'il se fût si vite dérobé à ses acclamations. Tout à coup on le vit reparaître à l'une des extrémités de la galerie des rois de France ; il la traversa en courant comme un insensé, en élevant sa conquête dans ses bras et en criant : ʻAsile !' La foule éclata de nouveau en applaudissements. La galerie parcourue, il se replongea dans l'intérieur de l'église. Un moment après il reparut sur la plate-forme supérieure, toujours l'Égyptienne dans ses bras, toujours courant avec folie, toujours criant : ʻAsile !' Et la foule applaudissait. Enfin, il fit une troisième apparition sur le sommet de la tour du bourdon ;[84] de là il sembla montrer avec orgueil à toute la ville celle qu'il avait sauvée, et sa voix tonnante, cette voix qu'on entendait si rarement et qu'il n'entendait jamais, répéta trois fois avec frénésie jusque dans les nuages : ʻAsile ! asile ! asile !

— Noël ! Noël !'[85] criait le peuple de son côté, et cette immense acclamation allait étonner sur l'autre rive la foule de la Grève et la recluse qui attendait toujours, l'œil fixé sur le gibet.

CHAPTER XI.

DÉLIRE.

CLAUDE Frollo n'était plus dans Notre-Dame, pendant que son fils adoptif tranchait si brusquement le nœud fatal où le malheureux archidiacre avait pris l'Égyptienne. Rentré dans la sacristie, il s'était échappé par la porte dérobée du cloître, avait ordonné à un batelier du Terrain[1] de le transporter sur la rive gauche de la Seine, et s'était enfoncé dans les rues montueuses de l'Université,[2] ne sachant où il allait, rencontrant à chaque pas des bandes d'hommes et de femmes qui se pressaient joyeusement vers le pont Saint-Michel dans l'espoir *d'arriver encore à temps* pour voir pendre la sorcière, pâle, égaré, plus troublé, plus aveugle et plus farouche qu'un oiseau de nuit lâché et poursuivi par une troupe d'enfants en plein jour. Il ne savait plus où il était, ce qu'il pensait, s'il rêvait. Il allait, il marchait, il courait, prenant toute rue au hasard, ne choisissant pas, seulement toujours poussé en avant par la Grève, par l'horrible Grève qu'il sentait confusément derrière lui.

Il longea ainsi la montagne Sainte-Geneviève,[3] et sortit enfin de la ville par la porte Saint-Victor. Il continua de s'enfuir, tant qu'il put voir en se retournant l'enceinte de tours de l'Université et les rares maisons du faubourg ; mais lorsque enfin un pli du terrain lui eut dérobé en entier cet odieux Paris, quand il pût s'en croire à cent lieues, dans les champs, dans un désert, il s'arrêta et il lui sembla qu'il respirait.[4]

Cependant le jour continuait de[5] baisser. L'être vivant qui existait encore en lui songea confusément au retour. Il se croyait loin de Paris ; mais, en s'orientant,[6] il s'aperçut qu'il n'avait fait que tourner l'enceinte de l'Université. La flèche de Saint-Sulpice[7] et les trois hautes aiguilles de · Saint-Germain des Prés[8] dépassaient l'horizon à sa droite. Il se dirigea de ce côté. Quand il entendit le qui-vive des hommes d'armes de l'abbé autour de la circonvallation crénelée de Saint-Germain, il se détourna, prit un sentier qui s'offrit à lui entre le moulin de l'abbaye et la maladerie[9] du bourg, et au bout de quelques instants se trouva sur la lisière du Pré aux clercs.[10] Il longea le Pré aux clercs, prit le sentier désert qui le séparait du Dieu-Neuf, et arriva enfin au bord de l'eau. Là, dom Claude trouva un batelier qui, pour quelques deniers parisis, lui fit remonter la Seine jusqu'à la pointe de la Cité, et le déposa sur cette langue de terre abandonnée où le lecteur a déjà vu rêver Gringoire,[11] et qui se prolongeait au delà des jardins du roi, parallèlement à l'île du passeur-aux-Vaches.[12]

Le bercement monotone du bateau et le bruissement de l'eau avaient en quelque sorte engourdi le malheureux

Claude. Quand le batelier se fut éloigné, il resta stupidement debout sur la grève, regardant devant lui et ne percevant plus les objets qu'à travers des oscillations grossissantes
qui lui faisaient de tout une sorte de fantasmagorie.[13] Il
n'est pas rare que[14] la fatigue d'une grande douleur produise
cet effet sur l'esprit.

Le soleil était couché derrière la haute tour de Nesle.[15]
C'était l'instant du crépuscule. Le ciel était blanc, l'eau de
la rivière était blanche. Entre ces deux blancheurs, la rive
gauche de la Seine, sur laquelle il avait les yeux fixés, pro-
jetait sa masse sombre et, de plus en plus amincie par la
perspective,[16] s'enfonçait dans les brumes de l'horizon comme
une flèche noire. Elle était chargée de maisons, dont on
ne distinguait que la silhouette obscure, vivement relevée
en ténèbres[17] sur le fond clair du ciel et de l'eau. Çà et là
des fenêtres commençaient à y scintiller comme des trous
de braise.[18] Cet immense obélisque noir ainsi isolé entre
les deux nappes blanches du ciel et de la rivière, fort large
en cet endroit, fit à dom Claude un effet singulier, com-
parable à ce qu'éprouverait un homme qui, couché à terre
sur le dos au pied du clocher de Strasbourg, regarderait
l'énorme aiguille s'enfoncer au-dessus de sa tête dans les
pénombres du crépuscule.[19] Seulement ici c'était Claude
qui était debout et l'obélisque qui était couché ; mais comme
la rivière en reflétant le ciel, prolongeait l'abîme au-dessous
de lui,[20] l'immense promontoire semblait aussi hardiment
élancé dans le vide que toute flèche de cathédrale, et l'impression était la même. Cette impression avait même cela
d'étrange et de plus profond, que c'était bien le clocher de
Strasbourg, mais le clocher de Strasbourg haut de deux
lieues ; quelque chose d'inouï, de gigantesque, d'incommen-
surable ; un édifice comme nul œil humain n'en a vu ; une
tour de babel. Les cheminées des maisons, les créneaux
des murailles, les pignons taillés des toits, la flèche des
Augustins,[21] la tour de Nesle, toutes ces saillies qui ébré-
chaient le profil du colossal obélisque, ajoutaient à l'illusion
en jouant bizarrement à l'œil les découpures d'une sculpture
touffue et fantastique.[22] Claude, dans l'état d'hallucination
où il se trouvait, crut voir, voir de ses yeux vivants, le
clocher de l'enfer ; les mille lumières répandues sur toute
la hauteur de l'épouvantable tour lui parurent autant de

porches de l'immense fournaise intérieure ; les voix et les
rumeurs qui s'en échappaient, autant de cris, autant de
râles.   Alors il eut peur, il mit ses mains sur ses oreilles
pour ne plus entendre, tourna le dos pour ne plus voir, et
s'éloigna à grands pas[23] de l'effroyable vision.

Mais la vision était en lui.

Quand il rentra dans les rues, les passants qui se cou-
doyaient aux lueurs des devantures de boutiques lui faisaient
l'effet d'une éternelle allée et venue de spectres autour de
lui.   Il avait des fracas étranges dans l'oreille ; des fantaisies
extraordinaires lui troublaient l'esprit.   Il ne voyait ni les
maisons, ni le pavé, ni les chariots, ni les hommes et les
femmes ; mais un chaos d'objets indéterminés qui se fondaient par les bords les uns dans les autres.[24]   Au coin de
la rue de la Barillerie, il y avait une boutique d'épicerie,
dont l'auvent était,[25] selon l'usage immémorial, garni dans
son pourtour de ces cerceaux de fer-blanc auxquels pend un
cercle de chandelles de bois, qui s'entre-choquent au vent
en claquant comme des castagnettes.   Il crut entendre
s'entre-heurter dans l'ombre le trousseau de squelettes de
Montfaucon.[26]

'Oh ! murmura-t-il, le vent de la nuit les chasse les uns
contre les autres, et mêle le bruit de leurs chaînes au bruit
de leurs os !   Elle est peut-être là, parmi eux !'

Éperdu, il courut tout d'une haleine[27] vers Notre-Dame,
dont il voyait les tours énormes surgir dans l'ombre au-
dessus des maisons.

A l'instant où il arriva tout haletant sur la place du Parvis,
il recula et n'osa lever les yeux sur le funeste édifice.

'Oh ! dit-il à voix basse, est-il donc bien vrai qu'une telle
chose se soit passée ici,[28] aujourd'hui, ce matin même ?'

Cependant il se hasarda à regarder l'église.   La façade
était sombre ; le ciel derrière étincelait d'étoiles.   Le croissant de la lune, qui venait de s'envoler de l'horizon, était
arrêté en ce moment au sommet de la tour de droite, et
semblait s'être perché, comme un oiseau lumineux, au bord
de la balustrade découpée en trèfles noirs.[29]

La porte du cloître était fermée ; mais l'archidiacre avait
toujours sur lui la clef de la tour où était son laboratoire.
Il s'en servit pour pénétrer dans l'église.

Il trouva dans l'église une obscurité et un silence de

caverne. Aux grandes ombres qui tombaient de toutes parts à larges pans,[30] il reconnut que les tentures de la cérémonie du matin n'avaient pas encore été enlevées. La grande croix d'argent scintillait au fond des ténèbres, saupoudrée de quelques points étincelants, comme la voie lactée de cette nuit de sépulcre. Les longues fenêtres du chœur montraient au-dessus de la draperie noire l'extrémité supérieure de leurs ogives, dont les vitraux, traversés d'un rayon de lune, n'avaient plus que les couleurs douteuses de la nuit,[31] une espèce de violet, de blanc et de bleu, dont on ne retrouve la teinte que sur la face des morts. L'archidiacre, en apercevant tout autour du chœur ces blêmes pointes d'ogives, ferma les yeux, et quand il les rouvrit, il crut que c'était un cercle de visages pâles qui le regardaient.

Il se mit à fuir à travers l'église. Alors il lui sembla que l'église aussi s'ébranlait, remuait, s'animait, vivait ; que chaque grosse colonne devenait une patte énorme qui battait le sol de sa large spatule de pierre,[32] et que la gigantesque cathédrale n'était plus qu'une sorte d'éléphant prodigieux, qui soufflait et marchait avec ses piliers pour pieds, ses deux tours pour trompes et l'immense drap noir pour caparaçon.

Ainsi, la fièvre ou la folie était arrivée à un tel degré d'intensité que le monde extérieur n'était plus pour l'infortuné qu'une sorte d'Apocalypse, visible, palpable, effrayante.

Il fut un moment soulagé. En s'enfonçant sous les bas côtés, il aperçut, derrière un massif de piliers, une lueur rougeâtre. Il y courut comme à une étoile. C'était la pauvre lampe qui éclairait jour et nuit le bréviaire public de Notre-Dame, sous son treillis de fer. Il se jeta avidement sur le saint livre dans l'espoir d'y trouver quelque consolation ou quelque encouragement. Le livre était ouvert à ce passage de Job, sur lequel son œil fixe se promena :

'Et un esprit passa devant ma face, et j'entendis un petit souffle, et le poil de ma chair se hérissa.'[33]

A cette lecture lugubre il éprouva ce qu'éprouve l'aveugle qui se sent piquer par le bâton qu'il a ramassé.. Ses genoux se dérobèrent sous lui, et il s'affaissa[34] sur le pavé, songeant à celle qui était morte dans le jour.

Il paraît qu'il resta longtemps dans cette attitude, ne pensant plus, abîmé et passif sous la main du démon. Enfin quelque force lui revint ; il songea à s'aller réfugier dans la tour, près de son fidèle Quasimodo. Il se leva ; et, comme il avait peur, il prit pour s'éclairer la lampe du bréviaire.

Il gravit lentement l'escalier des tours, plein d'un secret effroi que devait propager[35] jusqu'aux rares passants du parvis la mystérieuse lumière de sa lampe montant si tard de meurtrière en meurtrière au haut du clocher.

Tout à coup il sentit quelque fraîcheur sur son visage, et se trouva sous la porte de la plus haute galerie. L'air était froid ; le ciel charriait des nuages,[36] dont les larges lames blanches débordaient les unes sur les autres en s'écrasant par les angles, et figuraient une débâcle de fleuve en hiver. Le croissant de la lune, échoué au milieu des nuées, semblait un navire céleste pris dans ces glaçons de l'air.

Il baissa la vue et contempla un instant, entre la grille de colonnettes qui unit les deux tours, au loin, à travers une gaze de brumes et de fumées,[37] la foule silencieuse des toits de Paris, aigus, innombrables, pressés et petits comme les flots d'une mer tranquille dans une nuit d'été.

La lune jetait un faible rayon, qui donnait au ciel et à la terre une teinte de cendre.[38]

En ce moment l'horloge éleva sa voix grêle et fêlée. Minuit sonna. Le prêtre pensa à midi ; c'étaient les douze heures qui revenaient.

'Oh ! se dit-il tout bas, elle doit être froide à présent !'

Tout à coup un coup de vent éteignit sa lampe, et presque en même temps il vit paraître, à l'angle opposé de la tour, une ombre, une blancheur, une forme, une femme.[39] Il tressaillit. A côté de cette femme, il y avait une petite chèvre, qui mêlait son bêlement au dernier bêlement de l'horloge.

Il eut la force de regarder. C'était elle.

Elle était pâle, elle était sombre. Ses cheveux tombaient sur ses épaules comme le matin ; mais plus de corde au cou, plus de mains attachées : elle était libre, elle était morte.

Elle était vêtue de blanc et avait un voile blanc sur la tête.

Elle venait vers lui, lentement, en regardant le ciel. La chèvre surnaturelle la suivait. Il se sentait de pierre et trop lourd pour fuir. A chaque pas qu'elle faisait en avant, il en faisait un en arrière, et c'était tout. Il rentra ainsi sous la voûte obscure de l'escalier. Il était glacé de l'idée qu'elle allait peut-être y entrer aussi ; si elle l'eût fait, il serait mort de terreur.

Elle arriva en effet devant la porte de l'escalier, s'y arrêta quelques instants, regarda fixement dans l'ombre, mais sans paraître y voir le prêtre, et passa. Elle lui parut plus grande que lorsqu'elle vivait ; il vit la lune à travers sa robe blanche ; il entendit son souffle.

Quant elle fut passée, il se mit à redescendre l'escalier, avec la lenteur qu'il avait vue au spectre, se croyant spectre lui-même, hagard, les cheveux tout droits, sa lampe éteinte toujours à la main ; et tout en descendant les degrés en spirale, il entendait distinctement dans son oreille une voix qui riait et qui répétait :

'. . . . Un esprit passa devant ma face, et j'entendis un petit souffle, et le poil de ma chair se hérissa.'

Toute ville au moyen âge, et, jusqu'à Louis XII,[40] toute ville avait en France ses lieux d'asile. Ces lieux d'asile, au milieu du déluge de lois pénales et de juridictions barbares qui inondaient la cité, étaient des espèces d'îles qui s'élevaient au-dessus du niveau de la justice humaine. Tout criminel qui y abordait[41] était sauvé. Il y avait dans une banlieue presque autant de lieux d'asile que de lieux patibulaires.[42] C'était l'abus de l'impunité à côté de l'abus des supplices, deux choses mauvaises qui tâchaient de se corriger l'une par l'autre. Les palais du roi, les hôtels des princes, les églises surtout, avaient droit d'asile. Quelquefois d'une ville tout entière qu'on avait besoin de repeupler on faisait temporairement un lieu de refuge. Louis XI fit Paris asile 1467.[43]

Une fois le pied dans l'asile, le criminel était sacré ; mais il fallait qu'il se gardât[44] d'en sortir : un pas hors du sanctuaire, il retombait dans le flot. La roue, le gibet, l'estrapade,[45] faisaient bonne garde à l'entour du lieu de refuge, et guettaient sans cesse leur proie comme les requins autour du vaisseau. On a vu des condamnés qui blanchissaient ainsi dans un cloître, sur l'escalier d'un palais, dans la culture d'une abbaye, sous un porche d'église ; de cette façon, l'asile était une prison comme une autre. Il arrivait quelquefois qu'un arrêt solennel du parlement violait le refuge et restituait[46] le condamné au bourreau ; mais la

chose était rare. Les parlements s'effarouchaient[47] des
évêques, et quand ces deux robes-là en venaient à[48] se
froisser, la simarre n'avait pas beau jeu[49] avec la soutane.

Les églises avaient d'ordinaire une logette préparée pour
recevoir les suppliants.

A Notre-Dame, c'était une cellule établie sur les combles
des bas côtés sous les arcs-boutants, en regard du cloître,[50]
précisément à l'endroit où la femme du concierge actuel des
tours s'est pratiqué un jardin.[51]

C'est là qu'après sa course effrénée et triomphale sur les
tours et les galeries, Quasimodo avait déposé la Esmeralda.
Tant que cette course avait duré, la jeune fille n'avait pu
reprendre ses sens, à demi assoupie, à demi éveillée, ne
sentant plus rien, sinon qu'elle montait dans l'air, qu'elle y
flottait, qu'elle y volait, que quelque chose l'enlevait au-
dessus de la terre. De temps en temps, elle entendait le
rire éclatant, la voix bruyante de Quasimodo à son oreille ;
elle entr'ouvrait ses yeux ; alors au-dessus d'elle elle voyait
confusément Paris marqueté[52] de ses mille toits d'ardoises
et de tuiles comme une mosaïque rouge et bleue, au-dessus
de sa tête la face effrayante et joyeuse de Quasimodo.
Alors sa paupière retombait ; elle croyait que tout était fini,
qu'on l'avait exécutée pendant son évanouissement, et que
le difforme esprit qui avait présidé à sa destinée l'avait
reprise et l'emportait. Elle n'osait le regarder et se laissait
aller.[53]

Mais quand le sonneur de cloches échevelé et haletant
l'eut déposée dans la cellule du refuge, quand elle sentit
ses grosses mains détacher doucement la corde qui lui
meurtrissait les bras, elle éprouva cette espèce de secousse
qui réveille en sursaut les passagers d'un navire qui touche
au milieu d'une nuit obscure. Ses pensées se réveillèrent
aussi et lui revinrent une à une. Elle vit qu'elle était dans
Notre-Dame ; elle se souvint d'avoir été arrachée des mains
du bourreau ; que Phœbus était vivant, que Phœbus ne
l'aimait plus ; et ces deux idées, dont l'une répandait tant
d'amertume sur l'autre, se présentant ensemble à la pauvre
condamnée, elle se tourna vers Quasimodo qui se tenait
debout devant elle, et qui lui faisait peur ; elle lui dit :

'Pourquoi m'avez-vous sauvée ?'

Il la regarda avec anxiété, comme cherchant à deviner ce

qu'elle lui disait. Elle répéta sa question. Alors il lui jeta un coup d'œil profondément triste, et s'enfuit.

Elle resta étonnée.

Quelques moments après il revint, apportant un paquet qu'il jeta à ses pieds. C'étaient des vêtements que des femmes charitables avaient déposés pour elle au seuil de l'église.

C'était une robe blanche avec un voile blanc. Un habit de novice de l'hôtel-Dieu.

Elle achevait à peine de s'en vêtir qu'elle vit revenir Quasimodo. Il portait un panier sous un bras et un matelas sous l'autre. Il y avait dans le panier une bouteille, du pain et quelques provisions. Il posa le panier à terre, et dit : 'Mangez.' Il étendit le matelas sur la dalle, et dit : 'Dormez.' C'était son propre repas, c'était son propre lit que le sonneur de cloches avait été chercher.

L'Égyptienne leva les yeux sur lui pour le remercier ; mais elle ne put articuler un mot. Le pauvre diable était vraiment horrible. Elle baissa la tête avec un tressaillement d'effroi.

Alors il lui dit :

'Je vous fais peur. Je suis bien laid, n'est-ce pas ? ne me regardez point ; écoutez-moi seulement. Le jour vous resterez ici ; la nuit vous pouvez vous promener par toute l'église. Mais ne sortez de l'église ni jour ni nuit. Vous seriez perdue. On vous tuerait, et je mourrais.'

Émue, elle leva la tête pour lui répondre. Il avait disparu. Elle se retrouva seule, rêvant aux paroles singulières de cet être presque monstrueux, et frappée du son de sa voix, qui était si rauque et pourtant si douce.

Puis elle examina sa cellule. C'était une chambre de quelque six pieds carrés,[54] avec une petite lucarne et une porte sur le plan légèrement incliné du toit en pierres plates. Plusieurs gouttières à figures d'animaux semblaient se pencher autour d'elle et tendre le cou pour la voir par la lucarne. Au bord de son toit, elle apercevait le haut de mille cheminées qui faisaient monter sous ses yeux les fumées de tous les feux de Paris. Triste spectacle pour la pauvre Égyptienne, enfant trouvé, condamnée à mort, malheureuse créature, sans patrie, sans famille, sans foyer.

Au moment où la pensée de son isolement lui apparaissait

ainsi, plus poignante que jamais, elle sentit une tête velue et barbue se glisser dans ses mains, sur ses genoux. Elle tressaillit (tout l'effrayait maintenant) et regarda. C'était la pauvre chèvre, l'agile Djali, qui s'était échappée à sa suite, au moment où Quasimodo avait dispersé la brigade de Charmolue, et qui se répandait en caresses à ses pieds depuis près d'une heure, sans pouvoir obtenir un regard. L'Égyptienne la couvrit de baisers. 'Oh! Djali, disait-elle, comme je t'ai oubliée! tu songes donc toujours à moi! Oh! tu n'es pas ingrate, toi!' En même temps, comme si une main invisible eût soulevé le poids qui comprimait ses larmes dans son cœur depuis si longtemps, elle se mit à pleurer, et à mesure que ses larmes coulaient, elle sentait s'en aller avec elles ce qu'il y avait de plus âcre et de plus amer dans sa douleur.[55]

Le soir venu, elle trouva la nuit si belle, la lune si douce, qu'elle fit le tour de la galerie élevée qui enveloppe l'église. Elle en éprouva quelque soulagement, tant la terre lui parut calme, vue de cette hauteur.

Le lendemain matin, elle s'aperçut en s'éveillant qu'elle avait dormi. Cette chose singulière l'étonna. Il y avait si longtemps qu'elle était déshabituée du sommeil! Un joyeux rayon du soleil levant entrait par sa lucarne et lui venait frapper le visage. En même temps que le soleil, elle vit à cette lucarne un objet qui l'effraya, la malheureuse figure de Quasimodo. Involontairement elle referma les yeux, mais en vain; elle croyait toujours voir à travers sa paupière rose ce masque de gnome, borgne et brèche-dent.[56] Alors, tenant toujours ses yeux fermés, elle entendit une rude voix qui disait très-doucement:

'N'ayez pas peur. Je suis votre ami.'

Il y avait quelque chose de plus plaintif encore que ces paroles, c'était l'accent dont elles étaient prononcées. L'Égyptienne touchée ouvrit les yeux. Elle fit un effort pour surmonter la répugnance qu'il lui inspirait. 'Venez,' lui dit-elle doucement. Au mouvement des lèvres de l'Égyptienne, Quasimodo crut qu'elle le chassait; alors il se leva et se retira en boitant, lentement, la tête baissée, sans même oser lever sur la jeune fille son regard plein de désespoir. 'Venez donc,' cria-t-elle. Mais il continuait de s'éloigner. Alors elle se jeta hors de sa cellule, courut à lui, et lui prit le bras.

En se sentant touché par elle, Quasimodo trembla de tous ses membres. Il releva son œil suppliant, et voyant qu'elle le ramenait près d'elle, toute sa face rayonna de joie et de tendresse.

Il rompit le premier ce silence.

'Vous me disiez donc de revenir?'

Elle fit un signe de tête affirmatif, en disant : 'Oui.'

Il comprit le signe de tête.

'Hélas! dit-il comme hésitant à achever, c'est que . . . . je suis sourd.

— Pauvre homme!' s'écria la bohémienne avec une expression de bienveillante pitié.

Il se mit à sourire douloureusement.

'Vous trouvez qu'il ne me manquait que cela,[57] n'est-ce pas? Oui, je suis sourd. C'est comme cela que je suis fait. C'est horrible, n'est-il pas vrai? Vous êtes si belle, vous!'

Il y avait dans l'accent du misérable un sentiment si profond de sa misère qu'elle n'eut pas la force de dire une parole. D'ailleurs il ne l'aurait pas entendue. Il poursuivit :

'Jamais je n'ai vu ma laideur comme à présent. Quand je me compare à vous, j'ai bien pitié de moi, pauvre malheureux monstre que je suis! Je dois vous faire l'effet d'une bête, dites . . . . Vous, vous êtes un rayon de soleil, une goutte de rosée, un chant d'oiseau! Moi, je suis quelque chose d'affreux, ni homme, ni animal, un je ne sais quoi plus dur, plus foulé aux pieds et plus difforme qu'un caillou!'

Alors il se mit à rire, et ce rire était ce qu'il y a de plus déchirant au monde.[58] Il continua :

.'Oui, je suis sourd ; mais vous me parlerez par gestes, par signes. J'ai un maître qui cause avec moi de cette façon. Et puis, je saurai bien vite votre volonté au mouvement de vos lèvres, à votre regard.

— Hé bien! reprit-elle en souriant, dites-moi pourquoi vous m'avez sauvée.'

Il la regarda attentivement tandis qu'elle parlait.

'J'ai compris, répondit-il. Vous me demandez pourquoi je vous ai sauvée. Vous avez oublié un misérable qui a tenté de vous enlever une nuit, un misérable à qui le lendemain même vous avez porté secours sur leur infâme pilori. Une goutte d'eau et un peu de pitié, voilà plus que je n'en payerai avec ma vie. Vous avez oublié ce misérable; lui, il s'est souvenu.'

Elle l'écoutait avec un attendrissement profond. Une larme roulait dans l'œil du sonneur, mais elle n'en tomba pas. Il parut mettre une sorte de point d'honneur à la dévorer.

'Ecoutez, reprit-il, quand il ne craignit plus que cette larme s'échappât:⁵⁹ nous avons là des tours bien hautes; un homme qui en tomberait serait mort avant de toucher le pavé; quand il vous plaira que j'en tombe, vous n'aurez pas même un mot à dire, un coup d'œil suffira.'

Alors il se leva. Cet être bizarre, si malheureuse que fût la bohémienne, éveillait encore quelque compassion en elle. Elle lui fit signe de rester.

'Non, non, dit-il, je ne dois pas rester trop longtemps. Je ne suis pas à mon aise. C'est par pitié que vous ne détournez pas les yeux. Je vais quelque part d'où je vous verrai sans que vous me voyiez: ce sera mieux.'

Il tira de sa poche un petit sifflet de métal.

'Tenez, dit-il: quand vous aurez besoin de moi, quand vous voudrez que je vienne, quand vous n'aurez pas trop d'horreur à me voir, vous sifflerez avec ceci. J'entends ce bruit-là.'

Il déposa le sifflet à terre, et s'enfuit.

Les jours se succédèrent.⁶⁰

Le calme revenait peu à peu dans l'âme de la Esmeralda. L'excès de la douleur, comme l'excès de la joie, est une chose violente qui dure peu. Le cœur de l'homme ne peut rester longtemps dans une extrémité. La bohémienne avait tant souffert qu'il ne lui en restait plus que l'étonnement.⁶¹

Avec la sécurité, l'espérance lui était revenue. Elle était hors de la société, hors de la vie, mais elle sentait vaguement qu'il ne serait peut-être pas impossible d'y rentrer. Elle était comme une morte qui tiendrait en réserve une clef de son tombeau.

Elle sentait s'éloigner d'elle peu à peu les images terribles qui l'avaient si longtemps obsédée. Tous les fantômes hideux, Pierrat Torterue, Jacques Charmolue, s'effaçaient dans son esprit, tous, le prêtre lui-même.

Et puis, Phœbus vivait; elle en était sûre. La vie de Phœbus, c'était tout. Après la série de secousses fatales qui avaient tout fait écrouler en elle,[62] elle n'avait retrouvé debout dans son âme qu'une chose, qu'un sentiment, son amour pour le capitaine.   C'est que l'amour est comme un arbre : il pousse de lui-même, jette profondément ses racines dans tout notre être, et continue souvent de verdoyer sur un cœur en ruines.

Et ce qu'il y a d'inexplicable, c'est que plus cette passion est aveugle, plus elle est tenace.[63]   Elle n'est jamais plus solide que lorsqu'elle n'a pas de raison en elle.

Sans doute la Esmeralda ne songeait pas au capitaine sans amertume.   Sans doute il était affreux qu'il eût été trompé aussi, lui, qu'il eût cru cette chose impossible, qu'il eût pu comprendre un coup de poignard venu de celle qui eût donné mille vies pour lui.   Mais enfin il ne fallait pas trop lui en vouloir :[64] n'avait-elle pas avoué *son crime* ? n'avait-elle pas cédé, faible femme, à la torture ?   Toute la faute était à elle.   Elle aurait dû se laisser arracher les ongles plutôt qu'une telle parole.   Enfin, qu'elle revît[65] Phœbus une seule fois, une seule minute, il ne faudrait qu'un mot, qu'un regard, pour le détromper, pour le ramener. Elle n'en doutait pas.   Elle s'étourdissait aussi[66] sur beaucoup de choses singulières, sur le hasard de la présence de Phœbus le jour de l'amende honorable, sur la jeune fille àvec laquelle il était.   C'était sa sœur sans doute.   Explication déraisonnable, mais dont elle se contentait, parce qu'elle avait besoin de croire que Phœbus l'aimait toujours et n'aimait qu'elle.

Elle attendait donc   Elle espérait.

Ajoutons que l'église, cette vaste église, qui l'enveloppait de toutes parts, qui la gardait, qui la sauvait, était elle-même un souverain calmant.   Les lignes solennelles de cette architecture, l'attitude religieuse de tous les objets qui entouraient la jeune fille, les pensées pieuses et sereines qui se dégageaient,[67] pour ainsi dire, de tous les pores de cette pierre, agissaient sur elle à son insu.   L'édifice avait aussi des bruits d'une telle bénédiction et d'une telle majesté qu'ils assoupissaient cette âme malade.   Le chant monotone des officiants, les réponses du peuple aux prêtres, quelquefois inarticulées, quelquefois tonnantes,[68] l'harmonieux tressaillement des vitraux, l'orgue éclatant comme cent trompettes, les trois clochers bourdonnant comme des ruches de grosses abeilles, tout cet orchestre sur lequel bondissait une gamme gigantesque montant et descendant sans cesse d'une foule à un clocher,[69] assourdissaient sa mémoire, son imagination, sa douleur. Les cloches surtout la berçaient. C'était comme un magnétisme puissant que ces vastes appareils répandaient sur elle à larges flots.[70]

Aussi chaque soleil levant la trouvait plus apaisée, respirant mieux, moins pâle. A mesure que ses plaies intérieures se fermaient, sa grâce et sa beauté refleurissaient sur son visage, mais plus recueillies et plus reposées. Son ancien caractère lui revenait aussi, quelque chose même de sa gaieté, son amour de sa chèvre, son goût de chanter.

Cependant la voix publique avait fait connaître à l'archidiacre de quelle manière miraculeuse l'Égyptienne avait été sauvée. Quand il apprit cela, il ne sut ce qu'il en éprouvait. Il s'était arrangé de la mort de la Esmeralda. De cette façon il était tranquille : il avait touché le fond de la douleur possible.[71] Le cœur humain (dom Claude avait médité sur ces matières) ne peut contenir qu'une certaine quantité de désespoir. Quand l'éponge est imbibée, la mer peut passer dessus sans y faire entrer une larme de plus.

Or, la Esmeralda morte, l'éponge était imbibée, tout était dit pour dom Claude sur cette terre. Mais la sentir vivante, c'étaient les tortures qui recommençaient, les secousses, les alternatives, la vie. Et Claude était las de tout cela.

Quand il sut cette nouvelle, il s'enferma dans sa cellule du cloître. Il ne parut ni aux conférences capitulaires,[72] ni aux offices. Il ferma sa porte à tous, même à l'évêque. Il resta muré de cette sorte plusieurs semaines. On le crut malade. Il l'était en effet.

Que faisait-il ainsi enfermé? Sous quelles pensées l'infortuné se débattait-il? Combinait-il un dernier plan de mort pour elle et de perdition pour lui? Nous verrons.

Depuis que Pierre Gringoire avait vu comment toute cette affaire tournait,[73] et que décidément il y aurait[74] corde, pendaison et autres désagréments pour les personnages principaux de cette comédie, il ne s'était plus soucié de s'en mêler. Les truands, parmi lesquels il était resté, considérant qu'en dernier résultat c'était la meilleure compagnie de Paris, les truands avaient continué de[75] s'intéresser à l'Égyptienne. Il avait trouvé cela fort simple de la part de gens qui n'avaient, comme elle, d'autre perspective que Charmolue et Torterue,[76] et qui ne chevauchaient pas comme lui dans les régions imaginaires entre les deux ailes de Pégasus.[77] Il avait appris par leurs propos que son épousée au pot cassé[78] s'était réfugiée dans Notre-Dame, et il en était bien aise. Mais il n'avait pas même la tentation de l'y aller voir. Il songeait quelquefois à la petite chèvre, et c'était tout.

Un jour, il s'était arrêté près de Saint-Germain l'Auxerrois,[79]-à l'angle d'un logis qu'on appelait *le For-l'Évêque*, lequel faisait face à un autre qu'on appelait *le For-le-Roi*.[80] Il y avait à ce For-l'Évêque une charmante chapelle du quatorzième siècle dont le chevet[81] donnait sur la rue. Gringoire en examinait dévotement les sculptures extérieures. Il était dans un de ces moments de jouissance égoïste, exclusive, suprême, où l'artiste ne voit dans le monde que l'art et voit le monde dans l'art. Tout à coup, il sent une main se poser gravement sur son épaule. Il se retourne. C'était son ancien ami, son ancien maître, monsieur l'archidiacre.

Il resta stupéfait. Il y avait longtemps qu'il n'avait vu l'archidiacre, et dom Claude était un de ces hommes solennels et passionnés dont la rencontre dérange toujours l'équilibre d'un philosophe sceptique.

L'archidiacre garda quelques instants un silence pendant lequel Gringoire eut le loisir de l'observer. Il trouva dom Claude bien changé : pâle comme un matin d'hiver, les yeux caves, les cheveux presque blancs. Ce fut le prêtre qui rompit enfin le silence en disant, d'un ton tranquille, mais glacial :

'Comment vous portez-vous, maître Pierre?

— Ma santé? répondit Gringoire. Eh ! eh ! on en peut dire ceci et cela. Toutefois l'ensemble est bon.[82]

— Vous n'avez donc aucun souci,[83] maître Pierre? reprit l'archidiacre en regardant fixement Gringoire.

— Ma foi ! non.

— Et que faites-vous maintenant?

— Vous le voyez, mon maître. J'examine la coupe de ces pierres, et la façon dont est fouillé[84] ce bas-relief.'

. Le prêtre se mit à sourire, de ce sourire amer qui ne relève qu'une des extrémités de la bouche.

'Et cela vous amuse?

— C'est le paradis !' s'écria Gringoire. Et se penchant

sur les sculptures avec la mine éblouie[85] d'un démonstrateur
de phénomènes vivants : 'Est-ce donc que vous ne trouvez
pas, par exemple, cette métamorphose de basse-taille exécutée
avec beaucoup d'adresse, de mignardise[86] et de patience?
Regardez cette colonnette. Autour de quel chapiteau avez-
vous vu feuilles plus tendres et mieux caressées du ciseau?[87]
Voici trois rondes-bosses de Jean Maillevin.[88] Ce ne sont
pas les plus belles œuvres de ce grand génie. Néanmoins
la naïveté, la douceur des visages, la gaieté des attitudes et
des draperies, et cet agrément inexplicable qui se mêle dans
tous les défauts, rendent les figurines bien égayées et bien
délicates, peut-être même trop. Vous trouvez que ce n'est
pas divertissant?

    — Si fait! dit le prêtre.

    — Et si vous voyiez l'intérieur de la chapelle! reprit le
poëte avec son enthousiasme bavard. Partout des sculptures. C'est touffu comme un cœur de chou! L'abside
est d'une façon fort dévote et si particulière[89] que je n'ai
rien vu de même ailleurs!'

Dom Claude l'interrompit :

'Vous êtes donc heureux?'

Gringoire répondit avec feu :

'En honneur, oui!

    — Et vous ne désirez rien?

    — Non.

    — Et vous ne regrettez rien?

    — Ni regret ni désir. J'ai arrangé ma vie.

    — Ce qu'arrangent les hommes, dit Claude, les choses le
dérangent.

    — Je suis un philosophe pyrrhonien,[90] répondit Gringoire,
et je tiens tout en équilibre.

    — Et comment la gagnez-vous, votre vie?

    — Je fais encore çà et là des épopées et des tragédies ;
mais ce qui me rapporte le plus, c'est l'industrie que vous
me connaissez, mon maître : porter des pyramides de chaises
sur mes dents.

    — Le métier est grossier pour un philosophe.

    — C'est encore de l'équilibre, dit Gringoire. Quand on
a une pensée, on la retrouve en tout.

    — Je le sais,' répondit l'archidiacre.

Après un silence, le prêtre reprit :

'Vous êtes néanmoins assez misérable.

— Misérable, oui ; malheureux, non.

— Venez-vous-en, dit le prêtre. J'ai quelque chose à vous dire.

— Qu'avez-vous à me dire, mon maître? lui demanda Gringoire.

— Pierre Gringoire, dit l'archidiacre, qu'avez-vous fait de cette petite danseuse égyptienne?

— La Esmeralda? Vous changez bien brusquement de conversation.

— N'était-elle pas votre femme?

— Oui, au moyen d'une cruche cassée.

— Et vous n'y pensez plus?

— Peu .... J'ai tant de choses!... Mon Dieu, que la petite chèvre était jolie !

— Cette bohémienne ne vous avait-elle pas sauvé la vie?

— C'est, pardieu, vrai.[91]

— Eh bien ! qu'est-elle devenue? qu'en avez-vous fait?

— Je ne vous dirai pas. Je crois qu'ils l'ont pendue.

— Vous croyez?

— Je ne suis pas sûr. Quand j'ai vu qu'ils voulaient pendre les gens, je me suis retiré du jeu.[92]

— C'est là tout ce que vous en savez?

— Attendez donc. On m'a dit qu'elle s'était réfugiée dans Notre-Dame et qu'elle y était en sûreté, et j'en suis ravi, et je n'ai pu découvrir si la chèvre s'était sauvée avec elle, et c'est tout ce que j'en sais.

— Je vais vous en apprendre davantage, cria dom Claude ; et sa voix, jusqu'alors basse, lente et presque sourde, était devenue tonnante. Elle est en effet réfugiée dans Notre-Dame. Mais dans trois jours la justice l'y reprendra, et elle sera pendue en Grève. Il y a arrêt du parlement.[93]

— Voilà qui est fâcheux,' dit Gringoire.

Le prêtre, en un clin d'œil, était redevenu froid et calme. Il reprit après un silence :

'Donc elle vous a sauvé la vie?

— Chez mes bons amis les truandriers. Un peu plus, un peu moins, j'étais pendu.[94] Ils en seraient fâchés aujourd'hui.

— Est-ce que vous ne voulez rien faire pour elle?

— Je ne demande pas mieux, dom Claude ; mais si je
vais m'entortiller une vilaine affaire autour du corps !⁹⁵

— Qu'importe?

— Bah ! qu'importe? Vous êtes bon, vous, mon maître !⁹⁶
J'ai deux grands ouvrages commencés.'

Le prêtre se frappa le front.   Malgré le calme qu'il affec-
tait, de temps en temps un geste violent révélait ses convulsions intérieures.

'Comment la sauver?'

Gringoire lui dit :

'Mon maître, je vous répondrai : *Dieu est notre espérance.*

— Comment la sauver?' répéta Claude rêveur.

Gringoire à son tour se frappa le front.

'Écoutez, mon maître, j'ai de l'imagination, je vais vous
trouver des expédients.   Si on demandait sa grâce au roi?

— A Louis XI ! une grâce !

— Pourquoi pas?

— Va prendre son os au tigre !'

Gringoire se mit à chercher de nouvelles solutions.

Le prêtre ne l'écoutait pas.

'Il faut pourtant qu'elle sorte de là ! murmura-t-il.   L'arrêt est exécutoire⁹⁷ sous trois jours !   Maître Pierre, j'y ai
bien réfléchi ; il n'y a qu'un moyen de salut pour elle.

— Lequel? moi, je n'en vois plus.

— Écoutez, maître Pierre, souvenez-vous que vous lui
devez la vie.   Je vais vous dire franchement mon idée.
L'église est guettée jour et nuit ; on n'en laisse sortir que
ceux qu'on y a vus entrer.   Vous pourrez donc entrer.
Vous viendrez.   Je vous introduirai près d'elle.   Vous
changerez de place avec elle.

— Cela va bien jusqu'à présent,⁹⁸ observa le philosophe.
Et puis?

— Et puis?   Elle sortira ; vous resterez.   On vous pendra peut-être ; mais elle sera sauvée.'

Gringoire se gratta l'oreille avec un air très-sérieux.

'Tiens ! dit-il, voilà une idée qui ne me serait jamais
venue toute seule.'

A la proposition inattendue de dom Claude, la figure
ouverte et bénigne du poëte s'était brusquement rembrunie
comme un riant paysage d'Italie quand il survient un coup
de vent malencontreux qui écrase un nuage sur le soleil.⁹⁹

'Hé bien! Gringoire, que dites-vous du[100] moyen?

— Je dis, mon maître, qu'on ne me pendra pas peut-être mais qu'on me pendra indubitablement.

— Cela ne nous regarde pas.

— La peste! dit Gringoire.

— Elle vous a sauvé la vie. C'est une dette que vous payez.

— Il y en a bien d'autres que je ne paye pas!

— Maître Pierre, il le faut absolument.'[101]

L'archidiacre parlait avec empire.

'Écoutez, dom Claude, répondit le poëte tout consterné. Vous tenez à cette idée, et vous avez tort. Je ne vois pas pourquoi je me ferais pendre à la place d'un autre.

— Qu'avez-vous donc tant qui vous attache à la vie?

— Ah! mille raisons.

— Lesquelles, s'il vous plaît?

— Lesquelles? L'air, le ciel, le matin, le soir, le clair de lune, mes bons amis les truands, les belles architectures de Paris à étudier, trois gros livres à faire; que sais-je, moi? Anaxagoras[102] disait qu'il était au monde pour admirer le soleil. Et puis, j'ai le bonheur de passer toutes mes journées, du matin au soir, avec un homme de génie, qui est moi, et c'est fort agréable.

— Tête à faire un grelot![103] grommela l'archidiacre .... Eh! parle, cette vie que tu te fais si charmante, qui te l'a conservée? A qui dois-tu de respirer cet air, de voir ce ciel, et de pouvoir encore amuser ton esprit d'alouette de billevesées et de folies![104] Sans elle, où serais-tu? Tu veux donc qu'elle meure, elle par qui tu es vivant? qu'elle meure, cette créature, belle, douce, adorable, nécessaire à la lumière du monde, plus divine que Dieu; tandis que toi, demi-sage et demi-fou, vaine ébauche de quelque chose,[105] espèce de végétal qui crois marcher et qui crois penser, tu continueras à vivre avec la vie que tu lui as volée, aussi inutile qu'une chandelle en plein midi? Allons, un peu de pitié, Gringoire; sois généreux à ton tour; c'est elle qui a commencé.[106]

Le prêtre était véhément. Gringoire l'écouta d'abord avec un air indéterminé, puis il s'attendrit, et finit par faire une grimace tragique.

Vous êtes pathétique! dit-il en essuyant une larme. Hé

bien ! j y réfléchirai . . . . C'est une drôle d'idée que vous avez eue là.[107]. . . Après tout, poursuivit-il après un silence, qui sait ! peut-être ne me pendront-ils pas. N'épouse pas toujours qui fiance.[108] Quand ils me trouveront dans cette logette, si grotesquement affublé, peut-être éclateront-ils de rire.[109]. . . Et puis, s'ils me pendent, eh bien ! la corde, c'est une mort comme une autre, ou, pour mieux dire, ce n'est pas une mort comme une autre. C'est une mort digne du sage qui a oscillé toute sa vie. C'est une mort de philosophe, et j'y étais prédestiné peut-être. Il est magnifique de mourir comme on a vécu.'

Le prêtre l'interrompit : ' Est-ce convenu ?

— Qu'est-ce que la mort, à tout prendre ? poursuivit Gringoire avec exaltation. Un mauvais moment, un péage.'

L'archidiacre lui présenta la main. ' Donc c'est dit[110] vous viendrez demain.'

Ce geste ramena Gringoire au positif.

' Ah ! ma foi, non ! dit-il du ton d'un homme qui se réveille. Être pendu ? c'est trop absurde. Je ne veux pas.

— Adieu alors !' Et l'archidiacre ajouta entre ses dents ' Je te retrouverai !

— Je ne veux pas que ce diable d'homme me retrouve,' pensa Gringoire ; et il courut après dom Claude. ' Tenez, monsieur l'archidiacre, pas d'humeur entre vieux amis ![111] Vous vous intéressez à ma femme, c'est bien. Vous avez imaginé un stratagème pour la faire sortir sauve de Notre-Dame, mais votre moyen est extrêmement désagréable pour moi, Gringoire. . . . Si j'en avais un autre, moi ! . . . . Je vous préviens qu'il vient de me survenir à l'instant une inspiration très-lumineuse.[112] . . . Si j'avais une idée expédiente pour la tirer du mauvais pas sans compromettre mon cou avec le moindre nœud coulant ? qu'est-ce que vous diriez ? cela ne vous suffirait-il point ? Est-il absolument nécessaire que je sois pendu pour que vous soyez content ?'[113]

Le prêtre arrachait d'impatience les boutons de sa soutane. ' Ruisseau de paroles ![114] . . . . Quel est ton moyen ?

— Le moyen ! parle !' dît le prêtre en le secouant.

Gringoire se tourna majestueusement vers lui : ' Laissez-moi donc ! vous voyez bien que je compose.' Il réfléchit encore quelques instants, puis il se mit à battre des mains à sa pensée en criant : ' Admirable ! réussite sûre !

— Le moyen !' reprit Claude en colère.

Gringoire était radieux.

— Tout beau,[115] maître ! voici.'

Gringoire se pencha à l'oreille de l'archidiacre, et lui parla
très-bas, en jetant un regard inquiet d'un bout à l'autre de
la rue, où il ne passait pourtant personne. Quand il eut
fini, dom Claude lui prit la main et lui dit froidement :
'C'est bon. A demain.

— A demain,' répéta Gringoire. Et tandis que l'archidiacre s'éloignait d'un côté, il s'en alla de l'autre en se
disant à demi-voix : 'Voilà une fière affaire, monsieur Pierre
Gringoire. N'importe ; il n'est pas dit, parce qu'on est petit,[116]
qu'on s'effrayera d'une grande entreprise.'

L'archidiacre, en rentrant au cloître, trouva à la porte de
sa cellule son frère Jehan du Moulin qui l'attendait et qui
avait charmé les ennuis de l'attente[117] en dessinant avec un
charbon sur le mur un profil de son frère aîné, enrichi d'un
nez démesuré.

Dom Claude regarda à peine son frère ; il avait d'autres
songes. Ce joyeux visage de vaurien, dont le rayonnement
avait tant de fois rasséréné la sombre physionomie du prêtre,
était maintenant impuissant à fondre la brume qui s'épaississait chaque jour davantage sur cette âme.

'Mon frère, dit timidement Jehan,[118] je viens vous voir.'

L'archidiacre ne leva seulement pas les yeux sur lui :
'Après ?

— Mon frère, reprit l'hypocrite, vous êtes si bon pour
moi, et vous me donnez de si bons conseils que je reviens
toujours à vous.

— Ensuite ?

— Je suis pénitent. Je me confesse. Je me frappe la
poitrine à grands coups de poing. Vous avez bien raison
de vouloir que je devienne un jour licencié et sous-moniteur
du collége de Torchi.[119] Voici que je me sens à présent
une vocation magnifique pour cet état. Mais je n'ai plus
d'encre, il faut que j'en rachète ; je n'ai plus de plumes, il
faut que j'en rachète ; je n'ai plus de papier, je n'ai plus de
livres, il faut que j'en rachète. J'ai grand besoin pour le
moment d'un peu de finance, et je viens à vous, mon frère,
le cœur plein de contrition.

— Est-ce tout ?

— Oui, dit l'écolier. Un peu d'argent.

— Je n'en ai pas.'

L'écolier dit alors d'un air grave et résolu en même temps :

'Eh bien! mon frère, je suis fâché d'avoir à vous dire qu'on me fait, d'autre part, de très-belles offres et propositions. Vous ne voulez pas me donner d'argent?.... Non!.... En ce cas, je vais me faire truand.'

En prenonçant ce mot monstrueux, il prit une mine d'Ajax s'attendant à voir tomber la foudre sur sa tête.[120]

L'archidiacre lui dit froidement :

'Faites-vous truand.'

Jehan le salua profondément et redescendit l'escalier du cloître en sifflant.

Au moment où il passait dans la cour du cloître, sous la fenêtre de la cellule de son frère, il entendit cette fenêtre s'ouvrir, leva le nez et vit passer par l'ouverture la tête sévère de l'archidiacre.

'Va-t'en au diable![121] disait dom Claude ; voici le dernier argent que tu auras de moi.'

En même temps, le prêtre jeta à Jehan une bourse qui fit à l'écolier une grosse bosse au front, et dont Jehan s'en alla à la fois fâché et content, comme un chien qu'on lapiderait avec des os à moelle.[122]

CHAPTER XII.

L'ATTAQUE SUR NOTRE-DAME.

UNE partie de la cour des Miracles était enclose par l'ancien mur d'enceinte[1] de la ville, dont bon nombre de tours commençaient, dès cette époque, à tomber en ruine. L'une de ces tours avait été convertie en lieu de plaisir par les truands. Il y avait cabaret dans la salle basse.

Un soir, au moment où le couvre-feu[2] sonnait à tous les beffrois de Paris, les sergents du guet, s'il leur eût été donné[3] d'entrer dans la redoutable cour des Miracles, auraient pu remarquer qu'il se faisait dans la taverne des truands plus de tumulte encore qu'à l'ordinaire. Au dehors, il y avait dans la place force groupes qui s'entretenaient à voix basse, comme lorsqu'il se trame[4] un grand dessein, et çà et là un drôle accroupi[5] qui aiguisait une méchante lame de fer sur un pavé.

Quelle que fût la confusion,[6] après le premier coup d'œil, on pouvait distinguer dans cette multitude trois groupes principaux, qui se pressaient autour de trois personnages que le lecteur connaît déjà. L'un de ces personnages, bizarrement accoutré de maint oripeau oriental,[7] était Mathias Hungadi Spicali, duc d'Égypte et de Bohême. Le maraud était assis sur une table, les jambes croisées, le doigt en l'air,[8] et faisait d'une voix haute distribution de sa science en magie blanche et noire à mainte face béante qui l'entourait.[9] Une autre cohue s'épaississait autour de notre ancien ami, le vaillant roi de Thunes, armé jusqu'aux dents. Clopin Trouillefou, d'un air très-sérieux et à voix basse, réglait le pillage d'une énorme futaille[10] pleine d'armes, largement défoncée devant lui, d'où se dégorgeaient en foule, haches, épées, bassinets, cottes de mailles, fers de lance, comme pommes et raisins d'une corne d'abondance. Chacun prenait au tas.

Il y avait parmi ce vacarme, au fond de la taverne, sur le banc intérieur de la cheminée, un philosophe qui méditait, les pieds dans la cendre et l'œil sur les tisons. C'était Pierre Gringoire.

'Allons, vite! dépêchons, armez-vous! on se met en marche dans une heure!' disait Clopin Trouillefou à ses argotiers.[11]

Une heure après, les cavaliers du guet s'enfuyaient épouvantés devant une longue procession d'hommes noirs et silencieux qui descendait vers le pont au Change, à travers les rues tortueuses qui percent en tous sens le massif quartier des halles.[12]

Cette même nuit, Quasimodo ne dormait pas. Il venait de faire sa dernière ronde dans l'église. Il n'avait pas remarqué au moment où il en fermait les portes, que l'archidiacre était passé près de lui et avait témoigné quelque humeur en le voyant verrouiller et cadenasser avec soin l'énorme armature de fer qui donnait à leurs larges battants[13] la solidité d'une muraille. Dom Claude avait l'air encore plus préoccupé qu'à l'ordinaire.

Cette nuit-là donc, Quasimodo, après avoir donné un coup d'œil à ses pauvres cloches si délaissées, à Jacqueline, à Marie, à Thibaut, était monté jusque sur le sommet de la tour septentrionale, et là, posant sur les plombs sa lanterne sourde bien fermée, il s'était mis à regarder Paris. La nuit, nous l'avons déjà dit, était fort obscure. Paris, qui n'était, pour ainsi dire, pas éclairé à cette époque, présentait à l'œil un amas confus de masses noires, coupé çà et là par la courbe blanchâtre[14] de la Seine. Quasimodo n'y voyait plus de lumière qu'à une fenêtre d'un édifice éloigné, dont le vague et sombre profil se dessinait bien au-dessus des toits,[15] du côté de la porte Saint-Antoine. Là aussi il y avait quelqu'un qui veillait.

Tout en laissant flotter dans cet horizon de brume et de nuit son unique regard,[16] le sonneur sentait au dedans de lui-même une inexprimable inquiétude. Depuis plusieurs jours il était sur ses gardes. Il voyait sans cesse rôder autour de l'église des hommes à mine sinistre qui ne quittaient pas des yeux l'asile de la jeune fille. Il songeait qu'il se tramait peut-être[17] quelque complot contre la malheureuse réfugiée. Il se figurait qu'il y avait une haine populaire sur elle comme il y en avait une sur lui, et qu'il se pourrait bien qu'il arrivât bientôt quelque chose.[18] Aussi se tenait-il sur son clocher, aux aguets, *rêvant dans son rêvoir*, comme dit Rabelais,[19] l'œil tour à tour sur la cellule et sur Paris, faisant sûre garde, comme un bon chien, avec mille défiances dans l'esprit.

Tout à coup, tandis qu'il scrutait la grande ville de cet œil que la nature, par une sorte de compensation, avait fait si perçant qu'il pouvait presque suppléer aux autres organes qui manquaient à Quasimodo, il lui parut que la silhouette du quai de la Vieille-Pelleterie[20] avait quelque chose de singulier, qu'il y avait un mouvement sur ce point, que la ligne du parapet détachée en noir sur la blancheur de l'eau n'était pas droite et tranquille, semblablement à celle des autres quais, mais qu'elle ondulait au regard comme les vagues d'un fleuve ou comme les têtes d'une foule en marche.

Cela lui parut étrange. Il redoubla d'attention. Le mouvement semblait venir vers la Cité.[21] Aucune lumière d'ailleurs. Il dura quelque temps sur le quai, puis il s'écoula peu à peu, comme si ce qui se passait entrait dans l'intérieur

de l'île ;[22] puis il cessa tout à fait, et la ligne de quai redevint droite et immobile.

Au moment où Quasimodo s'épuisait en conjectures,[23]
il lui sembla que le mouvement reparaissait dans la rue du
Parvis qui se prolonge dans la Cité perpendiculairement à
la façade de Notre-Dame. Enfin, si épaisse que fût l'obscurité,[24] il vit une tête de colonne déboucher par cette rue,
et en un instant se répandre dans la place une foule dont
on ne pouvait rien distinguer dans les ténèbres, sinon que
c'était une foule.

Ce spectacle avait sa terreur. Il est probable que cette
procession singulière, qui semblait si intéressée à[25] se dérober
sous une profonde obscurité, ne gardait pas un silence moins
profond. Cependant un bruit quelconque devait s'en échapper, ne fût-ce qu'un piétinement.[26] Mais ce bruit n'arrivait
même pas à notre sourd, et cette grande multitude, dont il
voyait à peine quelque chose, et dont il n'entendait rien,
s'agitant et marchant néanmoins si près de lui, lui faisait
l'effet d'une cohue de morts,[27] muette, impalpable, perdue
dans une fumée. Il lui semblait voir s'avancer vers lui un
brouillard plein d'hommes, voir remuer des ombres dans
l'ombre.

Alors ses craintes lui revinrent, l'idée d'une tentative
contre l'Égyptienne se représenta à son esprit. Il sentit
confusément qu'il approchait[28] d'une situation violente. En
ce moment critique, il tint conseil en lui-même avec un
raisonnement meilleur et plus prompt qu'on ne l'eût attendu
d'un cerveau si mal organisé. Devait-il éveiller l'Égyptienne ?
la faire évader ?[29] Par où ? les rues étaient investies, l'église
était acculée[30] à la rivière. Pas de bateau ! pas d'issue ! ....
Il n'y avait qu'un parti :[31] se faire tuer au seuil de Notre-
Dame, résister du moins jusqu'à ce qu'il vînt un secours, s'il
en devait venir, et ne pas troubler le sommeil de la Esmeralda. La malheureuse serait toujours réveillée assez tôt
pour mourir. Cette résolution une fois arrêtée, il se mit
à examiner l'*ennemi* avec plus de tranquillité.

La foule semblait grossir à chaque instant dans le parvis.
Seulement il présuma qu'elle ne devait faire que fort peu
de bruit, puisque les fenêtres des rues et de la place restaient
fermées. Tout à coup une lumière brilla, et en un instant
sept ou huit torches allumées se promenèrent sur les têtes,[32]

en secouant dans l'ombre leurs touffes de flammes. Quasi-modo vit alors distinctement moutonner dans le parvis un effrayant troupeau d'hommes et de femmes en haillons, armés de faux, de piques, de serpes, de pertuisanes dont les mille pointes étincelaient. Çà et là, des fourches noires faisaient des cornes à ces faces hideuses. Il se ressouvint vaguement de cette populace, et crut reconnaître toutes les têtes qui l'avaient, quelques mois auparavant, salué pape des fous. Un homme, qui tenait une torche d'une main et une boullaye[33] de l'autre, monta sur une borne et parut haranguer. En même temps l'étrange armée fit quelques évolutions, comme si elle prenait poste autour de l'église. Quasimodo ramassa sa lanterne et descendit sur la plate-forme d'entre les tours pour voir de plus près, et aviser aux[34] moyens de défense.

Clopin Trouillefou, arrivé devant le haut portail de Notre-Dame, avait en effet rangé sa troupe en bataille. Quoiqu'il ne s'attendît à aucune résistance, il voulait, en général prudent, conserver un ordre qui lui permît de faire front, au besoin,[35] contre une attaque subite du guet ou des onze-vingts.[36] Il avait donc échelonné sa brigade de telle façon que, vue de haut et de loin, vous eussiez dit le triangle romain de la bataille d'Ecnome,[37] la tête-de-porc d'Alexan-dre,[38] ou le fameux coin de Gustave-Adolphe.[39] La base de ce triangle s'appuyait[40] au fond de la place, de manière à barrer la rue du Parvis ; un des côtés regardait l'Hôtel-Dieu, l'autre la rue Saint-Pierre-aux-Bœufs. Clopin Trouil-lefou s'était placé au sommet,[41] avec le duc d'Égypte, notre ami Jehan, et les sabouleux les plus hardis.

Ce n'était point chose très-rare dans les villes du moyen âge qu'une entreprise comme celle[42] que les truands ten-taient en ce moment sur Notre-Dame. Ce que nous nom-mons aujourd'hui *police* n'existait pas alors. Dans les cités populeuses, dans les capitales surtout, pas de pouvoir cen-tral, un, régulateur.[43] La féodalité avait construit ces grandes communes d'une façon bizarre. Une cité était un assem-blage de mille seigneuries,[44] qui la divisaient en comparti-ments de toutes formes et de toutes grandeurs. De là, mille polices contradictoires, c'est-à-dire pas de police. A Paris, par exemple, indépendamment des cent quarante et un seigneurs prétendant censive[45] il y en avait vingt-cinq prétendant justice et censive, depuis l'évêque de Paris, qui avait cent cinq rues, jusqu'au prieur de Notre-Dame-des-Champs, qui en avait quatre. Tous ces justiciers féodaux ne reconnaissaient que nominalement l'autorité suzeraine du roi. Tous avaient droit de voirie.[46] Tous étaient chez eux. Louis XI, cet infatigable ouvrier qui a si largement commencé la démolition de l'édifice féodal, continuée par Richelieu et Louis XIV au profit de la royauté, et achevée par Mirabeau au profit du peuple ;[47] Louis XI avait bien essayé de crever ce réseau de seigneuries qui recouvrait Paris, en jetant violemment tout au travers[48] deux ou trois ordonnances de police générale. Ainsi, en 1465, ordre aux habitants, la nuit venue, d'illuminer de chandelles leurs croisées, et d'enfermer leurs chiens, sous peine de la hart ; même année, ordre de fermer le soir les rues avec des chaînes de fer, et défense de[49] porter dagues ou armes offensives la nuit dans les rues. Mais, en peu de temps, tous ces essais de législation communale tombèrent en désuétude. Les bourgeois laissèrent le vent éteindre leurs chandelles à leurs fenêtres, et leurs chiens errer ; les chaînes de fer ne se tendirent qu'en état de siége. Le vieil écha-faudage des juridictions féodales resta debout ; immense entassement de bailliages et de seigneuries, se croisant sur la ville, se gênant, s'enchevêtrant, s'emmaillant de travers, s'échancrant les uns les autres ;[50] inutiles taillis de guets, de sous-guets et de contre-guets, à travers lequel passaient à main armée le brigandage, la rapine et la sédition.

Revenons à Notre-Dame.

Quand les premières dispositions furent terminées (et nous devons dire, à l'honneur de la discipline truande, que les ordres de Clopin furent exécutés en silence et avec une admirable précision), le digne chef de la bande monta sur le parapet du parvis, et éleva sa voix rauque et bourrue, se tenant tourné vers Notre-Dame, et agitant sa torche dont la lumière, tourmentée par le vent et voilée à tout moment de sa propre fumée, faisait paraître et disparaître aux yeux la rougeâtre façade de l'église.

'A toi, Louis de Beaumont, évêque de Paris, conseiller en la cour de parlement, moi Clopin Trouillefou, roi de Thunes, grand coësre, prince de l'argot, je dis : Notre sœur, faussement condamnée pour magie, s'est réfugiée dans ton église. Tu lui dois asile et sauvegarde. Or la cour de parlement l'y veut reprendre, et tu y consens ; si bien qu'on la pendrait demain en Grève, si Dieu et les truands n'étaient pas là.[51] Donc nous venons à toi, évêque. Si ton église est sacrée, notre sœur l'est aussi ; si notre sœur n'est pas sacrée, ton église ne l'est pas non plus. C'est pourquoi nous te sommons de nous rendre la fille si tu veux sauver ton église, ou que nous reprendrons la fille, et que nous pillerons l'église. En foi de quoi je plante cy[52] ma bannière, et Dieu te soit en garde, évêque de Paris !'

Quasimodo malheureusement ne put entendre ces paroles prononcées avec une sorte de majesté sombre et sauvage. Un truand présenta sa bannière à Clopin, qui la planta solennellement entre deux pavés.

Cela fait, le roi de Thunes se retourna et promena ses yeux sur son armée, farouche multitude où les regards brillaient presque autant que les piques. Après une pause d'un instant :

'En avant, fils ! cria-t-il. A la besogne les hutins !'[53]

Trente hommes robustes, à membres carrés, à faces de serruriers,[54] sortirent des rangs, avec des marteaux, des pinces et des barres de fer sur les épaules. Ils se dirigèrent vers la principale porte de l'église, montèrent le degré, et bientôt on les vit tous accroupis sous l'ogive, travaillant la porte[55] de pinces et de leviers. Une foule de truands les suivit pour les aider ou les regarder. Les onze marches du portail en étaient encombrées.

Cependant la porte tenait bon. 'Diable ! elle est dure et têtue ! disait l'un.—Elle est vieille, et elle a les cartilages racornis,[56] disait l'autre.—Courage, camarades ! reprenait Clopin. Je gage ma tête contre une pantoufle, que vous aurez ouvert la porte, pris la fille et déshabillé[57] le maître autel avant qu'il y ait un bedeau de réveillé. Tenez ! je crois que la serrure se détraque.'[58]

Clopin fut interrompu par un fracas effroyable, qui retentit en ce moment derrière lui. Il se retourna. Une énorme poutre venait de tomber du ciel ! elle avait écrasé une douzaine de truands sur le degré de l'église, et rebondissait sur le pavé avec le bruit d'une pièce de canon, en cassant encore çà et là des jambes dans la foule des gueux qui s'écartaient avec des cris d'épouvante.[59] En un clin d'œil l'enceinte resserrée du parvis fut vide. Les hutins, quoique protégés par les profondes voussures[60] du portail, abandonnèrent la porte, et Clopin lui-même se replia à distance respectueuse de l'église.

'Je l'ai échappée belle !'[61] criait Jehan.

Il est impossible de dire quel étonnement mêlé d'effroi tomba avec cette poutre sur les bandits. Ils restèrent quelques minutes les yeux fixés en l'air, plus consternés de ce morceau de bois que de vingt mille archers du roi.

Cependant on ne distinguait rien sur la façade, au sommet de laquelle la clarté des torches n'arrivait pas. Le pesant madrier gisait[62] au milieu du parvis, et l'on entendait les gémissements des misérables qui avaient reçu son premier choc.

Le roi de Thunes,[63] le premier étonnement passé, trouva enfin une explication, qui sembla plausible à ses compagnons.

'Est-ce que les chanoines se défendent? Alors à sac! à sac!

— A sac !' répéta la cohue avec un hourra furieux. Et il se fit une décharge d'arbalètes et de hacquebutes sur la façade de l'église.

A cette détonation, les paisibles habitants des maisons circonvoisines se réveillèrent ; on vit plusieurs fenêtres s'ouvrir, et des bonnets de nuit et des mains tenant des chandelles apparurent aux croisées.

'Tirez aux fenêtres,' cria Clopin. Les fenêtres se refermèrent sur-le-champ.

'A sac !' répétaient les argotiers ; mais ils n'osaient approcher. Ils regardaient l'église ; ils regardaient le madrier. Le madrier ne bougeait pas, l'édifice conservait son air calme et désert ; mais quelque chose glaçait les truands.

'A l'œuvre, donc, les hutins ! cria Trouillefou. Qu'on force la porte.'

Personne ne fit un pas.

'Morbleu ! dit Clopin, voilà des hommes qui ont peur d'une solive.'

Un vieux hutin lui adressa la parole.

'Capitaine, ce n'est pas la solive qui nous ennuie, c'est la porte qui est toute cousue de[64] barres de fer. Les pinces n'y peuvent rien.

— Que vous faudrait-il donc pour l'enfoncer? demanda Clopin.

— Ah ! il nous faudrait un bélier.'

Le roi de Thunes courut bravement au formidable madrier et mit le pied dessus. 'En voilà un, cria-t-il ; ce sont les chanoines qui vous l'envoient.' Et faisant un salut dérisoire du côté de l'église : 'Merci, chanoines !'

Cette bravade fit bon effet ;[65] le charme du madrier était rompu. Les truands reprirent courage ; bientôt la lourde poutre, enlevée comme une plume par deux cents bras vigoureux, vint se jeter avec furie sur la grande porte qu'on avait déjà essayé d'ébranler. A voir ainsi, dans le demi-jour que les rares torches des truands répandaient sur la place, ce long madrier porté par cette foule d'hommes qui le précipitaient en courant sur l'église, on eût cru voir une monstrueuse bête à mille pieds attaquant tête baissée[66] la géante de pierre.

Au choc de la poutre, la porte à demi métallique résonna comme un immense tambour ; elle ne se creva point, mais la cathédrale tout entière tressaillit, et l'on entendit gronder les profondes cavités de l'édifice. Au même instant, une pluie de grosses pierres commença à tomber du haut de la façade sur les assaillants. 'Diable ! cria Jehan, est-ce que les tours nous secouent leurs balustrades sur la tête ?' . . . Mais l'élan était donné, le roi de Thunes payait d'exemple.[67] C'était décidément l'évêque qui se défendait, et l'on n'en battit la porte qu'avec plus de rage, malgré les pierres qui faisaient éclater les crânes[68] à droite et à gauche.

Il est remarquable que ces pierres tombaient toutes une à une ; mais elles se suivaient de près. Les argotiers en sentaient toujours deux à la fois, une dans leurs jambes, une sur leurs têtes. Il y en avait peu qui ne portassent coup,[69] et déjà une large couche de morts et de blessés saignait et palpitait sous les pieds des assaillants qui, maintenant furieux, se renouvelaient sans cesse. La longue poutre continuait de battre la porte à temps réguliers, comme le mouton d'une cloche, les pierres de pleuvoir, la porte de mugir.[70]

Le lecteur n'en est sans doute point à deviner que cette résistance inattendue qui avait exaspéré les truands venait de Quasimodo.

Le hasard avait par malheur servi le brave sourd.[71]

Quand il était descendu sur la plate-forme d'entre les

tours, ses idées étaient en confusion dans sa tête. Il avait couru quelques minutes le long de la galerie, allant et venant, comme fou, voyant d'en haut la masse compacte des truands prête à se ruer sur l'église, demandant à Dieu de sauver l'Égyptienne. La pensée lui était venue[72] de monter au beffroi méridional et de sonner le tocsin ; mais avant qu'il eût pu mettre la cloche en branle, avant que la grosse voix de Marie eût pu jeter une seule clameur, la porte de l'église n'avait-elle pas dix fois le temps d'être enfoncée ? C'était précisément l'instant où les hutins s'avançaient vers elle avec leur serrurerie.[73]   Que faire ?

Tout d'un coup, il se souvint que des maçons avaient travaillé tout le jour à réparer le mur, la charpente et la toiture de la tour méridionale. Ce fut un trait de lumière.[74] Le mur était en pierre, la toiture en plomb, la charpente en bois. Cette charpente prodigieuse, si touffue qu'on l'appelait *la forêt.*

Quasimodo courut à cette tour. Les chambres inférieures étaient en effet pleines de matériaux. Il y avait des piles de moellons, des feuilles de plomb en rouleaux, des faisceaux de lattes, de fortes solives déjà entaillées par la scie, des tas de gravois.[75]   Un arsenal complet.

L'instant pressait. Les pieux et les marteaux travaillaient en bas. Avec une force que décuplait[76] le sentiment du danger, il souleva une des poutres, la plus lourde, la plus longue ; il la fit sortir par une lucarne, puis la resaisissant du dehors de la tour, il la fit glisser sur l'angle de la balustrade qui entoure la plate-forme, et la lâcha sur l'abime. L'énorme charpente, dans cette chute de cent soixante pieds, raclant la muraille, cassant les sculptures, tourna plusieurs fois sur elle-même comme une aile de moulin qui s'en irait toute seule à travers l'espace.[77] Enfin elle toucha le sol, l'horrible cri s'éleva, et la noire poutre, en rebondissant sur le pavé, ressemblait à un serpent qui saute.

Quasimodo vit les truands s'éparpiller[78] à la chute du madrier, comme la cendre au souffle d'un enfant. Il profita de leur épouvante, et tandis qu'ils fixaient un regard superstitieux sur la masse tombée du ciel, et qu'ils éborgnaient les saints de pierre du portail avec une décharge de chevrotines, Quasimodo entassait silencieusement des gravois,[79] des pierres des moellons, jusqu'aux sacs d'outils des maçons, sur le rebord de cette balustrade, d'où la poutre s'était déjà élancée.

Aussi, dès qu'ils se mirent à battre là grande porte, la grêle de moellon commença à tomber, et il leur sembla que l'église se démolissait d'elle-même sur leur tête.

Qui eût pu voir Quasimodo en ce moment eût été effrayé. Indépendamment de ce qu'il avait empilé de projectiles sur la balustrade, il avait amoncelé un tas de pierres sur la plate-forme même. Dès que les moellons amassés sur le rebord extérieur furent épuisés, il prit au tas. Alors il se baissait, se relevait, se baissait et se relevait encore, avec une activité incroyable. Sa grosse tête de gnome se penchait par-dessus la balustrade, puis une pierre énorme tombait, puis une autre, puis une autre. De temps en temps il suivait une belle pierre de l'œil, et quand elle tuait bien, il disait : ' Hun !'[80]

Cependant les gueux ne se décourageaient pas. Déjà plus de vingt fois l'épaisse porte sur laquelle ils s'acharnaient avait tremblé sous la pesanteur de leur bélier de chêne multipliée par la force de cent hommes. Les panneaux craquaient, les ciselures volaient en éclats, les gonds, à chaque secousse, sautaient en sursaut sur leurs pitons,[81] les ais se détraquaient, le bois tombait en poudre, broyé entre les nervures de fer. Heureusement pour Quasimodo, il y avait plus de fer que de bois.

Il sentait pourtant que la grande porte chancelait. Quoi-qu'il ne l'entendît pas, chaque coup de bélier se répercutait à la fois dans les cavernes de l'église et dans ses entrailles.[82] Il voyait d'en haut les truands, pleins de triomphe et de rage, montrer le poing à la ténébreuse façade ; et il enviait, pour l'Égyptienne et pour lui, les ailes de hiboux qui s'en-fuyaient au-dessus de sa tête par volées.

Sa pluie de moellon ne suffisait pas à repousser les assaillants.

En ce moment d'angoisse, il remarqua, un peu plus bas que la balustrade d'où il écrasait les argotiers, deux longues gouttières de pierre qui se dégorgeaient immédiatement au-dessus de la grande porte. L'orifice interne de ces gout-tières aboutissait au pavé de la plate-forme.[83] Une idée lui vint ; il courut chercher un fagot dans son bouge de sonneur, posa sur ce fagot force bottes de lattes et force rouleaux de plomb, munitions dont il n'avait pas encore usé, et ayant bien disposé ce bûcher devant le trou des deux gouttières, il y mit le feu avec sa lanterne.

Pendant ce temps-là, les pierres ne tombant plus, les truands avaient cessé de regarder en l'air. Les bandits, haletants comme une meute qui force le sanglier dans sa bauge,[84] se pressaient en tumulte autour de la grande porte, toute déformée par le bélier, mais debout encore. Ils attendaient avec un frémissement le grand coup, le coup qui allait l'éventrer. C'était à qui[85] se tiendrait le plus près pour pouvoir s'élancer des premiers, quand elle s'ouvrirait dans cette opulente cathédrale, vaste réservoir où étaient venues s'amonceler les richesses de trois siècles. Ils se rappelaient les uns aux autres, avec des rugissements de joie et d'appétit,[86] les belles croix d'argent, les belles chapes de brocart, les belles tombes de vermeil, les grandes magnificences du chœur, les fêtes éblouissantes, les Noëls étincelants de flambeaux, les Pâques éclatantes de soleil, toutes ces solennités splendides où châsses, chandeliers, ciboires,[87] tabernacles, reliquaires, bosselaient les autels d'une croûte d'or et de diamants. Certes, en ce beau moment, ils songeaient beaucoup moins à la délivrance de l'Égyptienne qu'au pillage de Notre-Dame. Nous croirions même volontiers que pour bon nombre d'entre eux la Esmeralda n'était qu'un prétexte, si des voleurs avaient besoin de prétextes.

Tout à coup, au moment où ils se groupaient pour un dernier effort autour du bélier, chacun retenant son haleine et roidissant ses muscles afin de donner toute sa force au coup décisif, un hurlement plus épouvantable encore que celui qui avait éclaté et expiré sous le madrier s'éleva au milieu d'eux. Ceux qui ne criaient pas, ceux qui vivaient encore, regardèrent. Deux jets de plomb fondu tombaient du haut de l'édifice au plus épais de la cohue. Cette mer d'hommes venait de s'affaisser sous le métal bouillant qui avait fait, aux deux points où il tombait, deux trous noirs et fumants dans la foule,[88] comme ferait de l'eau chaude dans la neige. On y voyait remuer des mourants à demi calcinés et mugissant de douleur. Autour de ces deux jets principaux, il y avait des gouttes de cette pluie horrible qui s'éparpillaient sur les assaillants, et entraient dans les crânes comme des vrilles de flammes.

La clameur fut déchirante. Ils s'enfuirent pêle-mêle, jetant

le madrier sur les cadavres, les plus hardis comme les plus
timides, et le parvis fut vide une seconde fois.

Tous les yeux s'étaient levés vers le haut de l'église. Ce
qu'ils voyaient était extraordinaire. Sur le sommet de la
galerie la plus élevée, plus haut que la rosace centrale, il
y avait une grande flamme qui montait entre les deux
clochers avec des tourbillons d'étincelles, une grande flamme
désordonnée et furieuse, dont le vent emportait par moments
un lambeau dans la fumée.[89] Au-dessous de cette flamme,
au-dessous de la sombre balustrade, deux gouttières en
gueules de monstres vomissaient sans relâche cette pluie
ardente qui détachait son ruissellement argenté sur les
ténèbres de la façade inférieure. A mesure qu'ils appro-
chaient du sol, les deux jets de plomb liquide s'élargissaient
en gerbes, comme l'eau qui jaillit des mille trous de l'arrosoir.
Au-dessus de la flamme, les énormes tours, de chacune desquelles on voyait deux faces crues et tranchées, l'une toute
noire, l'autre toute rouge, semblaient plus grandes encore
de toute l'immensité de l'ombre qu'elles projetaient jusque
dans le ciel.[90] Leurs innombrables sculptures de diables et
de dragons prenaient un aspect lugubre. La clarté inquiète
de la flamme les faisait remuer à l'œil. Il y avait des guivres
qui avaient l'air de rire, des gargouilles qu'on croyait entendre
japper, des salamandres qui soufflaient dans le feu, des
tarasques qui éternuaient dans la fumée.[91] Et parmi ces
monstres ainsi réveillés de leur sommeil de pierre par cette
flamme, par ce bruit, il y en avait un qui marchait et qu'on
voyait de temps en temps passer sur le front ardent du
bûcher, comme une chauve-souris devant une chandelle.

Sans doute ce phare étrange allait éveiller au loin le
bûcheron des collines de Bicêtre, épouvanté de voir chan-
celer sur ses bruyères l'ombre gigantesque des tours de
Notre-Dame.

Il se fit un silence de terreur parmi les truands, pendant
lequel on n'entendit que les cris d'alarme des chanoines
enfermés dans leur cloître et plus inquiets que des chevaux
dans une écurie qui brûle, le bruit furtif des fenêtres vite
ouvertes et plus vite fermées, le remue-ménage intérieur des
maisons de l'Hôtel-Dieu,[92] le vent dans la flamme, le dernier
râle des mourants, et le pétillement continu de la pluie
de plomb sur le pavé.

Cependant les principaux truands s'étaient retirés sous le porche du logis Gondelaurier, et tenaient conseil. Le duc d'Égypte, assis sur une borne, contemplait avec une crainte religieuse le bûcher fantasmagorique resplendissant à deux cents pieds en l'air. Clopin Trouillefou se mordait les gros poings avec rage.

'Impossible d'entrer! murmurait-il dans ses dents.

— Une vieille église fée! grommelait le vieux bohémien Mathias Hungadi Spicali.

— Voyez-vous ce démon qui passe et repasse devant le feu? s'écriait le duc d'Égypte.

— Pardieu, dit Clopin, c'est le maudit sonneur, c'est Quasimodo.

— Il n'y a donc pas moyen de forcer cette porte?' s'écria le roi de Thunes en frappant du pied.

Le duc d'Égypte lui montra tristement les deux ruisseaux de plomb bouillant qui ne cessaient de rayer[93] la noire façade, comme deux longues quenouilles de phosphore.

'Faut-il donc s'en aller piteusement comme des laquais de grand'route?[94] dit Clopin. Laisser là notre sœur, que ces loups pendront demain!

— Et la sacristie, où il y a des charretées d'or! ajouta un truand.

— Nous n'entrerons pas par la porte. Il faut trouver le défaut de l'armure de la vieille fée: un trou, une fausse poterne, une jointure quelconque.

— Qui en est?[95] dit Clopin. J'y retourne.... A propos, où est donc le petit écolier Jehan.

— Il est sans doute mort, répondit quelqu'un : on ne l'entend plus rire.

— Capitaine Clopin, dit Andry-le-Rouge, qui regardait dans la rue du Parvis, voilà le petit écolier!

— Bravo! dit Clopin. Mais que diable[96] tire-t-il après lui?'

C'était Jehan, en effet, qui accourait aussi vite que le lui permettaient ses lourds habits de paladin et une longue échelle qu'il traînait bravement sur le pavé, plus essoufflé qu'une fourmi attelée à un brin d'herbe vingt fois plus long qu'elle.

'Victoire! *te Deum!* criait l'écolier. Voilà l'échelle des déchargeurs du port Saint-Landry.'

Clopin s'approcha de lui :

' Enfant, que veux-tu faire de cette échelle ?

— Je l'ai, répondit Jehan tout haletant. Je savais où elle était . . . . Sous le hangard de la maison du lieutenant.[97]

— Oui, dit Clopin ; mais que veux-tu faire de cette échelle ?'

Jehan le regarda d'un air malin et capable, et fit claquer ses doigts comme des castagnettes. Il était sublime en ce moment. Il avait sur la tête un de ces casques surchargés du quinzième siècle, qui épouvantaient l'ennemi de leurs cimiers chimériques. Le sien était hérissé de dix becs de fer, de sorte que Jehan eût pu disputer la redoutable épithète de δεκεμβολος au navire homérique de Nestor.[98]

' Ce que j'en veux faire, auguste roi de Thunes ? Voyez-vous cette rangée de statues qui ont des mines d'imbéciles, là-bas, au-dessus des trois portails ?

— Oui. Hé bien ?

— C'est la galerie des rois de France.

— Qu'est-ce que cela me fait ?[99] dit Clopin.

— Attendez donc ! il y a au bout de cette galerie une porte qui n'est jamais fermée qu'au loquet, et avec cette échelle j'y monte, et je suis dans l'église.

— Enfant, laisse-moi monter le premier.

— Non pas, camarade, c'est à moi l'échelle. Venez, vous serez le second.

Jehan se mit à courir par la place, tirant son échelle et criant : ' A moi, les fils !'[100]

En un instant, l'échelle fut dressée et appuyée à la balustrade de la galerie inférieure, au-dessus d'un des portails latéraux. La foule des truands, poussant de grandes acclamations, se pressa au bas pour y monter. Mais Jehan maintint son droit et posa le premier le pied sur les échelons. Le trajet était assez long. La galerie des rois de France est élevée aujourd'hui d'environ soixante pieds au-dessus du pavé. Les onze marches du perron l'exhaussaient encore. Jehan montait lentement, assez empêché de sa lourde armure, d'une main tenant l'échelon, de l'autre son arbalète. Quant il fut au milieu de l'échelle, il jeta un coup d'œil mélancolique sur les pauvres argotiers morts, dont le degré était jonché.[101] ' Hélas ! dit-il, voilà un monceau de cadavres digne du cinquième chant de l'Iliade !' Puis il continua de

monter. Les truands le suivaient. Il y en avait un sur
chaque échelon. A voir s'élever en ondulant dans l'ombre
cette ligne de dos cuirassés, on eût dit un serpent à écailles
d'acier qui se dressait contre l'église.[102] Jehan, qui faisait
la tête et qui sifflait, complétait l'illusion.

L'écolier toucha enfin au balcon de la galerie et l'enjamba
assez lestement, aux applaudissements de toute la truanderie.
Ainsi maître de la citadelle, il poussa un cri de joie, et tout
à coup s'arrêta pétrifié. Il venait d'apercevoir, derrière une
statue de roi, Quasimodo caché dans les ténèbres et l'œil
étincelant.

Avant qu'un second assiégeant eût pu prendre pied sur la
galerie,[103] le formidable bossu sauta à la tête de l'échelle,
saisit, sans dire une parole, le bout des deux montants de
ses mains puissantes, les souleva, les éloigna du mur,[104]
balança un moment, au milieu des clameurs d'angoisse,
la longue et pliante échelle encombrée de truands du haut
en bas, et subitement, avec une force surhumaine, rejeta cette
grappe[105] d'hommes dans la place. Il y eut un instant où
les plus déterminés palpitèrent. L'échelle, lancée en arrière,
resta un moment droite et debout et parut hésiter,[106] puis
oscilla, puis tout à coup, décrivant un effrayant arc de cercle
de quatre-vingts pieds de rayon s'abattit sur le pavé[107] avec
sa charge de bandits, plus rapidement qu'un pont-levis dont
les chaînes se cassent. Il y eut une immense imprécation,
puis tout s'éteignit, et quelques malheureux mutilés se retirèrent en rampant de dessous le monceau de morts.

Une rumeur de douleur et de colère succéda parmi les
assiégeants aux premiers cris de triomphe. Quasimodo, impassible, les deux coudes appuyés sur la balustrade, regardait. Il avait l'air d'un vieux roi chevelu à sa fenêtre.[108]

Jehan Frollo, était, lui, dans une situation critique. Il
se trouvait dans la galerie avec le redoutable sonneur, seul,
séparé de ses compagnons par un mur vertical de quatre-
vingt pieds. Pendant que Quasimodo jouait avec l'échelle,
l'écolier avait couru à la poterne qu'il croyait ouverte.
Point : le sourd, en entrant dans la galerie, l'avait fermée
derrière lui. Jehan alors s'était caché derrière un roi de
pierre, n'osant souffler, et fixant sur le monstrueux bossu
une mine effarée.[109]

Dans les premiers moments le sourd ne prit pas garde à

lui ;[110] mais enfin il tourna la tête et se redressa tout d'un
coup.   Il venait d'apercevoir l'écolier.

Jehan se prépara à un rude choc mais le sourd resta
immobile ; seulement il était tourné vers l'écolier qu'il
regardait.

'Ho ! ho ! dit Jehan, qu'as-tu à[111] me regarder de cet
œil borgne et mélancolique ?'

Et en parlant ainsi, le jeune drôle apprêtait sournoisement
son arbalète.

'Quasimodo ! cria-t-il, je vais changer ton surnom ; on
t'appellera l'aveugle.'

Le coup partit.   Le vireton empenné siffla et vint se
ficher dans le bras gauche du bossu.[112]   Quasimodo ne s'en
émut pas plus que d'une égratignure au roi Pharamond.[113]
Il porta la main à la sagette, l'arracha de son bras et la brisa
tranquillement sur son gros genou : puis il laissa tomber,
plutôt qu'il ne jeta[114] à terre, les deux morceaux.   Mais
Jehan n'eut pas le temps de tirer une seconde fois.   La
flèche brisée, Quasimodo souffla brusquement, bondit comme
une sauterelle et retomba sur l'écolier, dont l'armure s'aplatit
du coup contre la muraille.

Alors, dans cette pénombre où flottait la lumière des
torches, on entrevit une chose terrible.

Quasimodo avait pris de la main gauche les deux bras
de Jehan qui ne se débattait pas, tant il se sentait perdu.[115]
De la droite le sourd lui détachait l'une après l'autre, en
silence, avec une lenteur sinistre,[116] toutes les pièces de son
armure, l'épée, les poignards, le casque, la cuirasse, les
brassards.[117]   On eût dit un singe qui épluche une noix.
Quasimodo jetait à ses pieds, morceau à morceau, la coquille
de fer de l'écolier.

Quand l'écolier se vit désarmé, déshabillé, faible et nu
dans ces redoutables mains, il n'essaya pas de parler à ce
sourd, mais il se mit à lui rire effrontément au visage, et à
chanter, avec son intrépide insouciance d'enfant de seize
ans, une chanson alors populaire.

Il n'acheva pas.   On vit Quasimodo debout sur le parapet
de la galerie, qui d'une seule main tenait l'écolier par les
pieds, en le faisant tourner sur l'abîme comme une fronde ;
puis on entendit un bruit comme celui d'une boîte osseuse
qui éclate contre un mur,[118] et l'on vit tomber quelque

chose qui s'arrêta au tiers de la chute à une saillie de l'architecture. C'était un corps mort qui resta accroché là, plié
en deux, les reins brisés, le crâne vide.

Un cri d'horreur s'éleva parmi les truands.

'Vengeance! cria Clopin.—A sac! répondit la multitude.—Assaut! Assaut!' Alors ce fut un hurlement prodigieux, où se mêlaient toutes les langues, tous les patois,
tous les accents. La mort du pauvre écolier jeta une ardeur
furieuse dans cette foule. La honte la prit, et la colère
d'avoir été si longtemps tenue en échec devant une église
par un bossu.[119] La rage trouva des échelles, multiplia les
torches, et au bout de quelques minutes, Quasimodo, éperdu,
vit cette épouvantable fourmilière monter de toutes parts à
l'assaut de Notre-Dame. Ceux qui n'avaient pas d'échelles
avaient des cordes à nœuds; ceux qui n'avaient pas de
cordes grimpaient aux reliefs des sculptures. Ils se pendaient aux guenilles les uns des autres. Aucun moyen de
résister à cette marée ascendante de faces épouvantables;
la fureur faisait rutiler ces figures farouches;[120] leurs fronts
terreux ruisselaient de sueur; leurs yeux éclairaient; toutes
ces grimaces, toutes ces laideurs investissaient Quasimodo.
On eût dit que quelque autre église avait envoyé à l'assaut
de Notre-Dame ses gorgones, ses dogues, ses drées, ses
démons, ses sculptures les plus fantastiques.[121] C'était comme
une couche de monstres vivants sur les monstres de pierre
de la façade.

Cependant, la place s'était étoilée de mille torches. Cette
scène désordonnée, jusqu'alors enfouie dans l'obscurité,
s'était subitement embrasée la lumière.[122] Le parvis resplen-
dissait et jetait un rayonnement dans le ciel; le bûcher
allumé sur la haute plate-forme brûlait toujours, et illuminait
au loin la ville. L'énorme silhouette des deux tours, développée au loin sur les toits de Paris, faisait dans cette clarté
une large échancrure d'ombre.[123] La ville semblait s'être
émue.[124] Des tocsins éloignés se plaignaient. Les truands
hurlaient, haletaient, juraient, montaient; et Quasimodo,
impuissant contre tant d'ennemis, frissonnant pour l'Égyptienne, voyant les faces furieuses se rapprocher de plus en
plus de sa galerie, demandait un miracle au ciel, et se tordait les bras de désespoir.

CHAPTER XIII.

LOUIS XI.

LE lecteur n'a peut-être pas oublié qu'un moment avant d'apercevoir la bande nocturne des truands, Quasimodo, inspectant Paris du haut de son clocher, n'y voyait plus briller qu'une lumière, laquelle étoilait une vitre à l'étage le plus élevé d'un haut et sombre édifice, à côté de la porte Saint-Antoine. Cet édifice, c'était la Bastille.[1] Cette étoile, c'était la chandelle de Louis XI.[2]

Le roi Louis XI était en effet à Paris depuis deux jours. Il devait repartir le surlendemain pour sa citadelle de Montilz-les-Tours.[3] Il ne faisait jamais que de rares et courtes apparitions dans sa bonne ville de Paris, n'y sentant pas autour de lui assez de trappes, de gibets et d'archers écossais.

Il était venu, ce jour-là, coucher à la Bastille. La grande chambre de cinq toises[4] carrées qu'il avait au Louvre, avec sa grande cheminée chargée de douze grosses bêtes et de treize grands prophètes, et son grand lit de onze pieds sur douze, lui agréaient peu.[5] Il se perdait dans toutes ces grandeurs. Ce roi bon bourgeois[6] aimait mieux la Bastille avec une chambrette et une couchette. Et puis la Bastille était plus forte que le Louvre.

Cette *chambrette*, que le roi s'était réservée dans la fameuse prison d'État, était encore assez vaste et occupait l'étage le plus élevé d'une tourelle engagée dans le donjon.[7] C'était un réduit de forme ronde, tapissé de nattes en paille luisante, plafonné à poutres rehaussées de fleurs de lis d'étain doré, avec les entrevous de couleur,[8] lambrissé à riches boiseries semées de rosettes d'étain blanc et peintes de beau vert-gai, fait d'orpin et de florée fine.[9]

Il n'y avait qu'une fenêtre, une longue ogive treillissée de fil d'archal[10] et de barreaux de fer, d'ailleurs obscurcie de belles vitres coloriées aux armes du roi et de la reine, dont le panneau revenait à vingt-deux sols.[11]

Il n'y avait qu'une entrée, une porte moderne, à cintre surbaissé,[12] garnie d'une tapisserie en dedans, et en dehors d'un de ces porches de bois d'Irlande, frêles édifices de

menuiserie cûrieusement ouvrée,[13] qu'on voyait encore en '
quantité de vieux logis il y a cent cinquante ans. 'Quoiqu'ils
défigurent et embarrassent les lieux, dit Sauval[14] avec désespoir, nos vieillards pourtant ne s'en veulent point défaire
et les conservent en dépit d'un chacun.'[15]

On ne trouvait dans cette chambre rien de ce qui meublait
les appartements ordinaires, ni bancs, ni tréteaux, ni escabelles communes en forme de caisse, ni. belles escabelles
soutenues de piliers et de contre-piliers, à quatre-sols la pièce.
On n'y voyait qu'une chaise pliante à bras, fort magnifique :
le bois en était peint de roses sur fond rouge, le siége de
cordouan vermeil,[16] garni de longues franges de soie et piqué
de mille clous d'or. La solitude de cette chaise faisait voir[17]
qu'une seule personne avait droit de s'asseoir dans la chambre.
À côté de la chaise et tout près de la fenêtre, il y avait une
table recouverte d'un tapis à figures d'oiseaux. Sur cette
table un gallemard[18] taché d'encre, quelques parchemins,
quelques plumes, et un hanap d'argent ciselé. Un peu plus
loin, un chauffe-doux,[19] un prie-Dieu de velours cramoisi,
relevé de bossettes d'or. Enfin au fond un simple lit de
damas jaune et incarnat, sans clinquant ni passement : les
franges sans façon.[20]

Telle était la chambre qu'on appelait 'le retrait où dit ses
heures Monsieur Louis de France.'[21]

Au moment où nous y avons introduit le lecteur, ce retrait
était fort obscur. Le couvre-feu était sonné depuis une
heure,[22] il faisait nuit, et il n'y avait qu'une vacillante chandelle de cire posée sur la table pour éclairer cinq personnages
diversement groupés dans la chambre.

Le premier, sur lequel tombait la lumière, était un seigneur
superbement vêtu d'un haut-de-chausses et d'un justaucorps
écarlate rayé d'argent, et d'une casaque à mahoîtres de drap
d'or à dessins noirs.[23] Ce splendide costume, où se jouait
la lumière, semblait glacé de flamme à tous ses plis. L'homme
qui le portait avait sur la poitrine ses armoiries brodées de
vives couleurs. Cet homme portait à sa ceinture une riche
dague dont la poignée, de vermeil, était ciselée en forme de
cimier et surmontée d'une couronne comtale.[24] Il avait l'air
mauvais, la mine fière et la tête haute. Au premier coup
d'œil on voyait sur son visage l'arrogance, au second la ruse.[25]

Il se tenait tête nue, une longue pancarte à la main,

debout derrière la chaise à bras sur laquelle était assis, le
corps disgracieusement plié en deux, les genoux chevauchant
l'un sur l'autre,[26] le coude sur la table, un personnage fort
mal accoutré.   Qu'on se figure, en effet, sur l'opulent siége
de cuir de Cordoue, deux rotules cagneuses, deux cuisses
maigres pauvrement habillées d'un tricot de laine noire, un
torse enveloppé d'un surtout de futaine[27] avec une fourrure
dont on voyait moins de poil que de cuir ; enfin, pour
couronner, un vieux chapeau gras du plus méchant drap
noir, bordé d'un cordon circulaire de figurines de plomb.
Voilà, avec une sale calotte qui laissait à peine passer un
cheveu, tout ce qu'on distinguait du personnage assis.   Il
tenait sa tête tellement courbée sur sa poitrine qu'on n'apercevait rien de son visage recouvert d'ombre, si ce n'est
le bout de son nez, sur lequel tombait un rayon de lumière,
et qui devait être long.   À la maigreur de sa main ridée on
devinait un vieillard.   C'était Louis XI.

A quelque distance derrière eux causaient à voix basse
deux hommes vêtus à la coupe flamande, qui n'étaient pas
assez perdus dans l'ombre pour que quelqu'un de ceux qui
avaient assisté à la représentation du mystère de Gringoire
n'eût pu reconnaître en eux deux des principaux envoyés
flamands, Guillaume Rym, le sagace pensionnaire de Gand,
et Jacques Coppenole, le populaire chaussetier.   On se
souvient que ces deux hommes étaient mêlés à la politique
secrète de Louis XI.[28]

Enfin, tout au fond, près de la porte, se tenait debout
dans l'obscurité, immobile comme une statue, un vigoureux
homme à membres trapus, à harnois militaire, à casaque
armoriée, dont la face carrée, percée d'yeux à fleur de tête,
fendue d'une immense bouche, dérobant ses oreilles sous
deux larges abat-vent de cheveux plats, sans front, tenait
à la fois du chien et du tigre.[29]

Tous deux étaient découverts, excepté le roi.

Le seigneur qui était auprès du roi lui faisait lecture d'une
espèce de long mémoire que Sa Majesté semblait écouter
avec attention.   Les deux Flamands chuchotaient.

'Croix-Dieu![30] grommelait Coppenole, je suis las d'être
debout ; est ce qu'il n'y a pas de chaise ici ?'

Rym répondait par un geste négatif, accompagné d'un
sourire discret.

' Croix-Dieu ! reprenait Coppenole tout malheureux d'être obligé de baisser ainsi la voix, l'envie me démange[31] de m'asseoir à terre, jambes croisées, en chaussetier, comme je fais dans ma boutique.

— Gardez-vous-en bien ![32] maître Jacques.

— Ouais ! maître Guillaume ! ici l'on ne peut donc être que sur les pieds !

— Ou sur les genoux,'[33] dit Rym.

En ce moment la voix du roi s'éleva. Ils se turent.

'Cinquante sols les robes de nos valets, et douze livres les manteaux des clercs de notre couronne ! C'est cela ! versez l'or à tonnes ! Etes-vous fou, Olivier?'

En parlant ainsi, le vieillard avait levé la tête. On voyait reluire à son cou les coquilles d'or du collier de Saint-Michel. La chandelle éclairait en plein son profil décharné et morose. Il arracha les papiers des mains de l'autre.

'Vous nous ruinez ! cria-t-il en promenant ses yeux creux sur le cahier. Qu'est-ce que tout cela? qu'avons-nous besoin d'une si prodigieuse maison? Deux chapelains à raison de dix livres par mois chacun, et un clerc de chapelle à cent sols ! Un valet de chambre à quatre-vingt-dix livres par an ! Quatre écuyers de cuisine à six vingts livres par an chacun ! Un hasteur, un potager, un saussier, un queux, un sommelier d'armures, deux valets de sommiers, à raison de[34] dix livres par mois chacun ! Deux galopins de cuisine[35] à huit livres ! Un palefrenier et ses deux aides à vingt-quatre livres par mois ! Un porteur, un pâtissier, un boulanger, deux charretiers, chacun soixante livres par an ! Et le maréchal des forges, six-vingts livres ! Et le maître de la chambre de nos deniers,[36] douze cents livres ! Et le contrôleur, cinq cents !... Que sais-je, moi ! C'est une furie ! Les gages de nos domestiques mettent la France au pillage ! Tous les mugots du Louvre[37] fondront à un tel feu de dépense ! Nous y vendrons nos vaisselles ! Et, l'an prochain, si Dieu et Notre-Dame (ici il souleva son chapeau) nous prêtent vie, nous boirons nos tisanes dans un pot d'étain !'

En disant cela, il jetait un coup d'œil sur le hanap d'argent qui étincelait sur la table. Il toussa, et poursuivit :

'Maître Olivier, les princes qui règnent aux grandes seigneuries, comme rois et empereurs, ne doivent pas laisser engendrer la somptuosité en leurs maisons ; car de là ce feu soufflé, puis il reprit avec emportement :

'Je ne vois autour de moi que gens qui s'engraissent de ma maigreur ! Vous me sucez des écus par tous les pores !'[39]

Tous gardaient le silence. C'était une de ces colères qu'on laisse aller.

Il demeura un moment pensif, et ajouta en hochant sa vieille tête :

'Continue, Olivier.'

Le personnage qu'il désignait par ce nom reprit le cahier de ses mains, et se remit à lire à haute voix.

Le roi écoutait en silence. De temps en temps ; il toussait ; alors il portait le hanap à ses lèvres, et buvait une gorgée en faisant une grimace.[40]

'En cette année ont été faits par ordonnance de justice à son de trompe, par les carrefours de Paris cinquante-six cris.—Compte à régler.

'Pour avoir fouillé et cherché en certains endroits, tant dans Paris qu'ailleurs, de la finance qu'on disait y avoir été cachée; mais rien n'y a été trouvé, quarante-cinq livres parisis.'

— Enterrer un écu pour déterrer un sou ![41] dit le roi.

— '.... Pour avoir mis à point, à l'hôtel des Tournelles,[42] six panneaux de verre blanc à l'endroit où est la cage de fer, treize sols.—Pour deux manches neuves au vieil pourpoint du roi, vingt sols.—Pour une boîte de graisse à graisser les bottes du roi, quinze deniers.—Une étable faite de neuf[43] pour loger les pourceaux noirs du roi, trente livres parisis.—Plusieurs cloisons, planches et trappes faites pour enfermer les lions d'emprès Saint-Paul,[44] vingt-deux livres.'

— Voilà des bêtes qui sont bien chères, dit Louis XI. N'importe ; c'est une belle magnificence de roi.[45] Il y a un grand lion roux que j'aime pour ses gentillesses.... L'avez-vous vu, maître Guillaume ? Il faut que les princes aient de ces animaux mirifiques. A nous autres rois, nos chiens

doivent être des lions, et nos chats des tigres. Le grand
va aux couronnes. Du temps des païens de Jupiter, quand
le peuple offrait aux églises cent bœufs et cent brebis, les
empereurs donnaient cent lions et cent aigles. Cela était
farouche et fort beau. Les rois de France ont toujours eu de
ces rugissements autour de leur trône.[46] Néanmoins on me
rendra cette justice, que j'y dépense encore moins d'argent
qu'eux, et que j'ai une plus grande modestie de lions, d'ours,
d'éléphants et de léopards. . . . Allez, maître Olivier. Nous
voulions dire cela à nos amis les Flamands.'

Guillaume Rym s'inclina profondément, tandis que Coppenole, avec sa mine bourrue, avait l'air d'un de ces ours
dont parlait Sa Majesté. Le roi n'y prit pas garde. Celui
qui lisait continua :

'Pour nourriture d'un maraud piéton enverrouillé[47] depuis
six mois dans la logette de l'écorcherie, en attendant qu'on
sache qu'en faire.—Six livres quatre sols.'

'Qu'est-ce cela? interrompit le roi, nourrir ce qu'il faut
pendre ! Pasque-Dieu ! je ne donnerai plus un sol pour
cette nourriture. . . . Olivier, entendez-vous de la chose avec
M. Estouteville,[48] et dès ce soir faites-moi le préparatif des
noces du galant avec une potence. . . . Reprenez.'

Olivier fit une marque avec le pouce à l'article du *maraud
piéton* et passa outre.

'A Henriet Cousin, maître exécuteur des hautes œuvres
de la justice de Paris, la somme de soixante sols parisis,
à lui taxée et ordonnée par monseigneur le prévôt de Paris,[49]
pour avoir acheté, de l'ordonnance de mondit sieurl e
prévôt, une grande épée à feuille servant à exécuter et
décapiter les personnes qui par justice sont condamnées
pour leurs démérites, et icelle fait garnir de fourreau et
de tout ce qui y appartient ;[50] et pareillement a fait remettre
à point et rhabiller la vieille épée, qui s'était éclatée et
ébréchée en faisant la justice de messire Louis de Luxembourg, comme plus à plein peut apparoir.[51] . . .'

Le roi interrompit.—'Il suffit ; j'ordonnance la somme de
grand cœur. Voilà des dépenses où je ne regarde pas.[52]
Je n'ai jamais regretté cet argent-là. . . .—Suivez.

— 'Pour avoir fait de neuf une grande cage . . . .'

— Ah ! dit le roi, en prenant de ses deux mains les bras
de sa chaise, je savais bien que j'étais venu en cette Bastille

pour quelque chose. . . . Attendez, maître Olivier. Je veux
voir moi-même la cage. Vous m'en lirez le coût pendant
que je l'examinerai. . . . Messieurs les Flamands, venez voir
cela ; c'est curieux.'

Alors il se leva, s'appuya sur le bras de son interlocuteur,
fit signe à l'espèce de muet qui se tenait debout devant
la porte de le précéder, aux deux Flamands de le suivre, et
sortit de la chambre.

La royale compagnie se recruta,⁵³ à la porte du retrait,
d'hommes d'armes tout alourdis de fer, et de minces pages
qui portaient des flambeaux. Elle chemina quelque temps
dans l'intérieur du sombre donjon, percé d'escaliers et de
corridors jusque dans l'épaisseur des murailles. Le capitaine
de la Bastille marchait en tête, et faisait ouvrir les guichets
devant le vieux roi malade et voûté, qui toussait en marchant.

A chaque guichet, toutes les têtes étaient obligées de
se baisser, excepté celle du vieillard plié par l'âge. 'Hum !
disait-il entre ses gencives, car il n'avait plus de dents, nous
sommes déjà tout prêt pour la porte du sépulcre. A porte
basse, passant courbé.⁵⁴

Enfin, après avoir franchi un dernier guichet si embarrassé
de serrures qu'on mit un quart d'heure à l'ouvrir,⁵⁵ ils
entrèrent dans une haute et vaste salle en ogive, au centre
de laquelle on distinguait, à la lueur des torches, un gros
cube massif de maçonnerie, de fer et de bois. L'intérieur
était creux. Il y avait aux parois deux ou trois petites
fenêtres si étoffement treillissées d'épais barreaux de fer,⁵⁶
qu'on n'en voyait pas la vitre. La porte était une grande
dalle de pierre plate, comme aux tombeaux ; de ces portes
qui ne servent jamais que pour entrer. Seulement, ici, le
mort, était un vivant.

Le roi se mit à marcher lentement autour du petit édifice
en l'examinant avec soin, tandis que maître Olivier, qui
le suivait, lisait tout haut le mémoire.

'Voilà bien du fer, dit le roi, pour contenir la légèreté
d'un esprit !⁵⁷

— '. . . . Le tout revient à trois cent dix-sept livres cinq
sols sept deniers.'

— Pasque-Dieu !'⁵⁸ s'écria le roi.

A ce juron, qui était le favori de Louis XI, il parut que
quelqu'un se réveillait dans l'intérieur de la cage ; on entendit

des chaînes qui en écorchaient le plancher avec bruit,[59] et il s'éleva une voix faible qui semblait sortir de la tombe : 'Sire ! sire ! grâce !' On ne pouvait voir celui qui parlait ainsi.

'Trois cent dix-sept livres cinq sols sept deniers !' reprit Louis XI.

La voix lamentable qui était sortie de la cage avait glacé tous les assistants, maître Olivier lui-même. Le roi seul avait l'air de ne pas l'avoir entendue. Sur son ordre, maître Olivier reprit sa lecture, et Sa Majesté continua froidement l'inspection de la cage.

'. . . . Outre cela, il a été payé à un maçon qui a fait les trous pour poser les grilles des fenêtres[60] et le plancher de la chambre où est la cage, parce que le plancher n'eût pu porter cette cage, à cause de sa pesanteur, vingt-sept livres quatorze sols parisis[61] . . . .'

La voix recommença à gémir.

'Grâce ! sire ! Je vous jure que c'est monsieur le cardinal d'Angers[62] qui a fait la trahison, et non pas moi.

— Le maçon est rude ![63] dit le roi. Continue, Olivier.'

Et Olivier continua :

'A un menuisier, pour fenêtres, couches, et autres choses, vingt livres deux sols parisis. . . .'

La voix continuait aussi.

'Hélas ! sire ! ne m'écouterez-vous pas ? Je vous proteste que ce n'est pas moi qui ai écrit la chose à monseigneur de Guyenne, mais monsieur le cardinal Balue ![64]

— Le menuisier est cher, observa le roi . . . . Est-ce tout ?

— Non, sire. '. . . . A un vitrier, pour les vitres de ladite chambre, quarante-six sols huit deniers parisis.'

— Faites grâce, sire ! Je suis innocent. Voilà quatorze ans que je grelotte dans une cage de fer. Faites grâce, sire ! Vous retrouverez cela dans le ciel.[65]

— Maître Olivier, dit le roi, le total ?

— Trois cent soixante-sept livres huit sols trois deniers parisis.

— Notre-Dame ! cria le roi. Voilà une cage outrageuse !'[66]

Il arracha le cahier des mains de maître Olivier, et se mit à compter lui-même sur ses doigts, en examinant tour à tour le papier et la cage. Cependant on entendait sangloter le prisonnier. Cela était lugubre dans l'ombre, et les visages se regardaient en pâlissant.

'Quatorze ans, sire! Voilà quatorze ans! depuis le mois
d'avril 1469. Au nom de la sainte mère de Dieu, sire,
écoutez-moi! Vous avez joui tout ce temps de la chaleur
du soleil. Moi, chétif, ne verrai-je plus jamais le jour?
Grâce, sire! Soyez miséricordieux. La clémence est une
belle vertu royale, qui rompt les courantes de la colère.[67]
Croit elle, Votre Majesté, que ce soit à l'heure de la mort un
grand contentement pour un roi, de n'avoir laissé aucune
offense impunie! D'ailleurs, sire, je n'ai point trahi Votre
Majesté; c'est monsieur d'Angers. Et j'ai au pied une
bien lourde chaîne, et une grosse boule de fer au bout,
beaucoup plus pesante qu'il n'est de raison.[68] Eh! sire!
ayez pitié de moi!

— Olivier, dit le roi en hochant la tête, je remarque
qu'on me compte le muid de plâtre à vingt sols, qui n'en
vaut que douze. Vous referez ce mémoire.'

Il tourna le dos à la cage et se mit en devoir de sortir de
la chambre. Le misérable prisonnier, à l'éloignement des
flambeaux et du bruit, jugea que le roi s'en allait.
'Sire! sire!' cria-t-il avec désespoir. La porte se referma.
Il ne vit plus rien, et n'entendit plus que la voix rauque du
guichetier, qui lui chantait aux oreilles la chanson:

Maître Jean Balue
A perdu la vue
De ses évêchès.
Monsieur de Verdun
N'en a plus pas un;
Tous sont dépêchés.[69]

Le roi remontait en silence à son retrait, et son cortége
le suivait, terrifié des derniers gémissements du condamné.
Tout à coup Sa Majesté se tourna vers le gouverneur de la
Bastille.
'A propos, dit-elle, n'y avait-il pas quelqu'un dans cette
cage?
— Pardieu, sire! répondit le gouverneur, stupéfait de
cette question.
— Et qui donc?
— Monsieur l'évêque de Verdun.[70]
Le roi savait cela mieux que personne. Mais c'était une
manie.
'Ah! dit-il avec l'air naïf d'y songer pour la première

fois, Guillaume de Harancourt, l'ami de monsieur le cardinal
Balue. Un bon diable d'évêque !'

Au bout de quelques instants, la porte du retrait s'était
rouverte, puis reclose sur les cinq personnages que le lecteur
y a vus au commencement de ce chapitre, et qui y avaient
repris leurs places, leurs causeries à demi-voix et leurs
attitudes.

Pendant l'absence du roi, on avait déposé sur sa table
quelques dépêches, dont il rompit lui-même le cachet. Puis
il se mit à les lire promptement l'une après l'autre, fit signe
à *maître Olivier*, qui paraissait avoir près de lui office de
ministre,[71] de prendre une plume, et, sans lui faire part du
contenu des dépêches, commença à lui en dicter à voix
basse les réponses, que celui-ci écrivait assez incommodé-
ment agenouillé devant la table.

Guillaume Rym observait.

Le roi parlait si bas, que les Flamands n'entendaient rien
de sa dictée, si ce n'est çà et là quelques lambeaux isolés
et peu intelligibles.

Une fois il haussa la voix :

'Pasque-Dieu ! monsieur le roi de Sicile scelle ses lettres
sur cire jaune, comme un roi de France. Nous avons peut-
être tort de le lui permettre. Mon beau cousin de Bourgogne ne donnait pas d'armoiries à champ de gueules. La
grandeur des maisons s'assure en l'intégrité des prérogatives.[72]
Note ceci, compère Olivier.'

Une autre fois :

'Oh ! oh ! dit-il, le gros message ! Que nous réclame
notre frère l'empereur ?' Et parcourant des yeux la missive
en coupant sa lecture d'interjections :[73] 'Certes ! les Alle-
magnes sont si grandes et puissantes qu'il est à peine croy-
able. . . . Mais n'oublions pas le vieux proverbe : La plus
belle comté est Flandre ; la plus belle duché, Milan ; le
plus beau royaume, France. . . . N'est ce pas, messieurs les
Flamands ?

Cette fois, Coppenole s'inclina avec Guillaume Rym. Le
patriotisme du chaussetier était chatouillé.

Une dernière dépêche fit froncer le sourcil à Louis XI.

'Qu'est cela ? s'écria-t-il. Des plaintes et quérimonies contre
nos garnisons de Picardie ![74] Olivier, écrivez en diligence à
monsieur le maréchal de Rouault.[75] . . . . Que les disciplines

se relâchent. . . . Que les gendarmes des ordonnances, les nobles de ban, les francs-archers, les suisses,[76] font des maux infinis aux manants. . . . Que l'homme de guerre, ne se contentant pas des biens qu'il trouve en la maison des laboureurs, les contraint, à grands coups de bâton ou de voulge,[77] à aller quérir du vin à la ville, du poisson, des épiceries et autres choses excessives. . . . Que monsieur le roi sait cela. . . . Que nous entendons garder notre peuple des inconvénients, larcins et pilleries. . . . Que c'est notre volonté, par Notre-Dame ! . . . . Qu'en outre il ne nous agrée pas qu'aucun ménétrier,[78] barbier, ou valet de guerre, soit vêtu comme prince, de velours, de drap de soie et d'anneaux d'or. . . . . Que ces vanités sont haineuses à Dieu. . . . . Que nous nous contentons, nous qui sommes gentilhomme, d'un pourpoint de drap à seize sols l'aune de Paris. . . . Que messieurs les goujats peuvent bien se rabaisser jusque-là, eux aussi.[79] . . . . Mandez et ordonnez. . . . A monsieur de Rouault, notre ami. . . . Bien.'

Il dicta cette lettre à haute voix, d'un ton ferme et par saccades.[80]   Au moment où il achevait, la porte s'ouvrit et donna passage à un nouveau personnage, qui se précipita tout effaré dans la chambre en criant :

'Sire ! sire ! il y a une sédition de populaire dans Paris !'

La grave figure de Louis XI se contracta ; mais ce qu'il y eut de visible dans son émotion passa comme un éclair.   Il se contint et dit avec une sévérité tranquille :

'Compère Jacques, vous entrez bien brusquement !

— Sire ! sire ! il y a une révolte !' reprit le compère Jacques essouflé.

Le roi, qui s'était levé, lui prit rudement le bras et lui dit à l'oreille, de façon à être entendu de lui seul, avec une colère concentrée et un regard oblique sur les Flamands :

'Tais-toi ! ou parle bas.'

Le nouveau venu comprit et se mit à lui faire tout bas une narration très-effarouchée,[81] que le roi écoutait avec calme.

A peine ce personnage eut-il donné au roi quelques explications, que Louis XI s'écria en éclatant de rire :

' En vérité ! parlez tout haut, compère Coictier !   Qu'avez-vous à parler bas ainsi ?   Notre-Dame sait que nous n'avons rien de caché pour nos bons amis Flamands.

— Mais, sire . . . .

— Parlez tout haut !'

Le compère Coictier demeurait muet de surprise.

' Donc, reprit le roi . . . . parlez, monsieur . . . . il y a une émotion de manants dans notre bonne ville de Paris ?

— Oui, sire.

— Et qui se dirige, dites-vous, contre monsieur le bailli du Palais de Justice ?[82]

— Il y a apparence,' dit *le compère*, qui balbutiait encore, tout étourdi du brusque et inexplicable changement qui venait de s'opérer dans les pensées du roi.

Louis XI reprit :

' Où le guet a-t-il rencontré la cohue ?

— Cheminant de la grande Truanderie vers le pont aux Changeurs. Je l'ai rencontrée moi-même, comme je venais ici, pour obéir aux ordres de Votre Majesté. J'en ai entendu quelques-uns qui criaient : ' A bas le bailli du Palais.'

— Et quels griefs ont-ils contre le bailli ?

— Ah ! dit le compère Jacques, qu'il est leur seigneur.

— Vraiment !

— Oui, sire. Ce sont des marauds de la Cour des Miracles. Voilà longtemps déjà qu'ils se plaignent du bailli, dont ils sont vassaux. Ils ne veulent le reconnaître ni comme justicier ni comme voyer.[83]

— Oui-da ![84] repartit le roi avec un sourire de satisfaction qu'il s'efforçait en vain de déguiser.

— Dans toutes leurs requêtes au parlement, reprit le compère Jacques, ils prétendent n'avoir que deux maîtres : Votre Majesté et leur Dieu, qui est, je crois, le diable.

— Eh ! eh !' dit le roi.

Il se frottait les mains, il riait de ce rire intérieur qui fait rayonner le visage ;[85] il ne pouvait dissimuler sa joie, quoiqu'il essayât par instants de se composer. Personne n'y comprenait rien, pas même maître Olivier. Il resta un moment silencieux, avec un air pensif, mais content.

' Sont-ils en force ? demanda-t-il tout à coup.

— Oui certes, sire, répondit le compère Jacques.

— Combien ?

— Au moins six mille.'

Le roi ne put s'empêcher de dire : ' Bon !' Il reprit : ' Sont-ils armés ?

— De faux, de piques, de hacquebutes, de pioches. Toutes sortes d'armes fort violentes.'

Le roi ne parut nullement inquiet de cet étalage.[86]   Le compère Jacques crut devoir ajouter :

'Si Votre Majesté n'envoie pas promptement au secours du bailli, il est perdu.

— Nous enverrons, dit le roi avec en faux air sérieux.[87] C'est bon. Certainement nous enverrons. Monsieur le bailli est notre ami. Six mille ! Ce sont de déterminés drôles. La hardiesse est merveilleuse, et nous en sommes fort courroucé. Mais nous avons peu de monde cette nuit autour de nous. . . . Il sera temps demain matin.'

Le compère Jacques s'écria :

'Tout de suite, sire ! Le bailliage aura vingt fois le temps d'être saccagé, la seigneurie violée, le bailli pendu. Pour Dieu ! sire, envoyez avant demain matin.'

Le roi le regarda en face.

'Je vous ai dit demain matin.'

C'était un de ces regards auxquels on ne réplique pas.

Après un silence, Louis XI éleva de nouveau la voix :

'Mon compère Jacques, vous devez savoir cela. Quelle était.' . . . Il se reprit :[88] 'Quelle est la juridiction féodale du bailli ?

— Sire, le bailli du Palais a la rue de la Calandre jusqu'à la rue de l'Herberie, la place Saint-Michel, et les lieux vulgairement nommés les Mureaux,[89] assis près de l'église Notre-Dame des Champs (ici Louis IX souleva le bord de son chapeau), lesquels hôtels sont au nombre de treize, plus la cour des Miracles, plus la Maladerie appelée la Banlieue,[90] plus toute la chaussée qui commence à cette Maladerie et finit à la porte Saint-Jacques. De ces divers endroits il est voyer, haut, moyen et bas justicier, plein seigneur.[91]

— Ouais ! dit le roi en se grattant l'oreille gauche avec la main droite, cela fait un bon bout de ma ville ! Ah ! monsieur le bailli était roi de tout cela !'

Cette fois il ne se reprit point. Il continua rêveur et comme se parlant à lui-même : 'Tout beau, monsieur le bailli ! vous aviez là entre les dents un gentil morceau de notre Paris.'[92]

Tout à coup il fit explosion : 'Pasque-Dieu ! qu'est-ce que c'est que ces gens qui se prétendent voyers, justiciers,

seigneurs et maîtres chez nous? qui ont leur péage à tout
bout de champ![93] leur justice et leur bourreau à tout carrefour parmi notre peuple? de façon que, comme le Grec se
croyait autant de dieux qu'il avait de fontaines et le Persan
autant qu'il voyait d'étoiles, le Français se compte autant de
rois qu'il voit de gibets.　Pardieu! cette chose est mauvaise,
et la confusion m'en déplaît.[94]　Je voudrais bien savoir si
c'est la grâce de Dieu qu'il y ait à Paris un autre voyer que
le roi, une autre justice que notre parlement, un autre empereur que nous dans cet empire!　Par ma foi! il faudra
bien que le jour vienne où il n'y aura en France qu'un roi,
qu'un seigneur, qu'un juge, qu'un coupe-tête, comme il n'y a
au paradis qu'un Dieu!'

Il souleva encore son bonnet, et continua, rêvant toujours,
avec l'air et l'accent d'un chasseur qui agace et lance sa
meute :[95] 'Bon! mon peuple! bravement! brise ces faux
seigneurs! fais ta besogne!　Sus! sus![96] pille-les, pends-les,
saccage-les! . . . . Ah! vous voulez être rois, messeigneurs?
Va! peuple! va!'

Ici il s'interrompit brusquement, se mordit les lèvres,
comme pour rattraper sa pensée à demi échappée, appuya
tour à tour son œil perçant sur chacun des cinq personnages
qui l'entouraient, et tout à coup saisissant son chapeau à deux
mains et le regardant en face, il lui dit : 'Oh! je te brûlerais
si tu savais ce qu'il y a dans ma tête.'[97]

Puis, promenant de nouveau autour de lui le regard
attentif et inquiet du renard qui rentre sournoisement à son
terrier :[98]

'Il n'importe! nous secourrons monsieur le bailli.　Par
malheur, nous n'avons que peu de troupes ici, en ce moment,
contre tant de populaire.　Il faut attendre jusqu'à demain.
On remettra l'ordre en la cité et l'on pendra vertement[99]
tout ce qui sera pris.

— A propos! sire, dit le compère Coictier, j'ai oublié
cela dans le premier trouble, le guet a saisi deux traînards
de la bande.　Si Votre Majesté veut voir ces hommes, ils
sont là.

— Si je veux les voir! cria le roi.　Comment! Pasque-
Dieu! tu oublies chose pareille! . . . . Cours vite, toi, Olivier! va les chercher.'

Maître Olivier sortit et rentra un moment après avec les

deux prisonniers, environnés d'archers de l'ordonnance. Le premier avait une grosse face idiote, ivre et étonnée. Il était vêtu de guenilles et marchait en pliant le genou et en traînant le pied. Le second était une figure blême et souriante que le lecteur connaît déjà.

Le roi les examina un instant sans mot dire, puis s'adressant brusquement au premier :

'Comment t'appelles-tu ?

— Gieffroy Pincebourde.

— Ton métier ?

— Truand.

— Qu'allais-tu faire dans cette damnable sédition ?'

Le truand regarda le roi, en balançant ses bras d'un air hébété.[100] C'était une de ces têtes mal conformées, où l'intelligence est à peu près aussi à l'aise que la lumière sous l'éteignoir.

'Je ne sais pas, dit-il. On allait, j'allais.

— N'alliez-vous pas attaquer outrageusement et piller votre seigneur le bailli du Palais ?

— Je sais qu'on allait prendre quelque chose chez quelqu'un. Voilà tout.'

Un soldat montra au roi une serpe qu'on avait saisie sur le truand.

'Reconnais-tu cette arme ? demanda le roi.

— Oui, c'est ma serpe ; je suis vigneron.

— Et reconnais-tu cet homme pour ton compagnon, ajouta Louis XI, en désignant l'autre prisonnier.

— Non. Je ne le connais pas.

Il suffit,' dit le roi. Et faisant un signe du doigt au personnage silencieux, immobile près de la porte, que nous avons déjà fait remarquer au lecteur : 'Compère Tristan, voilà un homme pour vous.'

Tristan L'Hermite s'inclina. Il donna un ordre à voix basse à deux archers, qui emmenèrent le pauvre truand.

Cependant le roi s'était approché du second prisonnier, qui suait à grosses gouttes.[101]

'Ton nom ?

— Sire, Pierre Gringoire.

— Ton métier ?

— Philosophe, sire.

— Comment te permets-tu, drôle, d'aller investir notre

ami monsieur le bailli du Palais, et qu'as-tu à dire de cette
émotion populaire?

— Sire, je n'en étais pas.

— Or çà! paillard,[102] n'as-tu pas été appréhendé par le
guet dans cette mauvaise compagnie?

— Non, sire; il y a méprise. C'est une fatalité. Je fais
des tragédies. Sire, je supplie Votre Majesté de m'entendre.
Je suis poëte. C'est la mélancolie des gens de ma profession d'aller la nuit par les rues. Je passais par là ce soir.
C'est grand hasard. On m'a arrêté à tort; je suis innocent
de cette tempête civile. Votre Majesté voit que le truand
ne m'a pas reconnu. Je conjure Votre Majesté . . . .

— Tas-toi! dit le roi entre deux gorgées de tisane. Tu
nous romps la tête.'[103]

Tristan L'Hermite s'avança, et désignant Gringoire du
doigt:

'Sire, peut-on pendre aussi celui-là?'

C'était la première parole qu'il proférait.

'Peuh! répondit négligemment le roi. Je n'y vois pas
d'inconvénients.

— J'en vois beaucoup, moi!' dit Gringoire.

Notre philosophe était en ce moment plus vert qu'une
olive.[104] Il vit à la mine froide et indifférente du roi qu'il
n'y avait plus de ressource que dans quelque chose de très-
pathétique, et se précipita aux pieds de Louis XI en s'écriant,
avec une gesticulation désespérée:

'Sire! Votre Majesté daignera m'entendre. Sire! n'éclatez
pas en tonnerre sur si peu de chose que moi. La grande foudre
de Dieu ne bombarde pas une laitue.[105] Sire, vous êtes un
auguste monarque très-puissant: ayez pitié d'un pauvre
homme honnête, et qui serait plus empêché d'attiser une
révolte qu'un glaçon de donner une étincelle![106] 'Très-
gracieux sire, la débonnaireté est vertu de lion et de roi.
Hélas! la rigueur ne fait qu'effaroucher les esprits; les
bouffées impétueuses de la bise ne sauraient faire quitter le
manteau au passant.[107] Sire, vous êtes le soleil. Je vous
le proteste, mon souverain maître et seigneur, je ne suis pas
un compagnon truand, voleur et désordonné. La révolte
et les briganderies ne sont pas de l'équipage d'Apollo.[108]
Ce n'est pas moi qui m'irai précipiter dans ces nuées qui
éclatent en des bruits de séditions.[109] Je suis un fidèle

vassal de Votre Majesté. Donc ne me jugez pas séditieux
et pillard, à mon habit usé aux coudes.[110] Si vous me faites
grâce, sire, je l'userai aux genoux à prier Dieu soir et matin
pour vous ! Hélas ! je ne suis pas extrêmement riche, c'est
vrai. Je suis même un peu pauvre ; mais non vicieux pour
cela. Ce n'est pas ma faute. Chacun sait que les grandes
richesses ne se tirent pas des belles-lettres, et que les plus
consommés aux bons livres[111] n'ont pas toujours gros feu
l'hiver. La seule avocasserie prend tout le grain et ne laisse
que la paille aux autres professions scientifiques.[112] Il y a
quarante très-excellents proverbes sur le manteau troué des
philosophes. Oh ! sire ! la clémence est la seule lumière qui
puisse éclairer l'intérieur d'une grande âme. La clémence
porte le flambeau devant toutes les autres vertus.[113] Sans
elle, ce sont des aveugles qui cherchent Dieu à tâtons. La
miséricorde, qui est la même chose que la clémence, fait
l'amour des sujets qui est le plus puissant corps de garde à
la personne du prince. Qu'est-ce que cela vous fait, à vous
Majesté dont les faces sont éblouies, qu'il y ait un pauvre
homme de plus sur la terre, un pauvre innocent philosophe,
barbotant dans les ténèbres de la calamité, avec son gousset
vide qui résonne sur son ventre creux ?[114] D'ailleurs, sire,
je suis un lettré. Les grands rois se font une perle à leur
couronne de protéger les lettres. Or c'est une mauvaise
manière de protéger les lettres que de pendre les lettrés.
Quelle tache à Alexandre s'il avait fait pendre Aristoteles !
Ce trait ne serait pas un petit moucheron sur le visage de
sa réputation pour l'embellir, mais bien un malin ulcère pour
le défigurer.[115] Sire ! j'ai fait un très-expédient épithalame
pour mademoiselle de Flandre et monseigneur le très-auguste
Dauphin. Cela n'est pas d'un boute-feu de rébellion.[116]
Votre Majesté voit que je ne suis pas un grimaud, que j'ai
étudié excellemment, et que j'ai beaucoup d'éloquence natu-
relle. Faites-moi grâce, sire. Cela faisant, vous ferez une
action galante à Notre-Dame, et je vous jure que je suis
très-effrayé de l'idée d'être pendu !'

En parlant ainsi, le désolé Gringoire baisait les pantoufles
du roi, et Guillaume Rym disait tout bas à Coppenole:—'Il
fait bien de se traîner à terre. Les rois sont comme le Jupiter
de Crète ; ils n'ont des oreilles qu'aux pieds.[117]—Et, sans
s'occuper de Jupiter de Crète, le chaussetier répondait avec

un lourd sourire, l'œil fixé sur Gringoire : 'Oh ! que c'est bien cela ! je crois entendre le chancelier Hugonet me demander grâce.'

Quand Gringoire s'arrêta enfin tout essoufflé, il leva la tête en tremblant vers le roi, qui grattait avec son ongle une tache que ses chausses avaient au genou : puis Sa Majesté se mit à boire au hanap de tisane. Du reste, elle ne soufflait mot, et ce silence torturait Gringoire. Le roi le regarda enfin : 'Voilà un terrible braillard !'[118] dit-il. Puis se tournant vers Tristan L'Hermite : ' Bah ! lâchez-le !'

' En liberté ! grogna Tristan. Votre Majesté ne veut pas qu'on le retienne un peu en cage ?

— Compère, repartit Louis XI, crois-tu que ce soit pour de pareils oiseaux que nous faisons faire des cages de trois cent soixante-sept livres huit sous trois deniers ? Lâchez-moi incontinent le paillard (Louis XI affectionnait ce mot, qui faisait avec *Pasque-Dieu* le fond de sa jovialité), et mettez-le hors avec une bourrade.[119]

— Ouf ! s'écria Gringoire, que voilà un grand roi !'

Et de peur d'un contre-ordre, il se précipita vers la porte, que Tristan lui rouvrit d'assez mauvaise grâce. Les soldats sortirent avec lui en le poussant devant eux à grands coups de poing, ce que Gringoire supporta en vrai philosophe stoïcien.

La bonne humeur du roi, depuis que la révolte contre le bailli lui avait été annoncée, perçait dans tout.[120] Cette clémence inusitée n'en était pas un médiocre signe. Tristan L'Hermite dans son coin avait la mine renfrognée d'un dogue qui a vu et qui n'a pas eu.[121]

Le roi cependant battait gaiement avec les doigts sur les bras de sa chaise la marche de Pont-Audemer. C'était un prince dissimulé, mais qui savait beaucoup mieux cacher ses peines que ses joies. Ces manifestations extérieures de joie à toute bonne nouvelle allaient quelquefois très-loin : ainsi, à la mort de Charles le Téméraire, jusqu'à vouer[122] des balustrades d'argent à Saint-Martin de Tours ; à son avénement au trône jusqu'à oublier d'ordonner les obsèques de son père.

' Hé ! sire ! s'écria tout à coup Jacques Coictier, qu'est devenue la pointe aiguë de maladie pour laquelle Votre Majesté m'avait fait mander ?

— Oh ! dit le roi, vraiment je souffre beaucoup, mon com-père, j'ai l'oreille sibilante, et des râteaux de feu qui me raclent la poitrine.'[123]

Coictier prit la main du roi, et se mit à lui tâter le pouls avec une mine capable.

'Regardez, Coppenole, disait Rym à voix basse. Le voilà entre Coictier et Tristan. C'est là toute sa cour. Un médecin pour lui, un bourreau pour les autres.'

En tâtant le pouls du roi, Coictier prenait un air de plus en plus alarmé. Louis XI le regardait avec quelque anxiété. Coictier se rembrunissait à vue d'œil.[124] Le brave homme n'avait d'autre métairie que la mauvaise santé du roi.[125] Il l'exploitait de son mieux.

— 'Oh ! oh ! murmura-t-il enfin ; ceci est grave, en effet.

— N'est-ce pas ? dit le roi inquiet.

— *Pulsus creber, anhelans, crepitans, irregularis*, continua le médecin.

— Pasque-Dieu !

— Avant trois jours, ceci peut emporter son homme.

— Notre-Dame ! s'écria le roi. Et le remède, compère ?

— J'y songe, sire.'

Il fit tirer la langue à Louis XI, hocha la tête, fit la grimace, et tout au milieu de ces simagrées :

'Pardieu, sire, dit-il tout à coup, il faut que je vous conte qu'il y a une recette des régales vacante,[126] et que j'ai un neveu.

— Je donne ma recette à ton neveu, compère Jacques, répondit le roi ; mais tire-moi ce feu de la poitrine.

— Puisque Votre Majesté est si clémente, reprit le méde-cin, elle ne refusera pas de m'aider un peu en la bâtisse de ma maison rue Saint-André des Arcs.

— Heuh ! dit le roi.

— Je suis au bout de ma finance,[127] poursuivit le docteur, et il serait vraiment dommage que la maison n'eût pas de toit : non pour la maison, qui est simple et toute bourgeoise ; mais pour les peintures de Jehan Fourbault, qui en égayent le lambris.

— Bourreau ! grommela Louis XI, où en veux-tu venir ?[128]

— Il me faut un toit sur ces peintures, sire, et quoique ce soit peu de chose, je n'ai plus d'argent.

— Combien est-ce, ton toit ?

— Mais . . . . un toit de cuivre historié et doré, deux mille
livres au plus.

— Ah ! l'assassin ! cria le roi.   Il ne m'arrache pas une
dent qui ne soit un diamant.[129]

— Ai-je mon toit ? dit Coictier.

— Oui ! et va au diable, mais guéris-moi.'
Jacques Coictier s'inclina profondément.

Une chandelle qui brille n'attire pas qu'un moucheron.
Maître Olivier, voyant le roi en libéralité, et croyant le
moment bon, s'approcha à son tour :

'Sire. . . .

— Qu'est-ce encore ? dit Louis XI.

— Sire, Votre Majesté sait que maître Simon Radin est
mort ?

— Eh bien ?

— C'est qu'il était conseiller du roi.

— Eh bien ?

— Sire, sa place est vacante.'
En parlant ainsi, la figure hautaine de maître Olivier avait
quitté l'expression arrogante pour l'expression basse.   C'est
le seul rechange qu'ait une figure de courtisan.[130]   Le roi le
regarda très en face, et dit d'un ton sec :

'Je comprends.'

Il reprit :

'Maître Olivier, le maréchal de Boucicaut disait : ' Il n'est
don que de roi, il n'est peschier que en la mer.'[131]   Je vois
que vous êtes de l'avis de M. de Boucicaut.   Maintenant,
oyez ceci,[132] nous avons bonne mémoire.   En 68, nous vous
avons fait varlet de notre chambre ; en 69, garde du châtel
du pont de Saint-Cloud, à cent livres tournois de gages
(vous les vouliez parisis).[133]   En novembre 73, par lettres
données à Gergeaule, nous vous avons institué concierge du
bois de Vincennes, au lieu de Gilbert Acle, écuyer ; en 75,
gruyer de[134] la forêt de Rouvray-lez-Saint-Cloud, en place de
Jacques Le Maire ; en 78, nous vous avons gracieusement
assis, par lettres patentes scellées sur double queue de cire
verte,[135] une rente de dix livres parisis, pour vous et votre
femme.   Nous avons bien voulu changer votre nom de
Le Mauvais, qui ressemblait trop à votre mine.   En 74, nous
vous avons octroyé,[136] au grand déplaisir de notre noblesse,

des armoiries de mille couleurs qui vous font une poitrine de paon. Pasque-Dieu ! n'êtes-vous pas saoul.[137] La pescherie n'est-elle point assez belle et miraculeuse ? Et ne craignez-vous pas qu'un saumon de plus ne fasse chavirer votre bateau ? L'orgueil vous perdra, mon compère. L'orgueil est toujours talonné de la ruine et de la honte.[138] Considérez ceci, et taisez-vous.'

Ces paroles, prononcées avec sévérité, firent revenir à l'insolence[139] la physionomie de maître Olivier.

' Bon, murmura-t-il presque tout haut, on voit bien que le roi est malade aujourd'hui : il donne tout au médecin.'

Louis XI, loin de s'irriter de cette incartade, reprit avec quelque douceur :

' Tenez, j'oubliais encore que je vous ai fait mon ambassadeur à Gand près de madame Marie.[140] .... Oui, messieurs, ajouta le roi en se tournant vers les Flamands, celui-ci a été ambassadeur. ... Là, mon compère, poursuivit-il en s'adressant à maître Olivier, ne nous fâchons pas ; nous sommes vieux amis. Voilà qu'il est très-tard. Nous avons terminé notre travail. Rasez-moi.'

Nos lecteurs n'ont sans doute pas attendu jusqu'à présent pour reconnaître dans *maître Olivier* ce Figaro terrible que la Providence, cette grande faiseuse de drames, a mêlé si artistement à la longue et sanglante comédie de Louis XI. Ce n'est pas ici que nous entreprendrons de développer cette figure singulière. Ce barbier du roi avait trois noms. A la cour, on l'appelait poliment Olivier Le Daim ; parmi le peuple, Olivier Le Diable. Il s'appelait, de son vrai nom, Olivier Le Mauvais.

Olivier le Mauvais donc resta immobile, boudant le roi,[141] et regardant Jacques Coictier de travers.

' Oui, oui ! le médecin ! disait-il entre ses dents.

— Eh ! oui, le médecin ! reprit Louis XI avec une bonhomie singulière ; le médecin a plus de crédit que toi. C'est tout simple ; il a prise sur nous par tout le corps,[142] et tu ne nous tiens que par le menton. Va, mon pauvre barbier, cela se retrouvera.[143] Allons, mon compère, vaque à ton office, rase-moi. Va chercher ce qu'il te faut.'

Olivier, voyant que le roi avait pris le parti de rire, et qu'il n'y avait pas même moyen de le fâcher, sortit en grondant pour exécuter ses ordres.

Le roi se leva, s'approcha de la fenêtre, et tout à coup, l'ouvrant avec une agitation extraordinaire :

'Oh! oui! s'écria-t-il en battant des mains, voilà une rougeur dans le ciel sur la Cité. C'est le bailli qui brûle. Ce ne peut être que cela. Ah! mon bon peuple! voilà donc que tu m'aides enfin à l'écroulement des seigneuries!'

Alors, se tournant vers les Flamands :

'Messieurs, venez voir ceci. N'est-ce pas un feu qui rougeoie?'

Les deux Gantois s'approchèrent.

'Un grand feu, dit Guillaume Rym.

— Oh! ajouta Coppenole, dont les yeux étincelèrent tout à coup, cela me rappelle le brûlement de la maison du seigneur d'Hymbercourt.[144] Il doit y avoir une grosse révolte là-bas.

— Vous croyez, maître Coppenole?' Et le regard de Louis XI était presque aussi joyeux que celui du chaussetier. 'N'est-ce pas qu'il sera difficile d'y résister?

— Croix-Dieu! sire! Votre Majesté ébréchera là-dessus bien des compagnies de gens de guerre.[145]

— Ah! moi! c'est différent, repartit le roi. Si je voulais' . . . .

Le chaussetier répondit hardiment :

'Si cette révolte est ce que je suppose, vous auriez beau vouloir, sire.[146]

— Compère, dit Louis XI, avec les deux compagnies de mon ordonnance et une volée de serpentine, on a bon marché d'une populace de manants.[147]

Le chaussetier, malgré les signes que lui faisait Guillaume Rym, paraissait déterminé à tenir tête au roi :

'Sire, les Suisses aussi étaient des manants. Monsieur le duc de Bourgogne était un grand gentilhomme et il faisait fi de cette canaille.[148] A la bataille de Grandson, sire, il criait : 'Gens de canons, feu sur ces vilains!' et il jurait par saint Georges. Mais l'avoyer Scharnachtal se rua sur le beau duc avec sa massue et son peuple, et de la rencontre des paysans à peaux de buffle la luisante armée bourguignonne s'éclata comme une vitre au choc d'un caillou.[149] Il y eut là bien des chevaliers de tués par des marauds ; et l'on trouva M. de Château-Guyon, le plus grand seigneur de la Bourgogne, mort avec son grand cheval grison, dans un petit pré de marais.

— L'ami, repartit le roi, vous parlez d'une bataille. Il
s'agit d'une mutinerie.   Et j'en viendrai à bout quand il me
plaira de froncer le sourcil.'[150]

L'autre répliqua avec indifférence :

'Cela se peut, sire.   En ce cas, c'est que l'heure du peuple
n'est pas venue.'

Guillaume Rym crut devoir intervenir :

'Maître Coppenole, vous parlez à un puissant roi.

— Je le sais, répondit gravement le chaussetier.

— Laissez-le dire, monsieur Rym mon ami, dit le roi ;
j'aime ce franc-parler.   Mon père Charles septième disait
que la vérité était malade.   Je croyais, moi, qu'elle était
morte, et qu'elle n'avait point trouvé de confesseur.   Maître
Coppenole me détrompe.'

Alors, posant familièrement sa main sur l'épaule de Coppenole :

'Vous disiez donc, maître Jacques. . . .

— Je dis, sire, que vous avez peut-être raison, que l'heure
du peuple n'est pas venue chez vous.'

Louis XI le regarda avec son œil pénétrant.

'Et quand viendra cette heure, maître ?

— Vous l'entendrez sonner.

— A quelle horloge, s'il vous plaît ?'

Coppenole, avec sa contenance tranquille et rustique, fit
approcher le roi de la fenêtre.

'Ecoutez, sire ! il y a ici un donjon, un beffroi, des canons,
des bourgeois, des soldats.   Quand le beffroi bourdonnera,
quand les canons gronderont, quand le donjon croulera à
grand bruit, quand bourgeois et soldats hurleront et s'entre-
tueront, c'est l'heure qui sonnera.'

Le visage de Louis devint sombre et rêveur.   Il resta un
moment silencieux, puis il frappa doucement de la main,
comme on flatte une croupe de destrier,[151] l'épaisse muraille
du donjon.

'Oh ! que non ! dit-il.   N'est-ce pas que tu ne crouleras
pas si aisément, ma bonne Bastille ?'

Et se tournant d'un geste brusque vers le hardi Flamand.

'Avez-vous jamais vu une révolte, maître Jacques ?

— J'en ai fait, dit le chaussetier.

— Comment faites-vous, dit le roi, pour faire une révolte ?

— Ah ! répondit Coppenole, ce n'est pas bien difficile.   Il

y a cent façons.　D'abord il faut qu'on soit mécontent dans
la ville.　La chose n'est pas rare.　Et puis le caractère des
habitants.　Ceux de Gand sont commodes à la révolte.[152]
Ils aiment toujours le fils du prince, le prince jamais.　Eh
bien! un matin, je suppose, on entre dans ma boutique, on me
dit : ' Père Coppenole, il y a ceci, il y a cela, la demoiselle de
Flandre veut sauver ses ministres, ou autre chose.'　Ce qu'on
veut.　Moi, je laisse là l'ouvrage, je sors de ma chausseterie,
et je vais dans la rue, et je crie : 'A sac!'　Il y a bien toujours
là quelque futaille défoncée.　Je monte dessus, et je dis tout
haut les premières paroles venues, ce que j'ai sur le cœur ;
et quand on est du peuple, sire, on a toujours quelque chose
sur le cœur.[153]　Alors on s'attroupe, on crie, on sonne le
tocsin, on arme les manants du désarmement des soldats,[154]
les gens du marché s'y joignent, et l'on va.　Et ce sera toujours
ainsi, tant qu'il y aura des seigneurs dans les seigneureries,
des bourgeois dans les bourgs, et des paysans dans les
pays.

　　— Et contre qui vous rebellez-vous ainsi ? demanda le roi.
Contre vos baillis ? contre vos seigneurs ?

　　— Quelquefois, c'est selon.　Contre le duc aussi, quelquefois.'

　　Louis XI alla se rasseoir, et dit avec un sourire :

　' Ah ! ici, ils n'en sont encore qu'aux baillis.'[155]

　　En cet instant Olivier Le Daim rentra.　Il était suivi de
deux pages qui portaient les toilettes du roi ; mais ce qui
frappa Louis XI, c'est qu'il était en outre accompagné du
prévôt de Paris et du chevalier du guet, lesquels paraissaient
consternés.　Le rancuneux barbier avait aussi l'air consterné,
mais content en dessous.[156]　C'est lui qui prit la parole :

　' Sire, je demande pardon à Votre Majesté de la cala-
miteuse nouvelle que je lui apporte.'

　　Le roi, en se tournant vivement, écorcha la natte du
plancher avec les pieds de sa chaise :

　' Qu'est-ce à dire ?

　　— Sire, reprit Olivier Le Daim avec la mine méchante
d'un homme qui se réjouit d'avoir à porter un coup violent,
ce n'est pas sur le bailli du Palais que se rue·cette sédition
populaire.

　　— Et sur qui donc ?

　　— Sur vous, sire.'

Le vieux roi se dressa debout et droit comme un jeune homme :

'Explique-toi, Olivier ! explique-toi ! et tiens bien ta tête,[157] mon compère ; car je te jure, par la croix de Saint-Lô, que, si tu nous mens à cette heure, l'épée qui a coupé le cou de M. de Luxembourg n'est pas si ébréchée qu'elle ne scie encore le tien ![158]

Le serment était formidable ; Louis XI n'avait juré que deux fois dans sa vie par la croix de Saint-Lô. Olivier ouvrit la bouche pour répondre :

'Sire. . . .

— Mets-toi à genoux ! interrompit violemment le roi. Tristan, veillez sur cet homme !'

Olivier se mit à genoux, et dit froidement :

'Sire, une sorcière a été condamnée à mort par votre cour de parlement. Elle s'est réfugiée dans Notre-Dame. Le peuple l'y veut reprendre de vive force. Monsieur le prévôt et monsieur le chevalier du guet, qui viennent de l'émeute, sont là pour me démentir si ce n'est pas la vérité. C'est Notre-Dame que le peuple assiége.

— Oui-da ! dit le roi à voix basse, tout pâle et tout tremblant de colère. Notre-Dame ! Ils assiégent dans sa cathédrale Notre-Dame, ma bonne maîtresse ! . . . . Relève-toi, Olivier. C'est à moi qu'on s'attaque. La sorcière est sous la sauvegarde de l'église, l'église est sous ma sauvegarde. Et moi qui croyais qu'il s'agissait du bailli ! C'est contre moi !'

Alors, rajeuni par la fureur, il se mit à marcher à grands pas. Il ne riait plus, il était terrible, il allait et venait ; le renard s'était changé en hyène. Il semblait suffoqué à ne pouvoir parler ; ses lèvres remuaient, et ses poings décharnés se crispaient.[159] Tout à coup il releva la tête, son œil cave parut plein de lumière, et sa voix éclata comme un clairon. 'Main basse, Tristan ! main basse sur ces coquins ![160] Va, Tristan mon ami ! tue, tue !'

Cette éruption passée, il vint se rasseoir et dit avec une rage froide et concentrée :

'Ici, Tristan ! . . . . Il y a près de nous dans cette Bastille les cinquante lances du vicomte de Gif, ce qui fait trois cents chevaux : vous les prendrez. Il y a aussi la compagnie des archers de notre ordonnance de M. de Châteaupers : vous

la prendrez. Vous êtes prévôt des maréchaux, vous avez les
gens de votre prévôté : vous les prendrez. A l'hôtel Saint-
Pol, vous trouverez quarante archers de la nouvelle garde
de monsieur le Dauphin : vous les prendrez. Et avec tout
cela, vous allez courir à Notre-Dame. . . . . Ah ! messieurs
les manants de Paris, vous vous jetez ainsi tout au travers
de la couronne de France,[161] de la sainteté de Notre-Dame et
de la paix de cette république ! . . . . Extermine ! Tristan ! extermine ! et que pas un n'en réchappe que pour Montfauçon.'
    Tristan s'inclina.
    ' C'est bon, sire.'
    Il ajouta après un silence :
    ' Et que ferai-je de la sorcière ?'
    Cette question fit songer le roi.
    ' Ah ! dit-il, la sorcière ! . . . . Monsieur d'Estouteville,
qu'est-ce que le peuple en voulait faire ?
    — Sire, répondit le prévôt de Paris, j'imagine que, puisque
le peuple la vient arracher de son asile de Notre-Dame, c'est
que cette impunité le blesse et qu'il la veut pendre.'
    Le roi parut réfléchir profondément ; puis, s'adressant à
Tristan L'Hermite :
    ' Eh bien ! mon compère, extermine le peuple et pends
la sorcière.
    — C'est cela, dit tout bas Rym à Coppenole : punir le
peuple de vouloir, et faire ce qu'il veut.[162]
    — Il suffit, sire, répondit Tristan. Si la sorcière est encore
dans Notre-Dame, faudra-t-il l'y prendre malgré l'asile ?
    — Pasque-Dieu, l'asile ! dit le roi en se grattant l'oreille.
Il faut pourtant que cette femme soit pendue.'
    Ici, comme pris d'une idée subite, il se rua à genoux
devant sa chaise, ôta son chapeau, le posa sur le siége, et
regardant dévotement l'une des amulettes de plomb qui le
chargeaient : ' Oh ! dit-il, les mains jointes, Notre-Dame de
Paris, ma gracieuse patronne, pardonnez-moi. Je ne le
ferai que cette fois. Il faut punir cette criminelle. Je vous
assure, madame la Vierge, ma bonne maîtresse, que c'est une
sorcière qui n'est pas digne de votre aimable protection.
Vous savez, madame, que bien des princes très-pieux ont
outrepassé[163] le privilége des églises pour la gloire de Dieu
et la nécessité de l'État. Pardonnez-moi donc pour cette
fois, Notre-Dame de Paris. Je ne le ferai plus, et je vous

donnerai une belle statue d'argent, pareille à celle que j'ai donnée l'an passé à Notre-Dame d'Écouys.   Ainsi soit-il.

Il fit un signe de croix, se releva, se recoiffa, et dit à Tristan :

'Faites diligence, mon compère.   Prenez M. de Châteaupers avec vous.   Vous ferez sonner le tocsin.   Vous écraserez le populaire.   Vous pendrez la sorcière.   C'est dit. Et j'entends que le pourchas de l'exécution soit fait par vous.   Vous m'en rendrez compte.[164] .... Allons, Olivier, je ne me coucherai pas cette nuit.   Rase-moi.'

Tristan L'Hermite s'inclina et sortit.   Alors le roi, congédiant du geste Rym et Coppenole :

'Dieu vous garde, messieurs mes bons amis les Flamands. Allez prendre un peu de repos.   La nuit s'avance, et nous sommes plus près du matin que du soir.'

Tous deux se retirèrent, et en gagnant leurs appartements sous la conduite du capitaine de la Bastille, Coppenole disait à Guillaume Rym :

'Hum ! j'en ai assez de ce roi qui tousse ! J'ai vu Charles de Bourgogne ivre, il était moins méchant que Louis XI malade.

— Maître Jacques, répondit Rym, c'est que les rois ont le vin moins cruel que la tisane.'[165]

CHAPTER XIV.

LA MÈRE.

En sortant de la Bastille, Gringoire descendit la rue Saint-Antoine de la vitesse d'un cheval échappé.[1]   Arrivé à la porte Baudoyer,[2] il marcha droit à la croix de pierre qui se dressait au milieu de cette place comme s'il eût pu[3] distinguer dans l'obscurité la figure d'un homme vêtu et encapuchonné de noir, qui était assis sur les marches de la croix.

'Est-ce vous, maître ?' dit Gringoire.

Le personnage noir se leva.

'Mort et passion?[4]   Vous me faites bouillir, Gringoire.
L'homme qui est sur la tour de Saint-Gervais vient de crier
une heure et demie du matin.

— Oh! repartit Gringoire, ce n'est pas ma faute, mais
celle du guet et du roi.   Je viens de l'échapper belle![5] je
manque toujours d'être pendu.   C'est ma prédestination.

— Tu manques tout, dit l'autre.   Mais allons vite.   As-tu
le mot de passe?

— Figurez-vous, maître, que j'ai vu le roi.   J'en viens.
Il a une culotte de futaine.   C'est une aventure.

— Oh! quenouille de paroles![6] que me fait ton aventure?   As-tu le mot de passe des truands?

— Je l'ai.   Soyez tranquille.   *Petite flambe en baguenaud.*[7]

— Bien.   Autrement nous ne pourrions pénétrer jusqu'à
l'église.   Les truands barrent les rues.   Heureusement il
paraît qu'ils ont trouvé de la résistance.   Nous arriverons
peut-être encore à temps.

— Oui, maître.   Mais comment entrerons-nous dans
Notre-Dame?

— J'ai la clef des tours.

— Et comment en sortirons-nous?

— Il y a derrière le cloître une petite porte qui donne sur,
le Terrain,[8] et de là sur l'eau.   J'en ai pris la clef, et j'y ai
amarré un bateau ce matin.

— J'ai joliment manqué d'être pendu! reprit Gringoire.

— Eh vite! allons!' dit l'autre.

Tous deux descendirent à grands pas vers la Cité.

Le lecteur se souvient peut-être de la situation critique
où nous avons laissé Quasimodo.   Le brave sourd, assailli
de toutes parts, avait perdu, sinon tout courage, du moins
tout espoir de sauver, non pas lui (il ne songeait pas à lui),
mais l'Égyptienne.   Il courait éperdu sur la galerie.   Notre-
Dame allait être enlevée par les truands.   Tout à coup un
grand galop de chevaux emplit les rues voisines, et avec une
longue file de torches et une épaisse colonne de cavaliers
abattant lances et brides,[9] ces bruits furieux débouchèrent
sur la place comme un ouragan: 'France! France! Taillez
les manants! Châteaupers à la rescousse! Prévôté!' prévôté!'

Les truands effarés firent volte-face.[10]

Quasimodo, qui n'entendait pas, vit les épées nues, les
flambeaux, les fers de piques, toute cette cavalerie, en tête de

laquelle il reconnut le capitaine Phœbus ; il vit la confusion
des truands, l'épouvante chez les uns, le trouble chez les
meilleurs,[11] et il reprit de ce secours inespéré tant de force
qu'il rejeta hors de l'église les premiers assaillants qui
enjambaient déjà la galerie.

C'étaient en effet les troupes du roi qui survenaient.

Les truands firent bravement. Ils se défendirent en
désespérés. Pris en flanc par la rue Saint-Pierre-aux-Bœufs
et en queue par la rue du Parvis, acculés à Notre-Dame,
qu'ils assaillaient encore et que défendait Quasimodo, tout à
la fois assiégeants et assiégés,[12] ils étaient dans une situation
singulière.

La mêlée fut affreuse. A chair de loup dent de chien,[13]
comme dit P. Mathieu. Les cavaliers du roi, au milieu desquels Phœbus de Châteaupers se comportait vaillamment,
ne faisaient aucun quartier, et la taille reprenait ce qui
échappait à l'estoc.[14] Les truands, mal armés, écumaient
et mordaient. Hommes, femmes, enfants, se jetaient aux
croupes et aux poitrails des chevaux, et s'y accrochaient
comme des chats avec les dents et les ongles. D'autres
tamponnaient à coups de torches le visage des archers.
D'autres piquaient des crocs de fer au cou des cavaliers et
tiraient à eux. Ils déchiquetaient ceux qui tombaient. On
en remarqua un qui avait une large faux luisante, et qui
faucha longtemps les jambes des chevaux. Il était effrayant.
Il chantait une chanson nasillarde, il lançait sans relâche,
et ramenait sa faux. A chaque coup, il traçait autour de
lui un grand cercle de membres coupés. Il avançait ainsi
au plus fourré de la cavalerie, avec la lenteur tranquille, le
balancement de tête, et l'essouflement régulier d'un mois-
sonneur qui entame un champ de blé. C'était Clopin
Trouillefou.[15] Une arquebusade l'abattit.

Cependant les croisées s'étaient rouvertes. Les voisins,
entendant les cris de guerre des gens du roi, s'étaient mêlés
à l'affaire, et de tous les étages les balles pleuvaient sur les
truands. Le parvis était plein d'une fumée épaisse que la
mousqueterie rayait de feu. On y distinguait confusément
la façade de Notre-Dame, et l'Hôtel-Dieu décrépit, avec
quelques hâves malades qui regardaient du haut de son toit
écaillé de lucarnes.[16]

Enfin les truands cédèrent. La lassitude, le défaut de bonnes armes, l'effroi de cette surprise, la mousqueterie des fenêtres, le brave choc des gens du roi, tout les abattit. Ils forcèrent la ligne des assaillants, et se mirent à fuir dans toutes les directions, laissant dans le parvis un encombrement de morts.

Quant à Quasimodo, qui n'avait pas cessé un moment de combattre, il vit cette déroute, il tomba à deux genoux et leva les mains au ciel ; puis, ivre de joie, il courut, il monta avec la vitesse d'un oiseau à cette cellule dont il avait si intrépidement défendu les approches. Il n'avait plus qu'une pensée maintenant, c'était de s'agenouiller devant celle qu'il venait de sauver une seconde fois.

Lorsqu'il entra dans la cellule, il la trouva vide.

Au moment où les truands avaient assailli l'église, la Esmeralda dormait.

Bientôt la rumeur toujours croissante autour de l'édifice et le bêlement inquiet de sa chèvre éveillée avant elle l'avaient tirée de ce sommeil. Elle s'était levée sur son séant,[17] elle avait écouté, elle avait regardé ; puis, effrayée de la lueur et du bruit, elle s'était jetée hors de la cellule et avait été voir. L'aspect de la place, la vision qui s'y agitait, le désordre de cet assaut nocturne, cette foule hideuse, sautelante comme une nuée de grenouilles, à demi entrevue dans les ténèbres, le croassement de cette rauque multitude, ces quelques torches rouges courant et se croisant sur cette ombre comme les feux de nuit qui rayent la surface brumeuse des marais,[18] toute cette scène lui fit l'effet d'une mystérieuse bataille engagée entre les fantômes du sabbat et les monstres de pierre de l'église. Imbue dès l'enfance des superstitions de la tribu bohémienne, sa première pensée fut qu'elle avait surpris en maléfice les étranges êtres propres à la nuit.[19] Alors elle courut épouvantée se tapir dans sa cellule, demandant à son grabat un moins horrible cauchemar.

Peu à peu les premières fumées de la peur s'étaient pourtant dissipées ; au bruit sans cesse grandissant, et à plusieurs autres signes de réalité, elle s'était sentie investie, non de spectres, mais d'êtres humains. Alors sa frayeur, sans s'accroître, s'était transformée. Elle avait songé à la possibilité d'une mutinerie populaire pour l'arracher de son asile. L'idée de reperdre encore une fois la vie, l'espérance, Phœbus,

qu'elle entrevoyait toujours dans son avenir, le profond
néant de sa faiblesse,[20] toute fuite fermée, aucun appui, son
abandon, son isolement, ces pensées et mille autres l'avaient
accablée.   Elle était tombée à genoux, la tête sur son lit, les
mains jointes sur sa tête, pleine d'anxiété et de frémissement, et quoique Égyptienne, idolâtre et païenne, elle s'était
mise à demander avec sanglots grâce au bon Dieu chrétien
et à prier Notre-Dame, son hôtesse.   Car, ne crût-on à rien,
il y a des moments dans la vie où l'on est toujours de la
religion du temple qu'on a sous la main.[21]

Elle resta ainsi prosternée fort longtemps, tremblant, à la
vérité, plus qu'elle ne priait, glacée au souffle de plus en plus
rapproché de cette multitude furieuse, ne comprenant rien à
ce déchaînement, ignorant ce qui se tramait, ce qu'on faisait,
ce qu'on voulait,[22] mais pressentant une issue terrible.

Voilà qu'au milieu de cette angoisse elle entend marcher
près d'elle.   Elle se détourne.   Deux hommes, dont l'un
portait une lanterne, venaient d'entrer dans sa cellule.   Elle
poussa un faible cri.

'Ne craignez rien, dit une voix qui ne lui était pas in-
connue, c'est moi.

— Qui? vous? demanda-t-elle.

— Pierre Gringoire.'

Ce nom la rassura.   Elle releva les yeux, et reconnut en
effet le poëte.   Mais il y avait auprès de lui une figure noire
et voilée de la tête aux pieds qui la frappa de silence.[23]

'Ah! reprit Gringoire d'un ton de reproche, Djali m'avait
reconnu avant vous!'

La petite chèvre en effet n'avait pas attendu que Gringoire
se nommât.   A peine était-il entré qu'elle s'était tendre-
ment frottée à ses genoux, couvrant le poëte de caresses et
de poils blancs, car elle était en mue.[24]   Gringoire lui rendait
les caresses.

'Qui est là avec vous? dit l'Égyptienne à voix basse.

— Soyez tranquille, répondit Gringoire.   C'est un de mes
amis.'

L'homme noir ne le laissa pas achever.   Il s'approcha de
Gringoire et le poussa rudement par l'épaule.   Gringoire se
leva.

'C'est vrai, dit-il: j'oubliais que nous sommes pressés. . . .
Ce n'est pourtant pas une raison, mon maître, pour forcener

les gens de la sorte.[25] .... Ma chère belle enfant, votre vie
est en danger, et celle de Djali. On veut vous reprendre.
Nous sommes vos amis, et nous venons vous sauver. Suivez-
nous.

— Est-il vrai ? s'écria-t-elle bouleversée.

— Oui, très-vrai. Venez vite !

— Je le veux bien, balbutia-t-elle. Mais pourquoi votre
ami ne parle-t-il pas ?'

Cependant ils descendirent rapidement l'escalier des tours,
traversèrent l'église, pleine de ténèbres et de solitude et
toute résonnante de vacarme, ce qui faisait un affreux con-
traste, et sortirent dans la cour du cloître par la porte rouge.
Le cloître était abandonné, les chanoines s'étaient enfui dans
l'évêché pour y prier en commun ; la cour était vide, quelques
laquais effarouchés s'y blottissaient dans les coins obscurs.[26]
Ils se dirigèrent vers la porte qui donnait de cette cour sur
le Terrain. L'homme noir l'ouvrit avec une clef qu'il avait.
Nos lecteurs savent que le Terrain était une langue de terre
enclose de murs du côté de la Cité et appartenant au chapitre
de Notre-Dame, qui terminait l'île à l'orient derrière l'église.
Ils trouvèrent cet enclos parfaitement désert. Là, il y avait
déjà moins de tumulte dans l'air. La rumeur de l'assaut des
truands leur arrivait plus brouillée et moins criarde.[27] Le
vent frais qui suit le fil[28] de l'eau remuait les feuilles de
l'arbre unique planté à la pointe du Terrain avec un bruit
déjà appréciable. Cependant ils étaient encore fort près du
péril. Les édifices les plus rapprochés d'eux étaient l'évêché
et l'église. Il y avait visiblement un grand désordre intérieur
dans l'évêché. Sa masse ténébreuse était toute sillonnée de
lumières qui y couraient d'une fenêtre à l'autre ; comme,
lorsqu'on vient de brûler du papier, il reste un sombre édifice
de cendre où de vives étincelles font mille courses bizarres.[29]
A côté, les énormes tours de Notre-Dame, ainsi vues de
derrière avec la longue nef sur laquelle elles se dressent,
découpées en noir sur la rouge et vaste lueur qui emplissait
le parvis, ressemblaient aux deux chenets gigantesques d'un
feu de cyclopes.

Ce qu'on voyait de Paris de tous côtés oscillait à l'œil
dans une ombre mêlée de lumière. Rembrandt a de ces
fonds de tableau.[30]

L'homme à la lanterne marcha droit à la pointe du Terrain.

Il y avait là, au bord extrême de l'eau, le débris vermoulu
d'une haie de pieux maillée de lattes,[31] où une basse vigne
accrochait quelques maigres branches étendues comme les
doigts d'une main ouverte.   Derrière, dans l'ombre que faisait
ce treillis, une petite barque était cachée.   L'homme fit signe
à Gringoire et à sa compagne d'y entrer.   La chèvre les y
suivit.   L'homme y descendit le dernier ; puis il coupa
l'amarre du bateau, l'éloigna de terre avec un long croc, et
saisissant deux rames, s'assit à l'avant, en ramant de toutes
ses forces vers le large.[32]   La Seine est fort rapide en cet
endroit, et il eut assez de peine à quitter la pointe de l'île.

Le premier soin de Gringoire, en entrant dans le bateau,
fut de mettre la chèvre sur ses genoux.   Il prit place à
l'arrière ; et la jeune fille, à qui l'inconnu inspirait une inquiétude indéfinissable, vint s'asseoir et se serrer contre le
poëte.

Quand notre philosophe sentit le bateau s'ébranler, il battit
des mains, et baisa Djali entre les cornes.

'Oh ! dit-il, nous voilà sauvés tous quatre.'   Il ajouta, avec
une mine de profond penseur : 'On est obligé,[33] quelquefois
à la fortune, quelquefois à la ruse, de l'heureuse issue des
grandes entreprises.'

Le bateau voguait lentement vers la rive droite.   La jeune
fille observait avec une terreur secrète l'inconnu.   Il avait
rebouché[34] soigneusement la lumière de sa lanterne sourde.
On l'entrevoyait dans l'obscurité, à l'avant du bateau, comme
un spectre.   Sa carapoue,[35] toujours baissée, lui faisait une
sorte de masque ; et à chaque fois qu'il entr'ouvrait en
ramant ses bras où pendaient de larges manches noires, on
eût dit deux grandes ailes de chauve-souris.   Du reste, il
n'avait pas encore dit une parole, jeté un souffle.   Il ne se
faisait dans le bateau d'autre bruit que le va-et-vient de la
rame, mêlé au froissement des mille plis de l'eau le long de
la barque.[36]

'Sur mon âme ! s'écria tout à coup Gringoire, nous sommes
allègres et joyeux comme des ascalaphes ![37]   Nous observons
un silence de pythagoriciens ou de poissons !   Pasque-Dieu !
mes amis, je voudrais bien que quelqu'un me parlât. . . . La
voix humaine est une musique à l'oreille humaine.   Ce n'est
pas moi qui dis cela, mais Didyme d'Alexandrie, et ce sont
d'illustres paroles. . . . Certes, Didyme d'Alexandrie[38] n'est

pas un médiocre philosophe. ... Une parole, ma belle
enfant ! dites-moi, je vous supplie, une parole. ... A propos,
savez-vous, ma mie, que le parlement a toute juridiction
sur les lieux d'asile, et que vous couriez grand péril dans
votre logette de Notre-Dame ? Helas ! le petit oiseau tro-
chilus fait son nid dans la gueule du crocodile. ... Maître
voici la lune qui reparaît. ... Pourvu qu'on ne nous aper-
çoive pas ! nous faisons une chose louable en sauvant mademoiselle, et cependant on nous pendrait de par le roi[39] si
l'on nous attrapait. Hélas ! les actions humaines se prennent
par deux anses. On flétrit en moi ce qu'on couronne en
toi.[40] Tel admire César qui blâme Catilina. N'est-ce pas,
mon maître ? Que dites-vous de cette philosophie ? Moi,
je posséde la philosophie d'instinct, de nature, *ut apes geometriam.*[41] ... Allons ! personne ne me répond. Les fâcheuses
humeurs que vous avez là tous deux ![42] Il faut que je parle
tout seul. C'est ce que nous appelons en tragédie un mono-
logue. ... Je vous préviens que je viens de voir le roi Louis
onzième, et que j'en ai retenu ce jurement. ... Pasque-Dieu,
donc ! ils font toujours un fier hurlement dans la Cité. ...
C'est un vilain méchant vieux roi. Il est tout embrunché
dans[43] ses fourrures. Il me doit toujours l'argent de mon
épithalame, et c'est tout au plus s'il ne m'a pas fait pendre
ce soir, ce qui m'aurait fort empêché.[44] ... Il est avaricieux
pour les hommes de mérite. Il devrait bien lire les quatre
livres de Salvien de Cologne *Adversus avaritiam.* En vérité !
c'est un roi étroit dans ses façons avec les gens de lettres,[45]
et qui fait des cruautés fort barbares. C'est une éponge à
prendre l'argent posée sur le peuple. Son épargne est là
ratelle qui s'enfle de la maigreur de tous les autres membres.[46]
Aussi les plaintes contre la rigueur du temps deviennent[47]
murmures contre le prince. Sous ce doux sire dévot, les
fourches craquent de pendus, les billots pourrissent de sang,
les prisons crèvent comme des ventres trop pleins.[48] Ce roi
a une main qui prend et une main qui pend. C'est le procureur de dame Gabelle et de monseigneur Gibet. Les grands
sont dépouillés de leurs dignités, et les petits sans cesse
accablés de nouvelles foules.[49] C'est un prince exorbitant.
Je n'aime pas ce monarque. Et vous, mon maître ?'

L'homme noir laissait gloser le bavard poëte. Il continuait de lutter contre le courant violent et serré qui sépare

la proue de la cité de la poupe de l'île Notre-Dame, que nous nommons aujourd'hui l'île Saint-Louis.

' A propos, maître ! reprit Gringoire subitement. Au moment où nous arrivions sur le parvis à travers les enragés truands, Votre Révérence a-t-elle remarqué ce pauvre petit diable auquel votre sourd était en train d'écraser la cervelle sur la rampe de la galerie des rois? J'ai la vue basse, et ne l'ai pu reconnaître. Savez-vous qui ce peut être?'

L'inconnu ne répondit pas une parole. Mais il cessa brusquement de ramer, ses bras défaillirent comme brisés, sa tête tomba sur la poitrine, et la Esmeralda l'entendit soupirer convulsivement. Elle tressaillit de son côté. Elle avait déjà entendu de ces soupirs-là.

La barque abandonnée à elle-même dériva quelques instants au gré de l'eau. Mais l'homme noir se redressa enfin, ressaisit les rames, et se remit à monter le courant. Il doubla la pointe de l'île Notre-Dame, et se dirigea vers le débarcadère du port au Foin.[50]

Le tumulte croissait autour de Notre-Dame. Ils écoutèrent. On entendait assez clairement des cris de victoire. Tout à coup cent flambeaux qui faisaient étinceler des casques d'hommes d'armes se répandirent sur l'église à toutes les hauteurs, sur les tours, sur les galeries, sous les arcs-boutants. Ces flambeaux semblaient chercher quelque chose ; et bientôt ces clameurs éloignées arrivèrent distinctement jusqu'aux fugitifs : ' L'Égyptienne ! la sorcière ! à mort l'Égyptienne !'

La malheureuse laissa tomber sa tête sur ses mains, et l'inconnu se mit à ramer avec furie vers le bord.

Une secousse les avertit enfin que le bateau abordait.[51] Le brouhaha sinistre remplissait toujours la Cité. L'inconnu se leva, vint à l'Égyptienne, et voulut lui prendre le bras pour l'aider à descendre. Elle le repoussa, et se pendit à la manche de Gringoire, qui de son côté, occupé de la chèvre, la repoussa presque. Alors elle sauta seule à bas du bateau. Elle était si troublée qu'elle ne savait ce qu'elle faisait, où elle allait. Elle demeura ainsi un moment stupéfaite, regardant couler l'eau. Quand elle revint un peu à elle, elle était seule sur le port avec l'inconnu. Il paraît que Gringoire avait profité de l'instant du débarquement pour s'esquiver avec la chèvre dans le pâté de maisons[52] de la rue Grenier-sur-l'Eau.

La pauvre Égyptienne frissonna de se voir seule avec cet

homme. Elle voulut parler, crier, appeler Gringoire ; sa langue était inerte dans sa bouche, et aucun son ne sortit de ses lèvres. Tout à coup elle sentit la main de l'inconnu sur la sienne. C'était une main froide et forte. Ses dents claquèrent, elle devint plus pâle que le rayon de lune qui l'éclairait. L'homme ne dit pas une parole. Il se mit à remonter à grands pas vers la place de Grève, en la tenant par la main. En cet instant, elle sentit vaguement que la destinée est une force irrésistible. Elle n'avait plus de ressort,[53] elle se laissa entraîner, courant tandis qu'il marchait. Le quai en cet endroit allait en montant. Il lui semblait cependant qu'elle descendait une pente.

Elle regarda de tous côtés. Pas un passant. Le quai était absolument désert. Elle n'entendait de bruit, elle ne sentait remuer des hommes que dans la Cité tumultueuse et rougeoyante,[54] dont elle n'était séparée que par un bras de la Seine, et d'où son nom lui arrivait mêlé à des cris de mort. Le reste de Paris était répandu autour d'elle par grands blocs d'ombre.

Cependant l'inconnu l'entraînait toujours avec le même silence et la même rapidité. Elle ne retrouvait dans sa mémoire aucun des lieux où elle marchait. En passant devant une fenêtre éclairée, elle fit un effort, se roidit brusquement, et cria : 'Au secours !'

Le bourgeois à qui était la fenêtre l'ouvrit, y parut avec sa lampe, regarda sur le quai avec un air hébété, prononça quelques paroles qu'elle n'entendit pas, et referma son volet. C'était la dernière lueur d'espoir qui s'éteignait.

L'homme noir ne proféra pas une syllabe ; il la tenait bien, et se remit à marcher plus vite. Elle ne résista plus, et le suivit brisée.

De temps en temps elle recueillait un peu de force, et disait d'une voix entrecoupée par les cahots du pavé et l'essoufflement de la course :[55] 'Qui êtes-vous ? Qui êtes-vous ?' Il ne répondait point.

Ils arrivèrent ainsi, toujours le long du quai, à une place assez grande. Il y avait un peu de lune. C'était la Grève. On distinguait au milieu une espèce de croix noire debout ; c'était le gibet. Elle reconnut tout cela, et vit où elle était.

L'homme s'arrêta, se tourna vers elle et leva sa carapoue.

'Oh! bégaya-t-elle pétrifiée, je savais bien que c'était encore lui !'

C'était le prêtre. Il avait l'air de son fantôme.[56] C'est un effet de clair de lune. Il semble qu'à cette lumière on ne voie que les spectres des choses.

Tout à coup il marcha à pas rapides vers l'angle de la Tour-Rolland, en la traînant après lui sur le pavé par ses belles mains.

Arrivé là, il se tourna vers elle :

'Une dernière fois, choisis, moi ou la tombe ?'

Elle répondit avec force :

'Jamais.'

Alors il cria d'une voix haute :

'Gudule! Gudule! voici l'Égyptienne! venge-toi !'

La jeune fille se sentit saisir brusquement au coude. Elle regarda. C'était un bras décharné qui sortait d'une lucarne dans le mur et qui la tenait comme une main de fer.

'Tiens bien! dit le prêtre; c'est l'Égyptienne échappée. Ne la lâche pas. Je vais chercher les sergents. Tu la verras pendre.'

Un rire guttural répondit de l'intérieur du mur à ces sanglantes paroles. 'Hah! hah! hah !' L'Égyptienne vit le prêtre s'éloigner en courant dans la direction du pont Notre-Dame. On entendait une cavalcade de ce côté.[57]

La jeune fille avait reconnu la méchante recluse. Haletante de terreur, elle essaya de se dégager. Elle se tordit, elle fit plusieurs soubresauts d'agonie et de désespoir, mais l'autre la tenait avec une force inouïe. Les doigts osseux et maigres qui la meurtrissaient se crispaient sur sa chair, et se joignaient à l'entour. On eût dit que cette main était rivée à son bras. C'était plus qu'une chaîne, plus qu'un carcan, plus qu'un anneau de fer, c'était une tenaille intelligente et vivante qui sortait d'un mur.[58]

Épuisée, elle retomba contre la muraille, et alors la crainte de la mort s'empara d'elle. Elle songea à la beauté de la vie, à la jeunesse, à la vue du ciel, aux aspects de la nature, à l'amour, à Phœbus, à tout ce qui s'enfuyait et à tout ce qui s'approchait, au prêtre qui la dénonçait, au bourreau qui allait venir, au gibet qui était là. Alors elle sentit l'épouvante lui monter jusque dans les racines des cheveux, et elle entendit le rire lugubre de la recluse qui

lui disait tout bas : 'Hah ! hah ! hah ! tu vas être pendue !'

Elle se retourna mourante vers la lucarne, et elle vit
la figure fauve de la sachette à travers les barreaux.

'Que vous ai-je fait ?' dit-elle presque inanimée.

La recluse ne répondit pas, elle se mit à marmotter avec
une intonation chantante, irritée et railleuse : 'Fille d'Égypte !
fille d'Égypte ! fille d'Égypte !'

La malheureuse Esmeralda laissa retomber sa tête sous
ses cheveux, comprenant qu'elle n'avait pas affaire à un être
humain.[59]

Tout à coup, la recluse s'écria, comme si la question
de l'Égyptienne avait mis tout ce temps pour arriver jusqu'à
sa pensée :

'Ce que tu m'as fait ? dis-tu ! Ah ! ce que tu m'as fait,
Égyptienne ! Eh bien ! écoute. . . . J'avais un enfant, moi !
vois-tu ? J'avais un enfant ! un enfant, te dis-je ! . . . . Une
jolie petite fille ! . . . Mon Agnès, reprit-elle égarée et baisant
quelque chose dans les ténèbres. . . . Eh bien ! vois-tu, fille
d'Égypte ? on m'a pris mon enfant ; on m'a volé mon enfant ;
on m'a volé mon enfant. Voilà ce que tu m'as fait.'

La jeune fille répondit comme l'agneau :

'Hélas ! je n'étais peut-être pas née alors !

— Oh ! si ! repartit la recluse, tu devais être née. Tu
en étais.[60] Elle serait de ton âge ! Ainsi ! . . . Voilà quinze
ans que je suis ici ; quinze ans que je souffre ; quinze ans
que je prie ; quinze ans que je me cogne la tête aux quatre
murs. . . . Je te dis que ce sont des Égyptiennes qui me
l'ont volée, entends-tu cela ? et qui l'ont mangée avec leurs
dents. . . . As-tu un cœur ? figure-toi ce que c'est qu'un
enfant qui joue ; un enfant qui dort. C'est si innocent ! . . .
Eh bien ! cela, c'est cela qu'on m'a pris, qu'on m'a tué !
le bon Dieu le sait bien ! Aujourd'hui, c'est mon tour ; je
vais manger de l'Égyptienne. . . . Oh ! que je te mordrais
bien, si les barreaux ne m'empêchaient ! J'ai la tête trop
grosse ! . . . . La pauvre petite ! pendant qu'elle dormait ! Et
si elles l'ont réveillée en la prenant, elle aura eu beau
crier :[61] je n'étais pas là ! Ah ! les mères égyptiennes, vous
avez mangé mon enfant ! Venez voir la vôtre.'

Alors elle se mit à rire ou à grincer des dents, les deux
choses se ressemblaient sur cette figure furieuse. Le jour

commençait à poindre. Un reflet de cendre éclairait vaguement cette scène, et le gibet devenait de plus en plus distinct
dans la place. De l'autre côté, vers le pont Notre-Dame,
la pauvre condamnée croyait entendre se rapprocher le bruit
de la cavalerie.

'Madame! cria-t-elle en joignant les mains et tombée
sur ses deux genoux, échevelée, éperdue, folle d'effroi;
madame, ayez pitié. Ils viennent. Je ne vous ai rien fait.
Voulez-vous me voir mourir de cette horrible façon sous
vos yeux? Vous avez de la pitié, j'en suis sûre. C'est trop
affreux. Laissez-moi me sauver. Lâchez-moi! Grâce! je
ne veux pas mourir comme cela!

— Rends-moi mon enfant! dit la recluse.

— Grâce! grâce!

— Rends-moi mon enfant!

— Lâchez-moi, au nom du ciel!

— Rends-moi mon enfant!'

Cette fois encore la jeune fille retomba, épuisée, rompue,
ayant déjà le regard vitré de quelqu'un qui est dans la
fosse.

'Hélas! bégaya-t-elle, vous cherchez votre enfant, moi
je cherche mes parents.

— Rends-moi ma petite Agnès! poursuivit Gudule. Sais-
tu où elle est, ma petite fille? Tiens que je te montre.
Voilà son soulier, tout ce qui m'en reste. Sais-tu où est
le pareil? Si tu le sais, dis-le moi, et si ce n'est qu'à l'autre
bout de la terre, je l'irai chercher en marchant sur les
genoux.'[62]

En parlant ainsi, de son autre bras, tendu hors de la
lucarne, elle montrait à l'Égyptienne le petit soulier brodé.
Il faisait déjà assez jour pour en distinguer la forme et les
couleurs.

'Montrez-moi ce soulier, dit l'Égyptienne en tressaillant.
Dieu! Dieu!' Et en même temps, de la main qu'elle avait
libre, elle ouvrit librement le petit sachet orné de verroterie
verte qu'elle portait au cou.

— Va! va! grommelait Gudule, fouille ton amulette du
démon!'[63] Tout à coup elle s'interrompit, trembla de tout
son corps, et cria avec une voix qui venait du plus profond
des entrailles: 'Ma fille!'

L'Égyptienne venait de tirer du sachet un petit soulier

absolument pareil à l'autre.   A ce petit soulier était attaché
un parchemin sur lequel ce *carme*[64] était écrit :

> Quand le pareil retrouveras,
> Ta mère te tendra les bras.

En moins de temps qu'il n'en faut à l'éclair,[65] la recluse
avait confronté les deux souliers, lu l'inscription du parchemin, et collé aux barreaux de la lucarne son visage rayonnant
d'une voix céleste en criant :
'Ma fille ! ma fille !
— Ma mère,' répondit l'Égyptienne.
Ici nous renonçons à peindre.
Le mur et les barreaux de fer étaient entre elles deux.
'Oh ! le mur ! cria la recluse.   Oh ! la voir et ne pas l'em-
brasser ! Ta main ! ta main !'
La jeune fille lui passa son bras à travers la lucarne ; la
recluse se jeta sur cette main, y attacha ses lèvres, et y demeura, abîmée dans ce baiser, ne donnant plus d'autre signe
de vie qu'un sanglot qui soulevait ses hanches de temps
en temps.   Cependant elle pleurait à torrents, en silence,
dans l'ombre, comme une pluie de nuit.   La pauvre mère
vidait par flots sur cette main adorée le noir et profond
puits de larmes qui était au dedans d'elle, et où toute sa
douleur avait filtré goutte à goutte depuis quinze années.[66]
Tout à coup, elle se releva, écarta ses longs cheveux gris
de dessus son front, et sans dire une parole, se mit à ébranler
de ses deux mains les barreaux de sa loge, plus furieusement
qu'une lionne.   Les barreaux tinrent bon.[67]   Alors elle alla
chercher dans un coin de sa cellule un gros pavé qui lui
servait d'oreiller, et le lança contre eux avec tant de violence
qu'un des barreaux se brisa en jetant mille étincelles.   Un
second coup effondra tout à fait la vieille croix de fer qui
barricadait la lucarne. Alors avec ses deux mains elle acheva
de rompre et d'écarter les tronçons rouillés des barreaux.
Il y a des moments où les mains d'une femme ont une force
surhumaine.
Le passage frayé, et il fallut moins d'une minute pour
cela, elle saisit sa fille par le milieu du corps et la tira dans
sa cellule.   'Viens ! que je te repêche de l'abîme !' mur-
murait-elle.
Quand sa fille fut dans la cellule, elle la posa doucement

à terre, puis la reprit et, la portant dans ses bras comme si
ce n'était toujours que sa petite Agnès, elle allait et venait
dans l'étroite loge, ivre, forcenée, joyeuse, criant, chantant,
baisant sa fille, lui parlant, éclatant de rire, fondant en larmes,
le tout à la fois et avec emportement.

'Ma fille! ma fille! disait-elle. J'ai ma fille! la voilà!
Le bon Dieu me l'a rendue. Eh vous! venez tous! Y a-t-il
quelqu'un là pour voir que j'ai ma fille? Seigneur Jésus,
qu'elle est belle! Vous me l'avez fait attendre quinze ans,
mon bon Dieu, mais c'était pour me la rendre belle. . . .
Les Égyptiennes ne l'avaient donc pas mangée! Qui avait
dit cela! Ma petite fille! ma petite fille! baise-moi. Ces
bonnes Égyptiennes! J'aime les Égyptiennes.—C'est bien
toi. C'est donc cela, que le cœur me sautait chaque fois
que tu passais. Moi qui prenais cela pour de la haine!
Pardonne-moi, mon Agnès, pardonne-moi. Tu m'as trouvée
bien méchante, n'est-ce pas? je t'aime. . . . Ton petit signe
au cou, l'as-tu toujours? voyons. Elle l'a toujours. Oh!
tu es belle! C'est moi qui vous ai fait ces grands yeux-là,
mademoiselle. Baise-moi. Je t'aime.'

Elle lui tenait mille autres discours extravagants dont
l'accent faisait toute la beauté,[68] lui lissait sa chevelure de
soie avec la main, lui baisait le front, les yeux, s'extasiait
de tout.

'O ma mère! dit la jeune fille trouvant enfin la force
de parler dans son émotion, l'Égyptienne me l'avait bien dit.
Il y a une bonne Égyptienne des nôtres qui est morte l'an
passé, et qui avait toujours eu soin de moi comme une
nourrice. C'est elle qui m'avait mis ce sachet au cou. Elle
me disait toujours : 'Petite, garde bien ce bijou. C'est un
trésor. Il te fera retrouver ta mère. Tu portes ta mère
à ton cou.' Elle l'avait prédit l'Égyptienne !'

La sachette serra de nouveau sa fille dans ses bras.

'Viens que je te baise! tu dis cela gentiment.'

Et puis, elle se remit à battre des mains et à rire et à
crier : 'Nous allons être heureuses !'

En ce moment la logette retentit d'un cliquetis d'armes
et d'un galop de chevaux, qui semblait déboucher du pont
Notre-Dame, et s'avancer de plus en plus sur le quai.
L'Égyptienne se jeta avec angoisse dans les bras de la
sachette.

'Sauvez-moi ! sauvez-moi ! ma mère ! les voilà qui viennent !'

La recluse redevint pâle.

'O ciel ! que dis tu là ? J'avais oublié ! on te poursuit ! Qu'as-tu donc fait ?

— Je ne sais pas, répondit la malheureuse enfant ; mais je suis condamnée à mourir.

— Mourir ! dit Gudule chancelante comme sous un coup de foudre. Mourir ! reprit-elle lentement et regardant sa fille avec un œil fixe.

— Oui, ma mère, reprit la jeune fille éperdue, ils veulent me tuer. Voilà qu'on vient me prendre. Cette potence est pour moi. Sauvez-moi ! sauvez-moi ! Ils arrivent ! sauvez-moi !'

La recluse resta quelques instants immobile comme une pétrification,[69] puis elle remua la tête en signe de doute, et tout à coup, partant d'un éclat de rire, mais de son rire effrayant qui lui était revenu : 'Ho ! ho ! non ! c'est un rêve que tu me dis là. Ah, oui ! je l'aurais perdue, cela aurait duré quinze ans, et puis je la retrouverais, et cela durerait une minute ! Et on me la reprendrait ! et c'est maintenant qu'elle est belle, qu'elle est grande, qu'elle me parle, qu'elle m'aime ; c'est maintenant qu'ils viendraient me la manger, sous mes yeux à moi qui suis la mère ? Oh, non ! ces choses-là ne sont pas possibles. Le bon Dieu n'en permet pas comme cela.'

Ici la cavalcade parut s'arrêter, et l'on entendit une voix éloignée qui disait : 'Par ici, messire Tristan ! Le prêtre dit que nous la trouverons au Trou-aux-Rats.' Le bruit de chevaux recommença.

La recluse se dressa debout avec un cri désespéré.

'Sauve-toi ! sauve-toi ! mon enfant ! Tout me revient. Tu as raison. C'est ta mort ! Horreur ! malédiction ! Sauve-toi !'

Elle mit la tête à la lucarne et la retira vite.

'Reste, dit-elle, d'une voix basse, brève et lugubre, en serrant convulsivement la main de l'Égyptienne plus morte que vive. Reste ! ne souffle pas ! il y a des soldats partout. Tu ne peux sortir. Il fait trop de jour.'

Ses yeux étaient secs et brûlants. Elle resta un moment sans parler ; seulement elle marchait à grands pas dans la

cellule, et s'arrêtait par intervalles, pour s'arracher des poig-
nées de cheveux gris qu'elle déchirait ensuite avec ses
dents.[70]

Tout à coup elle dit :

' Ils approchent. Je vais leur parler. Cache-toi dans ce
coin. Ils ne te verront pas. Je leur dirai que tu t'es
échappée, que je t'ai lâchée.'

Elle posa sa fille, car elle la portait toujours, dans un
angle de la cellule qu'on ne voyait pas du dehors. Elle
l'accroupit, l'arrangea soigneusement, de manière que ni son
pied ni sa main ne dépassassent l'ombre, lui dénoua ses
cheveux noirs qu'elle répandit sur sa robe blanche pour la
masquer, mit devant elle sa cruche et son pavé, les seuls
meubles qu'elle eût, s'imaginant que cette cruche et ce
pavé la cacheraient. Et quand ce fut fini, plus tranquille,
elle se mit à genoux et pria. Le jour, qui ne faisait que de
poindre, laissait encore beaucoup de ténèbres dans le Trou-
aux-Rats.

En cet instant, la voix du prêtre passa très-près de la
cellule en criant :

' Par ici, capitaine Phœbus de Châteaupers !'

A ce nom, à cette voix, la Esmeralda, tapie dans son coin,
fit un mouvement.

' Ne bouge pas !' dit Gudule.

Elle achevait à peine qu'un tumulte d'hommes, d'épées
et de chevaux, s'arrêta autour de la cellule.[71] La mère se
leva bien vite et s'alla poster devant sa lucarne pour la
boucher. Elle vit une grande troupe d'hommes armés, de
pied et de cheval, rangée sur la Grève. Celui qui les com-
mandait mit pied à terre et vint vers elle.

' La vieille, dit cet homme, qui avait une figure atroce,
nous cherchons une sorcière pour la pendre : on nous a dit
que tu l'avais.'

La pauvre mère prit l'air le plus indifférent qu'elle put,
et répondit :

' Je ne sais pas trop ce que vous voulez dire.'

L'autre reprit :

' Tête-Dieu ! que chantait donc cet effaré d'archidiacre ?[72]
Où est-il ?

— Monseigneur, dit un soldat, il a disparu.

— Or çà, la vieille folle, repartit le commandant, ne me

mens pas.   On t'a donné une sorcière à garder.   Qu'en as-tu fait?'

La recluse ne voulut pas tout nier, de peur d'éveiller des soupçons, et répondit d'un accent sincère et bourru :

'Si vous parlez d'une grande jeune fille qu'on m'a accrochée aux mains tout à l'heure, je vous dirai qu'elle m'a mordu et que je l'ai lâchée.   Voilà.   Laissez-moi en repos.'

Le commandant fit une grimace désappointée.

'Ne va pas me mentir, vieux spectre, reprit-il.   Je m'appelle Tristan L'Hermite, et je suis le compère du roi.   Tristan L'Hermite, entends-tu?'   Il ajouta, en regardant la place de Grève autour de lui : 'C'est un nom qui a de l'écho ici.

— Vous seriez Satan l'Hermite, répliqua Gudule qui reprenait espoir, que je n'aurais pas autre chose à vous dire et que je n'aurais pas peur de vous.

— Tête-Dieu ! dit Tristan, voilà une commère ! Ah ! la fille sorcière s'est sauvée ! et par où a-t-elle pris ?'[73]

Gudule répondit d'un ton insouciant :

'Par la rue du Mouton, je crois.'

Tristan tourna la tête, et fit signe à sa troupe de se préparer à se remettre en marche.   La recluse respira.

'Monseigneur, dit tout à coup un archer, demandez donc à la vieille fée pourquoi les barreaux de sa lucarne sont défaits de la sorte.'

Cette question fit rentrer l'angoisse au cœur de la misérable mère.   Elle ne perdit pourtant pas toute présence d'esprit.

'Ils ont toujours été ainsi, bégaya-t-elle.

— Bah ! repartit l'archer, hier encore ils faisaient une belle croix noire qui donnait de la dévotion.'[74]

Tristan jeta un regard oblique à la recluse.

'Je crois que la commère se trouble.'[75]

L'infortunée sentit que tout dépendait de sa bonne contenance, et, la mort dans l'âme, elle se mit à ricaner.   Les mères ont de ces forces-là.

'Bah ! dit-elle, cet homme est ivre.   Il y a plus d'un an que le cul d'une charrette de pierres a donné dans ma lucarne[76] et en a defoncé la grille.   Que même j'ai injurié le charretier !

— C'est vrai, dit un autre archer, j'y étais.'

Il se trouve toujours partout des gens qui ont tout vu.

Ce témoignage inespéré de l'archer ranima la recluse, à qui cet interrogatoire faisait traverser un abîme sur le tranchant d'un couteau.[77]

Mais elle était condamnée à une alternative continuelle d'espérance et d'alarme.

'Si c'est une charrette qui a fait cela, repartit le premier soldat, les tronçons des barres devraient être repoussés en dedans, tandis qu'ils sont ramenés en dehors.

— Hé! hé! dit Tristan au soldat, tu as un nez d'enquêteur au Châtelet.   Répondez à ce qu'il dit, la vieille.

— Mon Dieu! s'écria-t-elle aux abois et d'une voix malgré elle pleine de larmes, je vous jure, monseigneur, que c'est une charrette qui a brisé ces barreaux.   Vous entendez que cet homme l'a vu.   Et puis, qu'est-ce que cela fait pour votre Égyptienne?

— Hum! grommela Tristan.

— Diable! reprit le soldat flatté de l'éloge du prévôt, les cassures du fer sont toutes fraîches!'

Tristan hocha la tête.   Elle pâlit.

'Combien y a-t-il de temps, dites-vous, de cette charrette?[78]

— Un mois, quinze jours peut-être, monseigneur.   Je ne sais plus, moi.

— Elle a d'abord dit plus d'un an, observa le soldat.

— Voilà qui est louche,[79] dit le prévôt.

— Monseigneur, cria-t-elle, toujours collée devant la lucarne, et tremblant que le soupçon ne les poussât à y passer la tête et à regarder dans la cellule; monseigneur, je vous jure que c'est une charrette qui a brisé cette grille.   Je vous le jure par les anges du paradis.

— Tu mets bien de la chaleur à ce jurement!'[80] dit Tristan avec son coup d'œil d'inquisiteur.

La pauvre femme sentait s'évanouir de plus en plus son assurance.   Elle en était à faire des maladresses, et elle comprenait avec terreur qu'elle ne disait pas ce qu'il aurait fallu dire.[81]

Ici, un autre soldat arriva en criant:

'Monseigneur, la vieille fée ment.   La sorcière ne s'est pas sauvée par la rue du Mouton.   La chaîne de la rue est restée tendue toute la nuit, et le garde-chaîne n'a vu passer personne.'

Tristan, dont la physionomie devenait à chaque instant plus sinistre, interpella la recluse :

'Qu'as-tu à dire à cela ?'

Elle essaya encore de faire tête à[82] ce nouvel incident :

'Que je ne sais, monseigneur, que j'ai pu me tromper. Je crois qu'elle a passé l'eau en effet.

— C'est le côté opposé, dit le prévôt. Il n'y a pourtant pas grande apparence qu'elle ait voulu rentrer dans la Cité, où on la poursuivait. Tu mens, la vieille !

— Et puis, ajouta le premier soldat, il n'y a de bateau ni de ce côté de l'eau ni de l'autre.

— Elle aura passé à la nage, répliqua la recluse défendant le terrain pied à pied.

— Est-ce que les femmes nagent ? dit le soldat.

— Tête-Dieu ! la vieille ! tu mens ! tu mens ! reprit Tristan avec colère. J'ai bonne envie de laisser là cette sorcière et de te prendre, toi. Un quart d'heure de question te tirera peut-être la vérité du gosier.[83] Allons ! tu vas nous suivre.'

Elle saisit ces paroles avec avidité.

'Comme vous voudrez, monseigneur. Faites. Faites. La question. Je veux bien. Emmenez-moi. Vite, vite ! partons tout de suite. . . . Pendant ce temps-là, pensait-elle, ma fille se sauvera.

— Mort-Dieu ! dit le prévôt, quel appétit du chevalet ! Je ne comprends rien à cette folle.'[84]

Un vieux sergent du guet à tête grise sortit des rangs, et s'adressant au prévôt :

'Folle en effet, monseigneur. Si elle a lâché l'Égyptienne, ce n'est pas sa faute, car elle n'aime pas les Égyptiennes. Voila quinze ans que je fais le guet, et que je l'entends tous les soirs maugréer les femmes bohêmes avec des exécrations sans fin.[85] Si celle que nous poursuivons est, comme je le crois, la petite danseuse à la chèvre, elle déteste celle-là surtout.'

Gudule fit un effort et dit :

'Celle-là surtout.'

Le témoignage unanime des hommes du guet confirma au prévôt les paroles du vieux sergent. Tristan L'Hermite, désespérant de rien tirer de la recluse, lui tourna le dos, et elle le vit avec une anxiété inexprimable se diriger lentement vers son cheval.

'Allons, disait-il entre ses dents, en route ! remettons-nous
à l'enquête. Je ne dormirai pas que l'Égyptienne ne soit
pendue.'

Cependant il hésita encore quelque temps avant de
monter à cheval. Gudule palpitait entre la vie et la mort
en le voyant promener autour de la place cette mine inquiète
d'un chien de chasse qui sent près de lui le gîte de la bête
et résiste à s'éloigner.[86] Enfin il secoua la tête et sauta en
selle. Le cœur si horriblement comprimé de Gudule se
dilata, et elle dit à voix basse en jetant un coup d'œil sur sa
fille, qu'elle n'avait pas encore osé regarder depuis qu'ils
étaient là : 'Sauvée !'

La pauvre enfant était restée tout ce temps dans son coin,
sans souffler, sans remuer, avec l'idée de la mort debout
devant elle. Elle n'avait rien perdu de la scène entre
Gudule et Tristan, et chacune des angoisses de sa mère
avait retenti en elle. Elle avait entendu tous les craque-
ments successifs du fil qui la tenait suspendue sur le
gouffre ; elle avait cru vingt fois le voir se briser, et commençait enfin à respirer et à se sentir le pied en terre
ferme. En ce moment, elle entendit une voix qui disait
au prévôt :

'Corbœuf ! monsieur le prévôt, ce n'est pas mon affaire,
à moi homme d'armes, de pendre les sorcières. La quenaille
de peuple est à bas.[87] Je vous laisse besogner tout seul.
Vous trouverez bon que j'aille rejoindre ma compagnie,
pour ce qu'elle est sans capitaine.'

Cette voix, c'était celle de Phœbus de Châteaupers. Ce
qui se passa en elle est ineffable. Il était donc là, son ami,
son protecteur, son appui, son asile, son Phœbus ! Elle se
leva, et avant que sa mère eût pu l'en empêcher, elle s'était
jetée à la lucarne en criant :

'Phœbus ! à moi, mon Phœbus !'

Phœbus n'y était plus. Il venait de tourner au galop
l'angle de la rue de la Coutellerie. Mais Tristan n'était
pas encore parti.

La recluse se précipita sur sa fille avec un rugissement.
Elle la retira violemment en arrière en lui enfonçant ses
ongles dans le cou.[88] Une mère tigresse n'y regarde pas
de si près. Mais il était trop tard. Tristan avait vu.

'Hé ! hé ! s'écria-t-il avec un rire qui déchaussait toutes

ses dents et faisait ressembler sa figure au museau d'un loup, deux souris dans la souricière !

— Je m'en doutais,' dit le soldat.

Tristan lui frappa sur l'épaule :

'Tu es un bon chat ! .... Allons, ajouta-t-il, où est Henriet Cousin ?'

Un homme qui n'avait ni le vêtement ni la mine des soldats sortit de leurs rangs. Il portait un costume mi-parti gris et brun, les cheveux plats, des manches de cuir et un paquet de cordes à sa grosse main. Cet homme accompagnait toujours Tristan, qui accompagnait toujours Louis XI.

'L'ami, dit Tristan L'Hermite, je présume que voilà la sorcière que nous cherchions. Tu vas me pendre cela.[89] As-tu ton échelle ?

— Il y en a une là, sous le hangar de la Maison-aux-Piliers, répondit l'homme. Est-ce à cette justice-là que nous ferons la chose ? poursuivit-il en montrant le gibet de pierre.

— Oui.

— Ho hé ! reprit l'homme avec un gros rire plus bestial encore que celui du prévôt, nous n'aurons pas beaucoup de chemin à faire.

— Dépêche ! dit Tristan ; tu riras après.'

Cependant, depuis que Tristan avait vu sa fille et que tout espoir était perdu, la recluse n'avait pas encore dit une parole. Elle avait jeté la pauvre Égyptienne à demi morte dans le coin du caveau et s'était replacée à la lucarne, ses deux mains appuyées à l'angle de l'entablement comme deux griffes.[90] Dans cette attitude, on la voyait promener intrépidement sur tous ces soldats son regard, qui était redevenu fauve et insensé. Au moment où Henriet Cousin s'approcha de la loge, elle lui fit une figure tellement sauvage qu'il recula.

'Monseigneur, dit-il en revenant au prévôt, laquelle faut-il prendre ?

— La jeune.

— Tant mieux. Car la vieille paraît malaisée.[91]

— Pauvre petite danseuse à la chèvre !' dit le vieux sergent du guet.

Henriet Cousin se rapprocha de la lucarne. L'œil de la mère fit baisser le sien. Il dit assez timidement :

'Madame . . . .'

Elle l'interrompit d'une voix très-basse et furieuse :

'Que demandes-tu ?

— Ce n'est pas vous, dit-il, c'est l'autre.

— Quelle autre ?

— La jeune.'

Elle se mit à secouer la tête en criant :

'Il n'y a personne ! Il n'y a personne ! Il n'y a personne !

— Si ! reprit le bourreau, vous le savez bien. Laissez-moi prendre la jeune. Je ne veux pas vous faire de mal, à vous.'

Elle dit avec un ricanement étrange :

'Ah ! tu ne veux pas me faire de mal, à moi !

— Laissez-moi l'autre, madame ; c'est monsieur le prévôt qui le veut.'

Elle répéta d'un air de folie :

'Il n'y a personne.

— Je vous dis que si !⁹² répliqua le bourreau ; nous avons tous vu que vous étiez deux.

— Regarde plutôt !⁹³ dit la recluse en ricanant. Fourre la tête par la lucarne.'

Le bourreau examina les ongles de la mère, et n'osa pas.

'Dépêche !' s'écria Tristan, qui venait de ranger sa troupe en cercle autour du Trou-aux-Rats, et qui se tenait à cheval près du gibet.

Henriet revint au prévôt encore une fois, tout embarrassé. Il avait posé sa corde à terre, et roulait d'un air gauche son chapeau dans ses mains.

'Monseigneur, demanda-t-il, par où entrer ?

— Par la porte.

— Il n'y en a pas.

— Par la fenêtre.

— Elle est trop étroite.

— Élargis-la, dit Tristan avec colère. N'as-tu pas des pioches ?'

Du fond de son antre, la mère, toujours en arrêt, regardait. Elle n'espérait plus rien, elle ne savait plus ce qu'elle voulait, mais elle ne voulait pas qu'on lui prît sa fille.

Henriet Cousin alla chercher la caisse d'outils des basses œuvres sous le hangar de la Maison-aux-Piliers.⁹⁴ Il en retira aussi la double échelle, qu'il appliqua sur-le-champ au gibet. Cinq ou six hommes de la prévôté s'armèrent de

pics et de leviers, et Tristan se dirigea avec eux vers
la lucarne.

'La vieille, dit le prévôt d'un ton sévère, livre-nous cette
fille de bonne grâce.'

Elle le regarda comme quand on ne comprend pas.

'Tête-Dieu ! reprit Tristan, qu'as-tu donc à empêcher
cette sorcière d'être pendue comme il plaît au roi ?'

La misérable se mit à rire de son rire farouche.

'Ce que j'y ai?[95] C'est ma fille.'

L'accent dont elle prononça ce mot fit frissonner jusqu'à
Henriet Cousin lui-même.

'J'en suis fâché, repartit le prévôt, mais c'est le bon
plaisir du roi.'   .

Elle cria en redoublant son rire terrible :

'Qu'est-ce que cela me fait, ton roi?[96] Je te dis que c'est
ma fille !

— Percez le mur,' dit Tristan.

Il suffisait, pour pratiquer une ouverture assez large, de
desceller une assise de pierre au-dessous de la lucarne.
Quand la mère entendit les pics et les leviers saper sa
forteresse, elle poussa un cri épouvantable ; puis elle se mit
à tourner ·avec une vitesse effrayante autour de sa loge,
habitude de bête fauve que la cage lui avait donnée. Elle
ne disait plus rien, mais ses yeux flamboyaient. Les soldats
étaient glacés au fond du cœur.

Tout à coup elle prit son pavé, rit, et le jeta à deux
poings sur les travailleurs. Le pavé, mal lancé (car ses
mains tremblaient), ne toucha personne, et vint s'arrêter
sous les pieds du cheval de Tristan. Elle grinça des dents.

Cependant, quoique le soleil ne fût pas encore levé, il
faisait grand jour ; une belle teinte rose égayait les vieilles
cheminées vermoulues de la Maison-aux-Piliers.[97] C'était
l'heure où les fenêtres les plus matinales de la grande ville
s'ouvrent joyeusement sur les toits. Quelques manants, quelques fruitiers allant aux halles sur leur âne, commençaient
à traverser la Grève ; ils s'arrêtaient un moment devant
ce groupe de soldats amoncelés autour du Trou-aux-Rats,
le considéraient d'un air étonné, et passaient outre.

La recluse était allée s'asseoir près de sa fille, la couvrant
de son corps, devant elle, l'œil fixe, écoutant la pauvre
enfant qui ne bougeait pas, et qui murmurait à voix basse

pour toute parole : ' Phœbus ! Phœbus !' A mesure que le travail des démolisseurs semblait s'avancer, la mère se reculait machinalement, et serrait de plus en plus[98] la jeune fille contre le mur. Tout à coup la recluse vit la pierre (car elle faisait sentinelle et ne la quittait pas du regard) s'ébranler, et elle entendit la voix de Tristan qui encourageait les travailleurs. Alors elle sortit de l'affaissement où elle était tombée depuis quelques instants, et s'écria, et tandis qu'elle parlait, sa voix tantôt déchirait l'oreille comme une scie, tantôt balbutiait comme si toutes les malédictions se fussent pressées sur ses lèvres pour éclater à la fois.[99]

'Ho! ho! ho! Mais c'est horrible! Vous êtes des brigands! Est-ce que vraiment vous allez me prendre ma fille? Je vous dis que c'est ma fille! Oh! les lâches! Oh! les laquais bourreaux! les misérables goujats assassins![100] Au secours! au secours! au feu! Mais est-ce qu'ils me prendront mon enfant comme cela! Qui est-ce donc qu'on appelle le bon Dieu!'

Alors, s'adressant à Tristan, écumante, l'œil hagard, à quatre pattes comme une panthère, et toute hérissée :

'Approche un peu me prendre ma fille![101] Est-ce que tu ne comprends pas que cette femme te dit que c'est sa fille? Sais-tu ce que c'est qu'un enfant qu'on a?

— Mettez bas la pierre, dit Tristan ; elle ne tient plus.'

Les leviers soulevèrent la lourde assise. C'était, nous l'avons dit, le dernier rempart de la mère. Elle se jeta dessus, elle voulut la retenir ;[102] elle égratigna la pierre avec ses ongles, mais le bloc massif, mis en mouvement par six hommes, lui échappa et glissa doucement jusqu'à terre le long des leviers de fer.

La mère, voyant l'entrée faite, tomba devant l'ouverture en travers barricadant la brèche avec son corps, tordant ses bras, heurtant la dalle de sa tête, et criant d'une voix enrouée de fatigue qu'on entendait à peine :

'Au secours! au feu! au feu!

— Maintenant prenez la fille,' dit Tristan toujours impassible.

La mère regarda les soldats d'une manière si formidable qu'ils avaient plus envie de reculer que d'avancer.

'Allons donc,[103] reprit le prévôt. Henriet Cousin, toi !'

Personne ne fit un pas.

Le prévôt jura :

'Quoi ! mes gens de guerre ! peur d'une femme !

— Monseigneur, dit Henriet, vous appelez cela une femme?

— Elle a une crinière de lion ! dit un autre.

— Allons, repartit le prévôt, la baie est assez large. Entrez-y trois de front, comme à la brèche de Pontoise. Finissons, mort-Mahom !¹⁰⁴ Le premier qui recule j'en fais deux morceaux !'

Placés entre le prévôt et la mère, tous deux menaçants, les soldats hésitèrent un moment, puis, prenant leur parti, s'avancèrent vers le Trou-aux-Rats.

Quand la recluse vit cela, elle se dressa brusquement sur les genoux, écarta ses cheveux de son visage, puis laissa retomber ses mains maigres et écorchées sur ses cuisses. Alors de grosses larmes sortirent une à une de ses yeux ; elles descendaient par une ride le long de ses joues, comme un torrent par un lit qu'il s'est creusé. En même temps elle se mit à parler, mais d'une voix si suppliante, si douce, si soumise et si poignante, qu'à l'entour de Tristan plus d'un vieil argousin¹⁰⁵ qui aurait mangé de la chair humaine s'essuyait les yeux.

'Messeigneurs ! messieurs les sergents, un mot ! C'est une chose qu'il faut que je vous dise ! C'est ma fille, voyez-vous ? ma chère petite fille que j'avais perdue ! Vous aurez pitié de moi, n'est-ce pas, messeigneurs? Les Égyptiennes me l'ont volée ; elles me l'ont cachée quinze ans. Je la croyais morte. Figurez-vous, mes bons amis, que je la croyais morte. J'ai passé quinze ans ici, dans cette cave, sans feu l'hiver. C'est dur, cela. Le pauvre cher petit soulier ! J'ai tant crié que le bon Dieu m'a entendue. Cette nuit, il m'a rendu ma fille. C'est un miracle du bon Dieu. Elle n'était pas morte. Vous ne me la prendrez pas, j'en suis sûre. Encore si c'était moi, je ne dis pas ;¹⁰⁶ mais elle, une enfant de seize ans ! Laissez-lui temps de voir le soleil ! .... Qu'est-ce qu'elle vous a fait? rien du tout. Moi non plus. Si vous saviez que je n'ai qu'elle, que je suis vieille, que c'est une bénédiction que la sainte Vierge m'envoie ! Et puis, vous êtes si bons tous ! Vous ne saviez pas que c'est ma fille ; à présent vous le savez. Oh ! je l'aime ! Monsieur le grand prévôt, j'aimerais mieux un trou à mes entrailles¹⁰⁷ qu'une égratignure à son doigt? C'est vous qui avez l'air

d'un bon seigneur ! Ce que je vous dis là vous explique la
chose, n'est-il pas vrai ? Oh ! si vous avez eu une mère,
monseigneur ! vous êtes le capitaine, laissez-moi mon enfant !
Considérez que je vous prie à genoux, comme on prie un
Jésus-Christ ! Je ne demande rien à personne ; je suis de
Reims, messeigneurs ; j'ai un petit champ. Je ne suis pas une
mendiante. Oh ! je veux garder mon enfant ! Le bon Dieu,
qui est le maître, ne me l'a pas rendue pour rien ! Le roi !
vous dites le roi ! Cela ne lui fera déjà pas beaucoup de plaisir
qu'on tue ma petite fille ! Et puis le roi est bon ! C'est ma
fille ! c'est ma fille, à moi ! Elle n'est pas au roi ! elle n'est
pas à vous ! Je veux m'en aller ! nous allons nous en aller !
enfin, deux femmes qui passent, dont l'une est la mère et
l'autre la fille, on les laisse passer ![108] Laissez-nous passer !
nous sommes de Reims. Oh ! vous êtes bien bons ! messieurs les sergents, je vous aime tous. Vous ne me prendrez
pas ma chère petite, c'est impossible ! N'est-ce pas, que
c'est tout à fait impossible ! Mon enfant ! mon enfant !'

Nous n'essayerons pas de donner une idée de son geste,
de son accent, des larmes qu'elle buvait en parlant, des mains
qu'elle joignait et puis tordait, des sourires navrants, des
regards noyés,[109] des gémissements, des soupirs, des cris
misérables et saisissants qu'elle mêlait à ses paroles désor-
données, folles et décousues. Quand elle se tut, Tristan
L'Hermite fronça le sourcil, mais c'était pour cacher une
larme qui roulait dans son œil de tigre. Il surmonta pourtant cette faiblesse, et dit d'un ton bref :

'Le roi le veut.'

Puis il se pencha à l'oreille d'Henriet Cousin, et lui dit
tout bas :

'Finis vite !' Le redoutable prévôt sentait peut-être le
cœur lui manquer, à lui aussi.[110]

Le bourreau et les sergents entrèrent dans la logette. La
mère ne fit aucune résistance, seulement elle se traîna vers
sa fille, et se jeta à corps perdu sur elle. L'Égyptienne vit
les soldats s'approcher. L'horreur de la mort la ranima :

'Ma mère ! cria-t-elle avec un inexprimable accent de détresse, ma mère ! ils viennent ! défendez-moi !

— Oui, mon amour, je te défends !' répondit la mère
d'une voix éteinte, et, la serrant étroitement dans ses bras,
elle la couvrit de baisers. Toutes deux ainsi à terre, la mère
sur la fille, faisaient un spectacle digne de pitié.

Henriet Cousin prit la jeune fille par le milieu du corps. Elle s'évanouit. Le bourreau, qui laissait tomber goutte à goutte de grosses larmes sur elle, voulut l'enlever dans ses bras. Il essaya de détacher la mère, qui avait pour ainsi dire noué ses deux mains autour de la ceinture de sa fille; mais elle était si puissamment cramponnée à son enfant qu'il fut impossible de l'en séparer. Henriet Cousin alors traîna la jeune fille hors de la loge, et la mère après elle. La mère aussi tenait ses yeux fermés.

Le soleil se levait en ce moment, et il y avait déjà sur la place un assez bon amas de peuple qui regardait à distance ce qu'on traînait ainsi sur le pavé vers le gibet. Car c'était la mode du prévôt Tristan aux exécutions.[111] Il avait la manie d'empêcher les curieux d'approcher.

Il n'y avait personne aux fenêtres. On voyait seulement de loin, au sommet de celle des tours de Notre-Dame qui domine la Grève, deux hommes détachés en noir sur le ciel clair du matin, qui semblaient regarder.[112]

Henriet Cousin s'arrêta avec ce qu'il traînait au pied de la fatale échelle, et, respirant à peine, tant la chose l'apitoyait,[113] il passa la corde autour du cou adorable de la jeune fille. La malheureuse enfant sentit l'horrble attouchement du chanvre. Elle souleva ses paupières et vit le bras décharné du gibet de pierre étendu au-dessus de sa tête. Alors elle se secoua, et cria d'une voix haute et déchirante : 'Non! non! je ne veux pas!' La mère, dont la tête était enfouie et perdue sous les vêtements de sa fille, ne dit pas une parole; seulement on vit frémir tout son corps, et on l'entendit redoubler ses baisers sur son enfant. Le bourreau profita de ce moment pour dénouer vivement les bras dont elle étreignait la condamnée. Soit épuisement, soit désespoir, elle le laissa faire. Alors il prit la jeune fille sur son épaule, d'où la charmante créature retombait gracieusement pliée en deux sur sa large tête. Puis il mit le pied sur l'échelle pour monter.

En ce moment la mère accroupie sur le pavé ouvrit tout à fait les yeux. Sans jeter un cri, elle se redressa avec une expression terrible; puis, comme une bête sur sa proie, elle se jeta sur la main du bourreau et le mordit. Ce fut un éclair. Le bourreau hurla de douleur. On accourut. On retira avec peine sa main sanglante d'entre les dents de la

mère. Elle gardait un profond silence. On la repoussa
assez brutalement, et l'on remarqua que sa tête retombait
lourdement sur le pavé ; on la releva, elle se laissa de nouveau
retomber.   C'est qu'elle était morte.

Le bourreau, qui n'avait pas lâché la jeune fille, se remit
à monter l'échelle.

CHAPTER XV.

LA CATASTROPHE.

QUAND Quasimodo vit que la cellule était vide, que
l'Égyptienne n'y était plus, que pendant qu'il la défendait
on l'avait enlevée, il prit ses cheveux à deux mains et
trépigna de surprise et de douleur ;[1] puis il se mit à courir
par toute l'église, cherchant sa bohémienne, hurlant des cris
étranges à tous les coins de mur, semant ses cheveux rouges
sur le pavé.   C'était précisément le moment où les archers
du roi entraient victorieux dans Notre-Dame, cherchant
aussi l'Égyptienne.   Quasimodo les y aida,[2] sans se douter,
le pauvre sourd, de leurs fatales intentions ; il croyait que
les ennemis de l'Égyptienne, c'étaient les truands.   Il mena
lui-même Tristan L'Hermite à toutes les cachettes possibles,
lui ouvrit les portes secrètes, les doubles fonds[3] d'autels, les
arrière-sacristies.   Si la malheureuse y eût été encore, c'est
lui qui l'eût livrée.   Quand la lassitude de ne rien trouver
eut rebuté Tristan, qui ne se rebutait pas aisément,[4] Quasimodo continua de chercher tout seul.   Il fit vingt fois,
cent fois le tour de l'église, de long en large, du haut en bas,
montant, descendant, courant, appelant, criant, flairant,
furetant, fouillant, fourrant sa tête dans tous les trous, poussant une torche sous toutes les voûtes, désespéré, fou.   Un
mâle qui a perdu sa femelle n'est pas plus rugissant ni plus
hagard.[5]   Enfin quand il fut sûr, bien sûr qu'elle n'y était
plus, que c'en était fait,[6] qu'on la lui avait dérobée, il monta
lentement l'escalier des tours, cet escalier qu'il avait escaladé
avec tant d'emportement et de triomphe le jour où il l'avait
sauvée.   Il repassa par les mêmes lieux, la tête basse, sans
voix, sans larmes, presque sans souffle.   L'église était déserte

de nouveau, et retombée dans son silence. Les archers l'avaient quittée pour traquer la sorcière dans la Cité. Quasimodo, resté seul dans cette vaste Notre-Dame, si assiégée et si tumultueuse le moment d'auparavant, reprit le chemin de la cellule où l'Égyptienne avait dormi tant de semaines sous sa garde. En s'en approchant, il se figurait qu'il allait peut-être l'y trouver. Quand, au détour de la galerie qui donne sur[7] le toit des bas côtés, il aperçut l'étroite logette avec sa petite fenêtre et sa petite porte, tapie[8] sous un grand arc-boutant comme un nid d'oiseau sous une branche, le cœur lui manqua, au pauvre homme, et il s'appuya contre un pilier pour ne pas tomber. Il s'imagina qu'elle y était peut-être rentrée, qu'un bon génie l'y avait sans doute ramenée, que cette logette était trop tranquille, trop sûre et trop charmante pour qu'elle n'y fût point, et il n'osait faire un pas de plus, de peur de briser son illusion. ' Oui, se disait-il en lui-même, elle dort peut-être, ou elle prie. Ne la troublons pas.' Enfin il rassembla son courage, il avança sur la pointe des pieds, il regarda, il entra. Vide ! La cellule était toujours vide. Le malheureux sourd en fit le tour à pas lents, souleva le lit et regarda dessous, comme si elle pouvait être cachée entre la dalle et le matelas, puis il secoua la tête et demeura stupide. Tout à coup il écrasa furieusement sa torche du pied, et, sans dire une parole, sans pousser un soupir, il se précipita de toute sa course la tête contre le mur et tomba évanoui sur le pavé.

Quand il revint à lui, il se jeta sur le lit, il s'y roula ; il y resta quelques minutes immobile comme s'il allait y expirer ; puis il se releva, ruisselant de sueur, haletant, insensé, et se mit à cogner les murailles de sa tête avec l'effrayante régularité du battant de ses cloches,[9] et la résolution d'un homme qui veut l'y briser. Enfin il tomba une seconde fois, épuisé ; il se traîna sur les genoux hors de la cellule et s'accroupit en face de la porte, dans une attitude d'étonnement. Il resta ainsi plus d'une heure sans faire un mouvement, l'œil fixé sur la cellule déserte, plus sombre et plus pensif qu'une mère assise entre un berceau vide et un cercueil plein.[10] Il ne prononçait pas un mot ; seulement, à de longs intervalles, un sanglot remuait violemment tout son corps, mais un sanglot sans larmes, comme ces éclairs d'été qui ne font pas de bruit.[11]

Il paraît que ce fut alors que, cherchant au fond de sa rêverie désolée[12] quel pouvait être le ravisseur inattendu de l'Égyptienne, il songea à l'archidiacre. Il se souvint que dom Claude avait seul une clef de l'escalier qui menait à la cellule; il se rappela sa tentative nocturne sur la jeune fille, qu'il avait empêchée. Il se rappela mille détails, et ne douta bientôt plus que l'archidiacre ne lui eût pris l'Égyptienne. Cependant tel était son respect du prêtre, la reconnaissance, le dévouement, l'amour pour cet homme avaient de si profondes racines dans son cœur, qu'elles résistaient, même en ce moment aux ongles de la jalousie et du désespoir.[13]

Il songeait que l'archidiacre avait fait cela, et la colère de sang et de mort qu'il en eût ressentie contre tout autre, du moment où il s'agissait de Claude Frollo, se tournait chez le pauvre sourd en accroissement de douleur.[14]

Au moment où sa pensée se fixait ainsi sur le prêtre, comme l'aube blanchissait les arcs-boutants, il vit à l'étage supérieur de Notre-Dame, au coude que fait la balustrade extérieure qui tourne autour de l'abside, une figure qui marchait. Cette figure venait de son côté. Il la reconnut. C'était l'archidiacre. Claude allait d'un pas grave et lent.[15] Il ne regardait pas devant lui en marchant, il se dirigeait vers la tour septentrionale, mais son visage était tourné de côté, vers la rive droite de la Seine, et il tenait la tête haute, comme s'il eût tâché de voir quelque chose par-dessus les toits. Le hibou a souvent cette attitude oblique. Il vole vers un point et en regarde un autre. Le prêtre passa ainsi au-dessus de Quasimodo sans le voir.

Le sourd, que cette brusque apparition avait pétrifié, le vit s'enfoncer sous la porte de l'escalier de la tour septentrionale. Le lecteur sait que cette tour est celle d'où l'on voit l'hôtel de ville. Quasimodo se leva et suivit l'archidiacre.

Quasimodo monta l'escalier de la tour pour savoir pourquoi le prêtre montait. Du reste, le pauvre sonneur ne savait ce qu'il ferait, lui Quasimodo, ce qu'il dirait, ce qu'il voulait. Il était plein de fureur et plein de crainte. L'archidiacre et l'Égyptienne se heurtaient dans son cœur.[16]

Quand il fut parvenu au sommet de la tour, avant de sortir de l'ombre de l'escalier et d'entrer sur la plate-forme, il examina avec précaution où était le prêtre. Le prêtre lui tournait le dos. Il y a une balustrade percée à jour qui entoure la plate-forme du clocher. Le prêtre, dont les yeux plongeaient sur la ville, avait la poitrine appuyée à celui des quatre côtés de la balustrade qui regarde le pont Notre-Dame.

Quasimodo, s'avançant à pas de loup derrière lui, alla voir ce qu'il regardait ainsi. L'attention du prêtre était tellement absorbée ailleurs qu'il n'entendit point le sourd marcher près de lui.

C'est un magnifique et charmant spectacle que Paris, et le Paris d'alors surtout, vu du haut des tours de Notre-Dame aux fraîches lueurs d'une aube d'été. On pouvait être, ce jour-là, en juillet. Le ciel était parfaitement serein. Quelques étoiles attardées[17] s'y éteignaient sur divers points, et il y en avait une très-brillante au levant dans le plus clair du ciel. Le soleil était au moment de paraître. Paris commençait à remuer. Une lumière très-blanche et très-pure faisait saillir vivement à l'œil tous les plans que ses mille maisons présentent à l'orient.[18] L'ombre géante des clochers allait de toits en toits d'un bout de la grande ville à l'autre. Il y avait déjà des quartiers qui parlaient et qui faisaient du bruit.[19] Ici un coup de cloche, là un coup de marteau, là-bas le cliquetis compliqué d'une charrette en marche.[20] Déjà quelques fumées se dégorgeaient çà et là sur toute cette surface de toits, comme par les fissures d'une immense solfatare.[21] La rivière, qui fronce son eau aux arches de tant de ponts, à la pointe de tant d'îles, était moirée de plis d'argent.[22] Autour de la ville, au dehors des remparts, la vue se perdait dans un grand cercle de vapeurs floconneuses à travers lesquelles on distinguait confusément la ligne indéfinie des plaines et le gracieux renflement des coteaux. Toutes sortes de rumeurs flottantes se dispersaient sur cette cité à demi réveillée. Vers l'orient, le vent du matin chassait à travers le ciel quelques blanches ouates arrachées à la toison de brume des collines.[23]

Dans le parvis, quelques bonnes femmes, qui avaient en main leur pot au lait, se montraient avec étonnement le délabrement singulier de la grande porte de Notre-Dame, et deux ruisseaux de plomb figés entre les fentes des grès.[24] C'était tout ce qui restait du tumulte de la nuit. Le bûcher

allumé par Quasimodo, entre les tours, s'était éteint. Tristan
avait déjà déblayé la place et fait jeter les morts à la Seine.
Les rois comme Louis XI ont soin de laver vite le pavé
après un massacre.

En dehors de la balustrade de la tour, précisément au-
dessous du point où s'était arrêté le prêtre, il y avait une de
ces gouttières de pierre fantastiquement taillées qui hérissent
les édifices gothiques ; et, dans une crevasse de cette gouttière, deux jolies giroflées en fleur, secouées et rendues
comme vivantes par le souffle de l'air, se faisaient des saluta-
tions folâtres.[25]   Au-dessus des tours, en haut, bien loin au
fond du ciel, on entendait de petits cris d'oiseaux.

Mais le prêtre n'écoutait, ne regardait rien de tout cela.
Il était de ces hommes pour lesquels il n'y a pas de matins,
pas d'oiseaux, pas de fleurs.   Dans cet immense horizon
qui prenait tant d'aspects autour de lui, sa contemplation
était concentrée sur un point unique.

Quasimodo brûlait de lui demander ce qu'il avait fait de
l'Égyptienne ; mais l'archidiacre semblait en ce moment être
hors du monde.   Il était visiblement dans une de ces
minutes violentes de la vie où l'on ne sentirait pas la terre
crouler.[26]   Les yeux invariablement fixés sur un certain lieu,
il demeurait immobile et silencieux ; et ce silence et cette
immobilité avaient quelque chose de si redoutable que le
sauvage sonneur frémissait devant et n'osait s'y heurter.[27]
Seulement, et c'était encore une manière d'interroger l'archidiacre, il suivit la direction de son rayon visuel, et de cette
façon le regard du malheureux sourd tomba sur la place de
Grève.

Il vit ainsi ce que le prêtre regardait.   L'échelle était
dressée près du gibet permanent.   Il y avait quelque peuple
dans la place et beaucoup de soldats.   Un homme traînait
sur le pavé une chose blanche à laquelle une chose noire était
accrochée.   Cet homme s'arrêta au pied du gibet.   Ici se
passa quelque chose que Quasimodo ne vit pas bien.   Ce
n'est pas que son œil unique n'eût conservé sa longue
portée,[28] mais il y avait un gros de soldats qui empêchait de
distinguer tout.   D'ailleurs, en cet instant le soleil parut, et
un tel flot de lumière déborda par-dessus l'horizon qu'on
eût dit que toutes les pointes de Paris, flèches, cheminées
pignons, prenaient feu à la fois.

Cependant l'homme se mit à monter l'échelle. Alors Quasimodo le revit distinctement. Il portait une femme sur son épaule, une jeune fille vêtue de blanc ; cette jeune fille avait, un nœud au cou. Quasimodo la reconnut. C'était elle.

L'homme parvint ainsi au haut de l'échelle. Là il arrangea le nœud. Ici le prêtre, pour mieux voir, se mit à genoux sur la balustrade.

Tout à coup l'homme repoussa brusquement l'échelle du talon, et Quasimodo, qui ne respirait plus depuis quelques instants, vit se balancer au bout de la corde, à deux toises au-dessus du pavé, la malheureuse enfant avec l'homme accroupi les pieds sur ses épaules. La corde fit plusieurs tours sur elle-même, et Quasimodo vit courir d'horribles convulsions le long du corps de l'Égyptienne.[29] Le prêtre, de son côté, le cou tendu, l'œil hors de la tête, contemplait ce groupe épouvantable de l'homme et de la jeune fille, de l'araignée et de la mouche.[30]

Au moment où c'était le plus effroyable, un rire de démon, un rire qu'on ne peut avoir que lorsqu'on n'est plus homme, éclata sur le visage livide du prêtre.[31] Quasimodo n'entendit pas ce rire, mais il le vit. Le sonneur recula de quelques pas derrière l'archidiacre, et tout à coup se ruant sur lui avec fureur, de ses deux grosses mains il le poussa par le dos dans l'abime sur lequel dom Claude était penché.

Le prêtre cria : ' Damnation !' et tomba.

La gouttière au-dessus de laquelle il se trouvait l'arrêta dans sa chute. Il s'y accrocha avec des mains désespérées,[32] et au moment où il ouvrait la bouche pour jeter un second cri, il vit passer au rebord de la balustrade, au-dessus de sa tête, la figure formidable et vengeresse de Quasimodo. Alors il se tut.

L'abîme était au-dessous de lui. Une chute de plus de deux cents pieds, et le pavé. Dans cette situation terrible, l'archidiacre ne dit pas une parole, ne poussa pas un gémissement. Seulement, il se tordit sur la gouttière avec des efforts inouïs pour remonter ; mais ses mains n'avaient pas de prise sur le granit, ses pieds rayaient la muraille noircie, sans y mordre.[33] Les personnes qui ont monté sur les tours de Notre-Dame savent qu'il y a un renflement de la pierre immédiatement au-dessous de la balustrade. C'est sur cet angle rentrant que s'épuisait le misérable archidiacre. Il n'avait pas affaire à un mur à pic, mais à un mur qui fuyait sous lui.[34]

Quasimodo n'eût eu, pour le tirer du gouffre, qu'à lui tendre la main ; mais il ne le regardait seulement pas. Il regardait la Grève. Il regardait le gibet. Il regardait l'Égyptienne. Le sourd s'était accoudé sur la balustrade, à la place où était l'archidiacre le moment d'auparavant, et là, ne détachant pas son regard du seul objet qu'il y eût pour lui au monde en ce moment,[35] il était immobile et muet comme un homme foudroyé, et un long ruisseau de pleurs coulait en silence de cet œil qui jusqu'alors n'avait encore versé qu'une seule larme.[36]

Cependant l'archidiacre haletait. Son front chauve ruisselait de sueur, ses ongles saignaient sur la pierre, ses genoux s'écorchaient au mur. Il entendait sa soutane, accrochée à la gouttière, craquer et se découdre à chaque secousse qu'il lui donnait. Pour comble de malheur, cette gouttière était terminée par un tuyau de plomb qui fléchissait sous le poids de son corps. L'archidiacre sentait ce tuyau ployer lentement. Il se disait, le misérable, que quand ses mains seraient brisées de fatigue, quand sa soutane serait déchirée, quand ce plomb serait ployé, il faudrait tomber, et l'épouvante le prenait aux entrailles.[37] Quelquefois il regardait avec égarement une espèce d'étroit plateau formé, à quelque dix pieds plus bas, par des accidents de sculpture, et il demandait au ciel, dans le fond de son âme en détresse, de pouvoir finir sa vie sur cet espace de deux pieds carrés, dût-elle durer cent années. Une fois, il regarda au-dessous de lui dans la place, dans l'abime ; la tête qu'il releva fermait les yeux et avait les cheveux tout droits.[38]

C'était quelque chose d'effrayant que le silence de ces deux hommes. Tandis que l'archidiacre à quelques pieds de lui agonisait de cette horrible façon, Quasimodo pleurait et regardait la Grève.

L'archidiacre, voyant que tous ses soubresauts ne servaient qu'à ébranler le fragile point d'appui qui lui restait, avait pris le parti de ne plus remuer. Il était là, embrassant la gouttière, respirant à peine, ne bougeant plus, n'ayant plus d'autres mouvements que cette convulsion machinale du ventre qu'on éprouve dans les rêves quand on croit se sentir tomber.[39] Ses yeux fixes étaient ouverts d'une manière maladive et étonnée.[40]   Peu à peu cependant, il perdait du terrain, ses doigts glissaient sur la gouttière ; il sentait de plus en plus la faiblesse de ses bras et la pesanteur de son corps.   La courbure de plomb qui le soutenait s'inclinait à tout moment d'un cran vers l'abîme.[41]   Il voyait au-dessous de lui, chose affreuse, le toit de Saint-Jean le Rond, petit comme une carte ployée en deux.   Il regardait l'une après l'autre les impassibles sculptures de la tour, comme lui suspendues sur le précipice, mais sans terreur pour elles ni pitié pour lui.   Tout était de pierre autour de lui : devant ses yeux, les monstres béants ; au-dessous, tout au fond, dans la place, le pavé ; au-dessus de sa tête, Quasimodo qui pleurait.

Il y avait dans le Parvis quelques groupes de braves curieux qui cherchaient tranquillement à deviner quel pouvait être le fou qui s'amusait d'une si étrange manière.   Le prêtre leur entendait dire, car leur voix arrivait jusqu'à lui claire et grêle : 'Mais il va se rompre le cou !'

Quasimodo pleurait.

Enfin, l'archidiacre écumant de rage et d'épouvante, comprit que tout était inutile.   Il rassembla pourtant tout ce qui lui restait de force pour un dernier effort.   Il se roidit sur la gouttière, repoussa le mur de ses deux genoux, s'accrocha des mains à une fente des pierres, et parvint à regrimper d'un pied peut-être ; mais cette commotion fit ployer brusquement le bec de plomb sur lequel il s'appuyait.[42]   Du même coup, la soutane s'éventra.   Alors, sentant tout manquer sous lui, n'ayant plus que ses mains roidies et défaillantes qui tenaient à quelque chose, l'infortuné ferma les yeux et lâcha la gouttière.   Il tomba.

Quasimodo le regarda tomber.

Une chute de si haut est rarement perpendiculaire.   L'archidiacre, lancé dans l'espace, tomba d'abord la tête en bas et les deux mains étendues ; puis il fit plusieurs tours sur lui-même ; le vent le poussa sur le toit d'une maison où le malheureux commença à se briser.   Cependant il n'était pas mort quand il y arriva.   Le sonneur le vit essayer encore de se retenir au pignon avec les ongles ; mais le plan était trop incliné,[43] et il n'avait plus de force.   Il glissa rapidement sur le toit comme une tuile qui se détache, et alla rebondir sur le pavé.   Là, il ne remua plus.

Quasimodo alors releva son œil sur l'Égyptienne, dont il

voyait le corps, suspendu au gibet, frémir au loin sous sa
robe blanche des derniers tressaillements de l'agonie,[44] puis
il le rabaissa sur l'archidiacre, étendu au bas de la tour, et
n'ayant plus forme humaine, et il dit avec un sanglot qui
souleva sa profonde poitrine : ' Oh ! tout ce que j'ai aimé !'

Vers le soir de cette journée, quand les officiers judiciaires
de l'évêque vinrent relever sur le pavé du parvis le cadavre
disloqué de l'archdiacre, Quasimodo avait disparu de Notre-
Dame.

Louis XI mourut l'année d'après, au mois d'août 1483.

Quant à Pierre Gringoire, il parvint à sauver la chèvre, et
il obtint des succès en tragédie.   Il paraît qu'après avoir
goûté[45] de l'astrologie, de la philosophie, de l'architecture, de
toutes les folies, il en revint à la tragédie, qui est la plus
folle de toutes.   C'est ce qu'il appelait *avoir fait une fin
tragique.*[46]   Voici, au sujet de ses triomphes dramatiques, ce
qu'on lit dès 1483 dans les comptes de l'Ordinaire :[47] ' A
Jehan Marchand et Pierre Gringoire, charpentier et com-
positeur, qui ont fait et composé le mystère fait au Châtelet
de Paris, à l'entrée de monsieur le légat, ordonné des personnages, iceux revêtus et habillés ainsi que audit mystère
était requis ;[48] et pareillement, d'avoir fait les échafauds qui
étaient à ce nécessaires ; et pour ce faire, cent livres.'

Phœbus de Châteaupers aussi fit une fin tragique, il se
maria.

Nous venons de dire que Quasimodo avait disparu de
Notre-Dame le jour de la mort de l'Égyptienne et de l'archidiacre.   On ne le revit plus en effet ; on ne sut ce qu'il
était devenu.

Dans la nuit qui suivit le supplice de la Esmeralda, les
gens des basses œuvres avaient détaché son corps du gibet
et l'avaient porté, selon l'usage, dans la cave[49] de Montfaucon.

Montfaucon était, comme dit Sauval, ' le plus ancien et
le plus superbe gibet du royaume.'   Entre les faubourgs du
Temple et de Saint-Martin, à environ cent soixante toises
des murailles de Paris, à quelques portées d'arbalète de la
Courtille,[50] on voyait au sommet d'une éminence douce,
insensible, assez élevée pour être aperçue de quelques lieues
à la ronde, un édifice de forme étrange, qui ressemblait
assez à un cromlech celtique, et où il se faisait aussi des
sacrifices humains.[51]

Qu'on se figure, au couronnement d'une butte de plâtre, un gros parallélipipède de maçonnerie, haut de quinze pieds, large de trente, long de quarante, avec une porte, une rampe extérieure et une plate-forme ;[52] sur cette plate-forme seize énormes piliers de pierre brute, debout, hauts de trente pieds, disposés en colonnade autour de trois des quatre côtés du massif qui les supporte, liés entre eux à leur sommet par de fortes poutres où pendent des chaînes d'intervalle en intervalle ; à toutes ces chaînes des squelettes ; aux alentours dans la plaine, une croix de pierre et deux gibets de second ordre qui semblent pousser de bouture autour de la fourche centrale ;[53] au-dessus de tout cela, dans le ciel, un vol perpétuel de corbeaux ; voilà Montfaucon.

A la fin du quinzième siècle, le formidable gibet, qui datait de 1328, était déjà fort décrépit ; les poutres étaient vermoulues, les chaînes rouillées, les piliers verts de moisissure ; les assises de pierre de taille étaient toutes refendues à leur jointure,[54] et l'herbe poussait sur cette plate-forme où les pieds ne touchaient pas. C'était un horrible profil sur le ciel que celui de ce monument ; la nuit surtout, quand il y avait un peu de lune sur ces crânes blancs, ou quand la bise du soir froissait chaînes et squelettes, et remuait tout cela dans l'ombre. Il suffisait de ce gibet présent là pour faire de tous les environs des lieux sinistres.[55]

Le massif de pierre qui servait de base à l'odieux édifice était creux. On y avait pratiqué une vaste cave, formée d'une vieille grille de fer détraquée, où l'on jetait non-seulement les débris humains qui se détachaient des chaînes de Montfaucon, mais les corps de tous les malheureux exécutés aux autres gibets permanents de Paris. Dans ce profond charnier où tant de poussières humaines et tant de crimes ont pourri ensemble, bien des innocents sont venus successivement apporter leurs os, depuis Enguerrand de Marigni, qui étrenna Montfaucon et qui était un juste, jusqu'à l'amiral de Coligni, qui en fit la clôture et qui était un juste.[56]

Quant à la mystérieuse disparition de Quasimodo, voici tout ce que nous avons pu découvrir.

Deux ans environ ou dix-huit mois après les événements qui terminent cette histoire, quand on vint rechercher dans la cave de Montfaucon le cadavre d'Olivier Le Daim,[57] qui avait été pendu deux jours auparavant, et à qui Charles VIII

accordait la grâce d'être enterré à Saint-Laurent en meilleure
compagnie, on trouva parmi toutes ces carcasses hideuses
deux squelettes dont l'un tenait l'autre singulièrement embrassé.   L'un de ces deux squelettes, qui était celui d'une
femme, avait encore quelques lambeaux de robe d'une étoffe
qui avait été blanche, et l'on voyait autour de son cou un
collier de grains d'adrézarach avec un petit sachet de soie,
ornée de verroterie verte, qui était ouvert et vide.   Ces
objets avaient si peu de valeur que le bourreau sans doute
n'en avait pas voulu.   L'autre, qui tenait celui-ci étroitement embrassé, était un squelette d'homme.   On remarqua
qu'il avait la colonne vertébrale déviée,[58] la tête dans les
omoplates, et une jambe plus courte que l'autre.   Il n'avait
d'ailleurs aucune rupture de vertèbres à la nuque, et il était
évident qu'il n'avait pas été pendu.   L'homme auquel il
avait appartenu était donc venu là, et il y était mort.   Quand
on voulut le détacher du squelette qu'il embrassait, il tomba
en poussière.

FINIS.

NOTES.

CHAPTER IX

LA QUESTION.

[1] *Cour des Miracles*, the name given in the Middle Ages in several towns to certain quarters inhabited by scoundrels and beggars of every description. They were called *truands*, because, after having mimicked in the day-time the halt, the lame and the needy, they used to throw off in the evening bandages, crutches, &c., and indulge in hideous revelling. They formed a community apart, having its laws, statutes and particular chiefs, such as the *duc d'Egypte*, &c.

[2] *Tournelle criminelle*, 'criminal court,' so called from its having long held its sittings in a small tower. It was a court composed of a certain number of judges taken in turn, half from the *grand'chambre* (supreme court), and half from *la cour d'enquêtes* (court of inquiry), to adjudicate in criminal matters.

[3] *qu'on juge une femme qui a assassiné*, 'that a woman *is being tried* for the assassination of.' Notice the *active* construction with *on*, so peculiarly French, and usually rendered by an English passive, as here, or by *we, you*, in preference to *one*. See Explanation, Vol. I. p. 152.

[4] *et l'official*, 'and his surrogate.' He acted for the bishop in contentious litigation, and in criminal matters, as here, where sorcery and witchcraft were supposed to exist.

[5] *grand'chambre*. The apostrophe was placed between the two words by Vaugelas and other grammarians to mark the supposed suppression of the *e*, in ignorance of the fact that *grand*, coming as it does from *grandis, grandis, e*, and having the same termination for both genders, did not require an additional *e* to form the feminine. People in old French wrote quite correctly *une grand femme*. Remains of the old spelling subsist in *grand-salle, grand-messe, grand-route, grand-mère*, &c.

[6] *et insipide piétinement*, 'and wearisome pattering.'

[7] *ce qui la faisait* .... 'the gloominess adding to its vastness.'

[8] *affaissés*, 'with their heads buried in.' *S'affaisser* is 'to sink down' (i.e. 'to bend under a burden'), root *falcem*.

[9] *hommes de robe*, 'barristers.'   [10] *force*, here 'any number of.'

[11] *au bout* .... *mettait*, 'the ends of which .... were tipped with points of fire by the reflection of the candles.'

[12] *Ils jugent*. See note 3, above.

[13] *pertuisanes*, 'halberdiers,' so called from *pertuis* (Lat. *pertusus*), because of the depth and width of the wounds caused by the weapon.

This weapon, unknown before the time of Louis XI., was used by the infantry up to 1670, when it was relegated to pensioners of the *Invalides*, provost guards, and keepers of the royal palaces.

[14] *je ne fais que d'*, 'I have only just.' Without the preposition *de*, *ne faire que* means, 'to do nothing else but.' Ex.: *Il ne fait que rentrer et sortir*, 'he is *continually* coming in and going out.'

[15] *assiste au procès*, 'is engaged on the trial.' Cf. *les assistants*, 'the bystanders.'

[16] *et pailletés de*, 'and bespangled with.' *De* would seem to point to something habitual, usual, as here; *avec* only to particular or singular cases. Ex.: 'Ditches are filled up (i.e. usually, habitually) with stones, rubbish,' &c., *on comble les fossés de pierres et de décombres;* but 'in war-time (i.e. in a particular, singular case) ditches are filled up with corpses,' *pendant la guerre on comble les fossés avec des cadavres.*

[17] *n'y put tenir*, 'could stand it no longer.' Cf. *je n'y tiens pas*, 'I have no wish to,' 'I don't care about it.'

[18] *Elle se perd*, 'she'll be her own ruin.' Cf. idioms, *j'y perds mon Latin, je m'y perds*, 'I cannot make it out,' 'I am bewildered.'

[19] *momeries*, 'tricks.'

[20] *du parquet*, 'of the bar.' Literally it is the place reserved in law-courts to members of the profession, and by extension means the 'bench.'

[21] *rien n'arrivait plus à sa pensée*, 'nothing *now* reached her apprehension' (i.e. she was insensible to all).

[22] *pratiques*, 'spells.'   [23] *le moine bourru*, 'the spectre monk.'

[24] *Attendu .... je requiers*, 'seeing .... I demand.'

[25] *L'audience fut suspendue*, 'the sitting was suspended,' or 'the court adjourned.' Cf. *audience, auditoire*, 'audience or audience chamber;' *conférence, conférencier*, 'lecture,' 'lecturer;' *séance*, the 'sitting' of any society, assembly; *lecture*, 'reading,' *not* 'lecture.'

[26] *sergents du palais*, 'court officials.'

[27] *qui percent encore*, 'which still shoot up from.'

[28] *battue*, 'much frequented,' 'well worn' (i.e. by the numberless wretches who had passed the fatal threshold).

[29] *et dépouillait de tout rayonnement*, 'and stripped of every radiating power.'

[30] *La herse de fer*, 'the kind of iron portcullis.' *Herse*, old French *herce*, is from Latin *hirpicem*, used by Varro in the sense of harrow.

[31] *que mordait un monstre camard*, 'held in the teeth of a flat-nosed monster.'

[32] *fouillis*, 'medley.'

[33] *Pierrat Torterue*. Our readers have already made the acquaintance of this 'grim' minister of the law in the famous scene of the 'pillory' when the hunchback of Notre-Dame was the sufferer, and when he received the welcome cup of water, never to be forgotten by him, from the hands of La Esmeralda.

[34] *à brayes de toiles*, 'and blue-duck breeches.'

[35] *La pauvre fille avait eu beau recueillir*, '*in vain* had the poor girl summoned up.' *Avoir beau*, 'to strive in vain,' is elliptical for *avoir beau temps pour*, 'to have a fine opportunity, but all to no purpose.' It is a Gallicism.

[36] *bailli du Palais*, i.e. the judge who had jurisdiction within the precincts of the *Palais de Justice* in all matters, civil and criminal. He previously bore the name of *concierge* and *capitaine*. The term *bailli* still exists in the Channel Islands, where the chief magistrate (or first civil officer under the Crown) is still called Bailiff of Jersey or Guernsey.

[37] *l'officialité*, 'representing the bishop' (who, our readers will remember, had intervened in the case on account of the accusation of 'sorcery and witchcraft).'

[38] *avec plus d'instance que*, 'to bring more pressure to bear than we should have wished.' *Instance* in French means 'entreaty,' 'supplication;' while the English 'instance' must be translated by *exemple*. Ex.: 'To give you an instance,' i.e. *par exemple*, or *pour vous en donner un exemple*. As a law term, *tribunal de première instance* means an inferior court, which takes cognizance of any civil action where the claim in dispute is above a certain sum.

[39] *s'étaient tordus*, 'had writhed in agony.'

[40] *stupide* (i.e. *stupéfait*), 'dazed,' 'bewildered.' Here used in the sense of the Latin *stupidus*. In his tragedy of *Cinna*, Act. v. scene 1, Corneille uses it with the same meaning:

.... 'Je demeure *stupide*,
Non que votre colère ou la mort m'intimide.'

The sense is, *je demeure interdit, je suis dans la stupeur.*

[41] *qui étaient parmi* .... *ce que sont* .... 'which stood to her among .... in the same relation as .... stand to.'

[42] *brodequin*, torture of the 'wooden boot,' so called from its being applied to the foot. Lit. it is a buskin, half-boot, from Flemish *brosekin*. From it comes the phrase, *chausser le brodequin*, 'to go on the comic stage,' 'to become a comedian,' in opposition to *cothurne*, which was the shoe of ancient tragedy. Boileau says:

'Mais quoi? Je chausse ici le *cothurne* tragique;
Reprenons au plus tôt le *brodequin* comique.'

The sense is: 'But what? I am soaring up in the realms of tragedy; let me descend at once into the humbler regions of comedy.'

[43] *eût déchiré* .... 'would have wrung pity from any other heart but the stony hearts of judges.' *Eût* is here the second form of the conditional *aurait*, so often used by Hugo.

[44] *auquel allait se cramponner*, 'about which would be clinging in a moment.'

[45] *donnait à moudre*, 'was giving up to be ground.'

[46] *emboîté entre les ais ferrés*, 'caught between the iron-bound uprights.'

[47] *à votre charge*, 'brought against you,' 'laid to your charge.' *Charge*, from Lat. *caricam*, is one of the seven substantives in *ge* which are feminine, the others being *page* (paginam), *rage* (rabiem), *image*

(imaginem), *cage* (caveam), *nage* (verbal substantive from navigantem), *plage* (plagam). All other substantives in *ge*, coming as they do from a low Latin neuter termination, *aticum*, are masculine. Ex.: *âge* (ætaticum), *étage* (staticum), &c.

⁴⁸ *m'oblige à.* There is a marked difference between *obliger à* and *obliger de*. With *à*, the constraint implied is much more *general* in its scope and less defined; *de* would point to some *forced* constraint, or to one exercised under *particular* circumstances, as *La soif les obligea de descendre dans un puits.* But the compulsion here is merely an invitation to. Marmontel saw clearly the difference when he says: '*Obliger à, forcer à*, only express a simple invitation to; *obliger de, forcer de*, imply forced compulsion; and that is why,' he adds, 'the French say, not *inviter de, engager de*, but *inviter à, engager à.*

⁴⁹ *et que la fin va commencer*, 'and that the final unravelling of the plot is about to begin.'

⁵⁰ *y ressortaient à peine*, 'were scarcely visible through the gloom.'

⁵¹ *amende honorable*, here 'penance.' *Faire amende honorable à quelqu'un* is literally 'to make amends to somebody.'

⁵² *lions d'or.* It was a coin struck first in Flanders, then in France, in England and in Burgundy, at the beginning of the 14th century. The *lion d'or* was worth about 26 francs, 13 cent.; the *lion d'argent* 6 francs, 39 cent.

⁵³ *une autre cathédrale*, 'the crypt.'

⁵⁴ *qui regorgeait de lumière*, 'all flooded with light.'

⁵⁵ *Ces puissantes bâtisses*, 'those mighty masses of masonry.'

⁵⁶ *qui s'allaient ramifiant dans le sol*, 'branching out under the ground into . . . .'

⁵⁷ *avaient de la terre à mi-corps*, 'plunged deep into the earth' (or were half buried in the earth).

⁵⁸ *appliquait*, 'rested.'

⁵⁹ *c'était autant de zones où s'échelonnaient* . . . . 'they formed as many zones, displaying as if by graduated scale' . . . .; *à un cul de basse-fosse, à fond de cuve*, 'terminated in a low hollow, shaped like the bottom of a tub.'

⁶⁰ *un fond de cuve*, 'an underground dungeon.'

⁶¹ *elle n'en était même plus à souffrir*, 'she was even then past all suffering' (i.e. all sense of suffering had, so to speak, left her).

⁶² *tout cela repassait bien encore dans son esprit*, 'a vague perception of all this still floated in her mind.'

⁶³ *cauchemar.* *Cauchemar*, says M. Brachet, is properly a demon who presses, from the two words *mar* ('a demon' in German), which survives in English *nightmare* and in German *nacht-mar*, and from *cauche*, the old French verb *caucher*, 'to press.' Ménage tells us that in his day the *cauchemar* was called *cauche-vieille* in the Lyons dialect. *Cauche-vieille*, 'the old woman who *presses* one down'= *la vieille qui presse*, confirms the etymology.

[64] *tout au plus elle songeait,* 'at best she was in a state of dream.' There is a marked difference between *penser* and *songer.* 'On dira penser,' says M. Laveaux, 'toutes les fois qu'il s'agira de *réflexion,* de *méditation,* d'occupation *suivie.*' Hence the difference between *Mais j'y songe,* 'But now I think of it' (the thought being merely present to the mind), and *Y pensez-vous?* 'Can you (i.e. after due reflection and deliberation) think of such a thing?'

[65] *qui remuât . . . . qui marquât . . . . qui vînt.* Note the subjunctives, after *le seul,* expressing relation to or comparison with.

[66] *souvenir,* i.e. 'a vague remembrance of.' It is from the Lat. *sub-venire,* literally 'to come into one's mind.' The verb is *se souvenir de* (essentially pronominal). Cf. *je me le rappelle,* 'I remember *it;*' *je me le remets,* 'I remember *him.*'

[67] *mesurait,* 'measured to her ear.'

[68] *la blessa si vivement,* 'dazzled her so.'

[69] *promener . . . . ses yeux,* 'to be casting his eyes round.'

[70] *à tous deux* (i.e. her blood and the blood of Phœbus, who, so the archdeacon wished to make her believe, had died of his wound).

CHAPTER X.

ASILE !

[1] *Je ne crois pas qu'il y ait.* Note the subj. after a negative clause, and cf. Lat. *Dies nullus est quin veniat.*

[2] *il lui est si impossible de marcher,* i.e. 'for the child to have walked in it.'

[3] *et, l'enfant fût-il absent,* 'should the child be . . . .' Note the subj. without any conjunction being expressed, and implying supposition. Cf. Corneille, *Les Horaces,* Act iv. sc. 5, in the famous imprecation of Camille against Rome, to further whose cause her lover has just been slain :

'*Puissé-je* de mes yeux y voir tomber la foudre,
Voir ses maisons en cendre et tes lauriers en poudre.'

[4] *pour lui remettre sous les yeux,* 'to recall to her.' Cf. *Je ne me le rappelle pas,* 'I do not remember *it;*' but *Je ne me le remets pas,* 'I do not remember *him.*'

[5] *tremble qu'il n'approche. Approche* is here in the subj. because of the *fear* conveyed by *trembler.* Cf. Victor Hugo in *Les Feuilles d'Au-tomne :*

'Quand l'enfant vient, la joie arrive et nous éclaire.
On rit, on se récrie, on l'appelle, et sa mère
Tremble à le voir marcher.'

[6] *qui s'ébattent à l'envi dans les boucles follettes de ses cheveux,* 'which sport in rivalry amidst its wanton curls.' Cf. *à l'envi,* 'emulously,' and

c'était à qui .... 'they vied with one another as to who ....;' *à qui mieux mieux,* 'as if in rivalry.' Cf. also *c'était à qui l'aurait,* 'every one wished to have it.'

⁷ *montre tout cela,* 'brings all this home to ....'

⁸ *mais au lieu d'un ange qui la caresse, c'est un démon qui la pince,* 'but instead of being touched by the caress of an angel, it is being wrung in the grasp of a demon.'

⁹ *le Garofolo aime à placer,* 'loves to set,' 'delights in setting.' Benevuto Tisi Garofolo, born 1481, died 1559, belonged to the most flourishing epoch of the Ferrara school of painting, to the splendour of which he powerfully contributed.

¹⁰ *et de ferrailles,* 'and the clanking of irons.' Cf. *sans coup férir,* 'without striking a blow.' The old infinitive *férir,* from Lat. *ferire.*

¹¹ *s'échappait,* 'was venting itself.' *Echapper,* formerly *eschaper, escaper,* was properly 'to get out of the cape' (of a cloak or mantle), and then by extension 'to flee, escape.' The Greek language furnishes a parallel metaphor in ἐκδύεσθαι. Italian confirms the derivation by having two roots: *scappare,* 'to escape,' formed from *ex* and *cappa,* 'a robe;' and *incappare,* 'to fall into,' from *in* and *cappa.*

¹² *se sont écorchés ....* 'for fifteen years have I worn out my knees in prayer to thee, O Lord.' *Ecorcher* is lit. 'to peel off the bark from a tree' (root Lat. *corticem*).

¹³ *où traîne un pan de votre robe,* 'where trails a hem of thy garment.' Cf. St. Matthew, xiv. 36, 'And besought him that they might but touch the hem of his garment.'

¹⁴ *et il faudrait bien que vous me rendissiez,* 'and thou wouldst have to give me back' (restore me). Note the subj. after *falloir que,* and cf. Lat. *oportet ut.*

¹⁵ *et ses entrailles se déchiraient en sanglots,* 'and her whole being was convulsed with sobs.'

¹⁶ *Les habits de deuil ont beau s'user et blanchir,* 'in vain do the mourning garments wear out and become discoloured.' See note 35, chap. ix. p. 129.

¹⁷ *C'est qu'on va ....* 'Well, you see, they are going to ....'

¹⁸ *se jeter .... au tremblement de sa toile.* See Vol. I. p. 115, lines 12—21, *En ce moment une mouche ....*

¹⁹ *sur la place de Grève.* *Grève* was a public square situated on the banks of the Seine, on the island of La Cité, on which Notre-Dame stands, and where public executions were carried out prior to 1830. *Grève,* old Fr. *grave* (*gravier*), is lit. the gravel or sandy beach of either sea or river. Figuratively it means a *strike* of workmen, because they used to assemble *en place de Grève* to prefer their complaints before the *prévôt des marchands. Etre en grève* is '*to be* on strike;' *se mettre en grève* is '*to go* on strike.'

²⁰ *et le maître des basses-œuvres,* 'and the hangman's assistant.' Lit. it means 'a scavenger' (*vidangeur*).

²¹ *un passant qu'elle pût.* Note the subj. after the relative with a *purpose, possibility,* and cf. Lat. const. 'Misit legatos qui *dicerent.*'

[22] *Elle avisa,* 'she espied.' *Aviser* is from *avis,* formerly spelt in two words, *à* and *vis,* which, from Lat. *visum,* meant in old Fr. 'opinion,' 'way of *seeing* anything.'

[23] *Si je les hais!* 'Hate them indeed! I should think I did!'

[24] *stryges,* 'vampires.'

[25] *se promener à grands pas,* 'to pace up and down with rapid strides.' Cf. *à petits pas,* 'slowly, stealthily.'

[26] *Phœbus . . . . n'était pas mort.* Having recovered from his wound (see Explanation, end of notes, Vol. I. p. 152), he had basely deserted the gipsy-girl, and allowed her to be condemned for attempted murder on his person, when a word from him could have proved her innocent. In order not to be mixed up in the matter, he had asked to be transferred to the quiet garrison of Queue-en-Brie, there to remain until the affair had blown over, when he might safely return to the mansion Gonde-laurier to press his suit with his cousin Fleur-de-Lys, little caring what had become of La Esmeralda. 'Physically beautiful, morally despicable,' such was this handsome Captain of Archers, Phœbus de Châteaupers, whom destiny, for her misfortune, had thrown across the young girl's path. But this type of character was a necessary part of Victor Hugo's plan. For apart from the poetic richness of thought and dramatic force that pervade the whole work, there is one thing that strikes the reader perhaps above all others. It is that, while showing up, in Quasimodo, beauty of soul and unswerving devotion as against physical deformity—in Claude Frollo, erudition, science, and the beauty of intellectual power, as against the deformity of mere animal passion—in Châteaupers, physical beauty as against moral cowardice—Victor Hugo should have conceived the admirable idea of bringing these three types of our nature face to face with an artless, innocent girl, almost savage in the midst of western civilization, and while giving her her choice of the three, make that choice so essentially a woman's, i.e. 'physical beauty.'

[27] *en piaffant,* 'prancing in full feather.'

[28] *il supposa,* 'he imagined it was.'

[29] *j'ai été rappelé à tenir garnison,* 'I have been sent on garrison duty.' *Garnir,* from which *garnison* is derived, is from Anglo-Saxon *warnian,* 'to take care, defend,' and now means 'to furnish, garnish.' *Garniture,* 'trimming,' is properly that which seems to defend, protect. So *mauvais garnement,* 'a worthless fellow' (i.e. that which defends badly, or is worth nothing). *Garnison* is from *garnir,* in its original sense of 'to defend.'

[30] *Comment n'être pas venu . . . .* 'how comes it that you did not . . . .'

[31] *toute bouleversée,* 'quite upset.' Note for the sake of euphony the agreement of *tout* (adverb) with the participle, because beginning with a consonant. *Bouleverser* is properly 'to make one turn like a ball,' just as *ébouler* is 'to roll like a ball' (as you fall).

[32] *j'ai eu noise,* 'I picked a quarrel with.' It is an old Fr. word, from Lat. *nausea,* properly 'disgust,' then by extension of meaning 'annoyance;' then the consequence of it (a quarrel). It is, in fact, a doublet of *nausée.*

[33] *Saint-Germain en Laye.* A town in Seine-et-Oise, twenty miles from Paris, a centre of the leather trade. It is especially known for its two châteaux, the favourite residences of the kings of France. One is now a military penitentiary; the other, built by Henri IV., is partially destroyed. It has a fine terrace commanding extensive views of the winding Seine.

[34] *décousu*, 'ripped up.'

[35] *fait toujours ressortir*, 'always sets a man off to advantage.'

[36] *amende honorable*, here 'penance.' *Faire amende honorable* is 'to make amends to some one for.'

[37] *mon Dieu!* 'dear me!' The most familiar form of apologetic speech in the French language.

[38] *Autant vaudrait*, 'you might as well.'

[39] *on peut être tranquille*, 'we may make ourselves easy on that score.'

[40] *Seigneur*, from Lat. acc. *seniorem.* The nominative *senior*, old Fr. *sindre*, has given *sire.*

[41] *mon beau temps*, 'the time of my youth.'

[42] *Charles VII.*, surnamed the 'Victorious.' He was the son of Charles VI., was disinherited by the treaty of Troyes in 1420, and banished the kingdom as an abettor in the assassination of the Duke of Burgundy. By means of help from Scotland, he was able to organize an army. The loss of several battles and the siege of Orleans by the English were about to decide his fate, when Joan of Arc raised the siege and had the king crowned at Rheims. He succeeded in driving the English entirely from France.

[43] *mâchicoulis*, 'machicolation.' It was a projecting gallery, con-trived on the summit of towers, gates of towns, &c., and from which stones, darts, boiling oil, were hurled down on the assailants.

[44] *en croupe de*, 'mounted behind.' Cf. Eng. *crupper.*

[45] *qui rougeoyaient à l'œil*, 'waving red before your eyes.'

[46] *à hauteur d'appui*, 'breast high.'

[47] *de sergents des onze-vingts et de hacquebutiers, la coulevrine au poing*, i.e. 'culverin in hand.' The *onze-vingts* were companies, as their name indicates, of 220 men. *Coulevrines*, from *couleuvre* ('a snake,' 'an adder'), were lit. 'long slender pieces of ordnance.'

[48] *à ce taillis de . . . .* 'to this posse of . . . .' The *arquebuse* was introduced from Italy in the 16th century, like many other military terms, during the Italian wars of Charles VIII., Louis XII. and François I.

[49] *un gros*, 'a detachment of.'

[50] *parc d'artillerie.* This word existed in French more than two hundred years before the invention of gunpowder. It had a double sense: (1) arms and engines of war in general; (2) (in Joinville) the arsenal in which such arms were deposited. The soldiers of the *artillerie* were archers and cross-bowmen. Joinville also calls the *maître des arbalêtriers, maistre de l'artillerie.* The word is derived from old Fr. *artiller*, 'to arm.' It long survived in the navy, where, as late as the 16th century, *un vaisseau artillé* was said of 'an armed ship.' *Vaisseau de guerre, de ligne, vaisseau cuirassé*, are the modern terms.

⁵¹ *d'extraire et d'appeler tout ce qu'il y a,* 'to bring out and call together the very dregs and scum of.' Note the adj. clause, with *tout ce qu'il y a,* a construction so entirely French. Cf. Voltaire, *Charles XII.: Tout ce que le despotisme a de plus tyrannique, et tout ce que la vengeance a de plus cruel,* i.e. 'all the tyranny of despotism and the cruelty of revenge.'

⁵² *perçait,* 'rose above.' Translate *rumeur* by 'din,' 'hum.' Cf. *en rumeur,* 'in a commotion,' 'a ferment.'

⁵³ *La dernière vibration .... moutonnèrent comme les vagues sous un coup de vent,* 'scarcely had the last vibration of the twelfth stroke of noon expired on the ear, than all heads swayed upwards like the waves before a sudden gale.' Cf. ' Quelques gardes nationaux étaient l'avant-garde de cette plèbe; derrière eux on voyait *moutonner* des têtes hâves dont les yeux étincelaient,' &c. (E. Gonzalès). Cf. also *moutonner un prisonnier,* 'to worm a confession out of him,' i.e. 'to pump him.' It is used in this sense by Paul Louis Courrier.

⁵⁴ *s'éleva,* 'went up from.' Distinguish carefully between *se lever,* 'to get up from a sitting posture,' and *s'élever,* 'to rise' (i.e. as of a balloon).

⁵⁵ *Un tombereau,* 'a tumbril' (i.e. the 'cart' in which the condemned were led to execution).

⁵⁶ *à grands coups de boullayes,* 'by an unsparing use of their whit-leather whips.'

⁵⁷ *Charmolue.* He was the *procureur* of the châtelet. In feudal times the châtelet was a place which served at first as a fortress and manor-house, and where, later on, the royal judges held their sittings. It was also used as a royal prison. At Paris there were two châtelets: *le grand Châtelet,* where justice was administered, and *le petit Châtelet,* which was used as a prison.

⁵⁸ *on voyait se tordre et se nouer,* 'might be seen twisted and knotted.'

⁵⁹ *sur une fleur,* 'twined about a flower.'

⁶⁰ *on ne refuse plus rien.* Liberal and generous fare, as our readers know, is allowed to those lying under sentence of death: no reasonable request being denied them.

⁶¹ *et des plus durs,* 'even among the most hard-hearted.' Cf. in *Hernani,* in the famous scene of the portraits (Act iv.):
     '.... J'en passe et *des meilleurs.*'

⁶² *Alors on vit dans toute sa longueur....* ' Then it was that the deep interior of the church burst upon the view in all its majestic gloominess.'

⁶³ *abside,* here 'chancel.'

⁶⁴ *développée sur un drap noir,* 'gleaming white against a piece of black drapery.'

⁶⁵ *perdus,* 'lost to view.'

⁶⁶ *caressée par l'air tiède du printemps,* 'wooed by the tepid airs of spring.'

⁶⁷ *obscures entrailles,* 'dark interior.'

⁶⁸ *valet du bourreau.* See note 20, *le maître des basses-œuvres.*

⁶⁹ *bariolés,* 'in motley array.' *Barioler* is 'to stripe with divers

colours,' from *bis-regulare*, from old Fr. *riuler* (changed into *rioler* by the usual transformation of *u* into *o* before a liquid). *Riolé*, in Amboise Paré, is used with the meaning of 'freckled,' 'spotted.'

[70] *attendant qu'on disposât d'elle*, 'awaiting the fatal ending.'

[71] *son seigneur, l'autre apparition de sa vie*, 'her lord, the one bright apparition in her life' (i.e. in opposition to the evil spirit that seemed doomed to pursue her in the person of Claude Frollo). Cf. in *Hernani*, the famous line spoken by Dona-Sol to Hernani, the proscribed, the outlaw:

    'Vous êtes mon *lion* superbe et généreux:
    Je vous aime.'

During the rehearsals for the first performance of *Hernani*, Mlle. Mars, who had been selected by V. Hugo for the part of Doha-Sol, objected strongly to call M. Firmin (Hernani) *mon lion*, arguing that it would be hissed, and that *mon seigneur* did not alter the line. 'No, Mlle.,' said Hugo, 'but *mon lion* enhances the beauty of the line, *mon seigneur* leaves it flat. I prefer being hissed for a *fine* line than applauded for a *weak* one.' Mlle. Mars remained obdurate for some time, and was only induced to give way when Hugo threatened to deprive her of the part. On the ever-memorable day the line was said, and splendidly said, by her as Victor Hugo had written it.

[72] *venait de lui apparaître*, 'had just flashed across her brain.'

[73] *ogives du portail*, 'ogival arches of the central doorway.'

[74] *se dégorgent depuis*, 'have been disgorging themselves for the last.' Note the change of tense in the two languages after *depuis*, expressing continuity of time. *Nous habitons Paris depuis*, 'we *have* lived,' 'have *been living;*' *nous habitions Paris depuis*, 'we *had* lived.'

[75] *sans que personne songeât.* Note the difference of construction (i.e. 'without *any one's thinking* of noticing the action').

[76] *tombé d'un toit*, 'just dropped from a house-top.'

[77] *Asile!* sanctuary. See p. 29, lines 17—30.

[78] *Quasimodo*, the bell-ringer of Vol. I., the hero of the pillory, and the adopted child of the archdeacon, Claude Frollo.

[79] *Toute justice humaine expirait ....* See p. 29, from line 17.

[80] *plein d'éclairs*, 'all-flashing in conscious pride.'

[81] *sa beauté*, 'a beauty all his own,' the beauty of self-sacrifice and devotion. See note 26, p. 133.

[82] *de mâcher à vide*, fig. 'to feed on false hopes,' 'to let their hunger go unsatisfied.'

[83] *C'était les deux misères ....* 'they were the two extremes of physical and social wretchedness meeting and succouring one another.'

[84] *du bourdon*, 'of the great bell.' It is originally the drone-stop in an organ, from the name given to the 'beetle,' because of the humming noise it makes. Cf. in Gray's Elegy:

    'Now fades the glimmering landscape on the sight,
    And all the air a solemn stillness holds;
    Save where the *beetle wheels his drony flight*,
    And drowsy tinklings lull the distant folds.'

'Du paysage ardent s'effacent les tons d'or :
Et dans l'air assoupi que le silence enchaîne,
L'on n'entend que le chant du bourdon qui s'endort,
Ou les bruits des bercails sommeillant dans la plaine.'

[85] *Noël! Noël!* 'Hurrah! Hurrah!' 'Bravo!' See Vol. I. note 64, p. 122.

CHAPTER XI.

DÉLIRE.

[1] *du Terrain*, formerly the landing-stage for the ferry at the back of Notre-Dame.

[2] *les rues montueuses de l'Université.* It is on the south side of the river, and comprises *le Faubourg St. Germain* (the Belgravia of Paris) and the *Quartier Latin*, in which are the schools of law, science, medicine, &c. The configuration of the ground remains the same now-a-days, as any one may see who crosses the Seine and follows the Boulevard St. Germain, past the great publishing house of Hachette et Cie., the Lycée St. Louis, and up to the top of the Montagne Ste. Geneviève, on which stands the Panthéon.

[3] *Sainte-Geneviève.* She is the patron Saint of Paris. See note 2, above.

[4] *il lui sembla qu'il respirait*, 'as if he breathed more freely.' The impersonal verb *il semble*, when preceded by *me, te, lui*, &c. (i.e. with an indirect obj.), usually takes the indicative, as here. When not so preceded, and implying habit, custom, it takes the subjunctive (as in *Les Misérables*, Vol. I. p. 16, 'Il semblait que ce *fût* une sorte de rite pour lui de se préparer . . . .'), unless particular attention is being drawn to the action taking place, when the indicative is used. Ex.: *Il semble qu'il prend à tâche de me désoler*, i.e. 'it seems that he *not only* delights *habitually* in paining me, but that he is *actually* at pains to do so at the *present time.*

[5] *continuait de*, 'kept falling.' The following explains the use of *à* and *de* respectively after *continuer* and *commencer.* 'On *continue à* faire ce qu'on a *commencé à* faire, c'est-à-dire une série, un genre d'actions qui n'a pas *de bornes*, pas *de terme*, qui ne finira pas ou n'est pas considéré comme devant finir. On *continue de* faire ce qu'on a *commencé de* faire, c'est-à-dire une action *unique*, une tâche, une entreprise, un ouvrage, un discours, &c. En un mot, quelque chose qui a une longueur déterminée (La Faye, *Des Synonymes Grammaticaux*). Ex.: *La nuit continuait de tomber*, i.e. 'the falling of night was to have an ending in a *determinate* length of time.' But *continuez à remplir votre belle âme de toutes les vertus*, says Voltaire in his *Lettre à Helvétius* (i.e. 'do so *always*, so long as life lasts').

[6] *en s'orientant*, 'in taking his bearings' (*s'orienter* is literally 'to set towards the East').

[7] *La flèche de Saint-Sulpice*, 'the spire of Saint Sulpice.' Distinguish carefully between *flèche* (f.), *aiguille* (f.), 'spire,' 'pinnacle;' *clocher* (m.), *beffroi* (m.), 'steeple,' 'belfry;' *cloche* (f.), 'church-bell;' *sonnette* (f.), 'house-bell;' *horloge* (f.), 'town-clock;' *pendule* (f.), 'house-clock;' and *pendule* (m.), 'pendulum.'   The church of Saint Sulpice, to which is attached a famous seminary, is remarkable as having been the scene of a convivial meeting during the Directory.   It was in this church that a banquet was given by the *Directoire* in honour of Bonaparte on his return from Egypt.   The meeting is known in history as *La Réunion de Saint Sulpice.*

[8] *Saint-Germain des Prés*, a celebrated abbey of the order of Saint Benoît, founded, about 558, by Childebert I., and annexed in 1731 to the religious brotherhood of St. Maur.   The church is of great beauty.

[9] *maladerie*, i.e. the 'lazzaretto' of the district.

[10] *du Pré aux Clercs*.   Its name came to it from its being the favourite walk of the undergraduates of the University.   It was also the rendezvous of the duellists, and for that reason a very hydra to the poor monks of St. Germain, as the following testifies : *Quod monachis Sancti Germani Pratensis hydra fuit, clericis ncva semper dissidiorum capita suscitantibus.* A great part of the army of Henry of Navarre encamped on the *Pré aux Clercs* when he besieged Paris in 1589.   Building was only commenced on the *Pré aux Clercs* under Louis XIII.

[11] *a déjà vu rêver Gringoire.*   See Vol. I. p. 29, lines 24—36.

[12] *du passeur-aux-Vaches*, i.e. 'on which stood the ferryman's hut.' See Vol. I. p. 29, lines 19—25.

[13] *et ne percevant plus les objets qu'à travers* .... 'and no longer perceiving objects but through magnifying oscillations, which turned everything he saw into a sort of weird phantasmagoria.'

[14] *Il n'est pas rare que* .... *produise*, 'will often produce.' Note the subj. after negative followed by *que*.   See note 1, chap. x. p. 131.

[15] *tour de Nesle*.   Nesle was formerly a piece of money current in the middle of the 17th century.   It was so called from this tower of Nesle, where it was coined.   This tower, which was a fortified castle, stood on the present site of the *Institut de France.*

[16] *et, de plus en plus amincie par la perspective, s'enfonçait* .... 'which, gradually tapering away in the perspective, shot out into the grey mists of the horizon like a huge black spire.'

[17] *vivement relevée en ténèbres* .... 'boldly marked out in dark shadow on .... '

[18] *comme des trous de braise*, 'like red-hot embers in a grate.'

[19] *regarderait l'énorme aiguille s'enfoncer au-dessus de sa tête dans les pénombres du crépuscule*, 'and looking up at the enormous spire towering high above his head into the dusky twilight.'

[20] *prolongeait l'abîme au-dessous de lui*, 'deepened indefinitely the abyss below him.'

[21] *la flèche des Augustins*, 'the convent of the Augustins.' A religious order of monks, following the rules laid down by Saint Augustin, their founder.   They were divided into four classes—the French, the Italian,

the *observants*, the *déchaussés* (i.e. going bare-foot and bare-legged with sandals). The order is now dispersed.

[22] *en jouant bizarrement à l'œil les découpures d'une sculpture touffue et fantastique*, 'by waving fantastically before the eye all the details of a florid and fanciful sculpture.'

[23] *et s'éloigna à grands pas*, 'and strode away from the frightful vision.'

[24] *qui se fondaient* .... 'merging one into the other.'

[25] *dont l'auvent était*, 'which had the penthouse above the window.' *Auvent* was formerly *oste-vent*, *ôte-vent* (a preventive against the wind). But Brachet says the origin is unknown.

[26] *Montfaucon*. It is a height situated at the gates of Paris between the *Faubourg Saint Martin* and the *Faubourg du Temple*. Dust-carts shoot their rubbish there, and worn-out horses are there given the *coup de grâce*. Formerly it was a gibbet called *les Fourches patibulaires de Montfaucon*. It was a broad bulk of masonry, upon which rose sixteen pillars bound together with beams serving as gibbets. The Finance Ministers Esguerrand de Marigny, Jean de Montaigu and Semblençay, were hanged here. For description, see text, pp. 124, 125.

[27] *tout d'une haleine*, 'without stopping once.'

[28] *se soit passée.* Note the subj. after the interrogative, *Est-il bien vrai que?*

[29] *Le croissant de la lune, qui venait de s'envoler de l'horizon, était arrêté* .... 'the crescent moon, in her upward flight from the horizon, was, so to speak, 'standing at gaze' on the summit of the right tower, and seemed to have perched, like some luminous bird, on the edge of the dark, trifoliated balustrade.'

[30] *à larges pans*, 'in broad sections.'

[31] *dont les vitraux, traversés d'un rayon de lune* .... *que les couleurs douteuses de la nuit*, 'the stained-glass windows of which, pierced by a ray of moonlight, only displayed the uncertain colours of the night.'

[32] *large spatule de pierre*, 'broad foot of stone.'

[33] *et le poil de ma chair se hérissa*, 'and the hair of my flesh stood up.' See book of Job, iv. 15.

[34] *Ses genoux se dérobèrent sous lui, et il s'affaissa*, 'his knees dropped under him and he sunk down.'

[35] *plein d'un secret effroi que devait propager* .... *la mystérieuse lumière de sa lampe*, 'full of a secret dread which the mysterious light of his lamp must have communicated to ....' An instance, so frequent in French, of the verb placed before its subject when the latter is *a long one*.

[36] *le ciel charriait des nuages, dont les larges lames blanches débordaient les unes sur les autres en s'écrasant par les angles, et* .... 'heavy clouds were scudding across the sky: their broad white masses crushing up at the edges as they drifted one upon the other, and resembling river-ice breaking up after a thaw.'

[37] *à travers une gaze de brumes et de fumées*, 'through a light veil of mist and smoke.'

[38] *une teinte de cendre*, 'an ashy hue.'

[39] *une forme, une femme*, 'a shape, a female form.'

[40] *Louis XII.* Louis XII., surnamed the 'Father of the People,' succeeded Charles VIII. in 1498; and having his marriage with Jeanne, daughter of Louis XI., annulled, married Anne de Bretagne, widow of Charles VIII. He continued his predecessor's wars in Italy, which ended in the cession of the Milanais to France, and the king's third marriage with Mary, sister of Henry VIII. of England. He died in 1515. In spite of his prolonged wars, taxes were diminished during his reign, and the nation was greatly benefited by his wise administration of affairs.

[41] *y abordait*, 'landed on one of them.' It is literally 'to reach shore,' from *bord* (edge).

[42] *lieux patibulaires*, 'gibbets,' 'gallows.'

[43] *Louis XI fit Paris asile*, 'constituted Paris a sanctuary.'

[44] *mais il fallait qu'il se gardât*, 'but it behoved him to beware how he quitted it. Cf. *vous voulez lui en parler: gardez-vous en bien*, 'take good care *not to do so*.'

[45] *estrapade*, 'strappado,' from Ital. *strappata*, although Trévoux would make it come from old Fr. *estréper*, with the meaning of 'to break,' 'shatter.' The torture consisted in raising the criminal to the top of a long beam, his hands being bound behind his back by means of a rope which supported the weight of the body; then to let him drop sharply to within two or three feet of the ground, so that the weight of his body dislocated his arms and shoulders.

[46] *restituait*, 'delivered up again.'

[47] *s'effarouchaient*, 'stood in fear of.'

[48] *et quand ces deux robes-là venaient à se froisser*, 'and when the two gowns' (i.e. the spiritual and the secular) 'happened to clash' (i.e. to chafe one another).

[49] *n'avait pas beau jeu*, 'had the worst of it' (i.e. 'was not in it with').

[50] *sous les arcs-boutants, en regard du cloître*, 'under the buttresses looking towards the cloister.'

[51] *s'est pratiqué un jardin*, 'has contrived to make for herself a garden.'

[52] *marqueté de*, 'all chequered over with.' *De* would seem to point to something habitual, usual, as here; *avec* to apply to particular cases, remarkable or singular ones. Ex.: 'Ditches are filled up (i.e. *usually, habitually*) with stones, rubbish,' &c., *on comble les fossés de*. But, 'In war time (i.e. in a particular case) ditches are filled up with,' *pendant la guerre on comble les fossés avec*.

[53] *et se laissait aller*, 'and offered no resistance' (i.e. 'lay passive in his arms').

[54] *quelque six pieds carrés*, 'some six feet square.' *Quelque* is here used adverbially, with the force of the Latin *circiter*.

[55] *ce qu'il y avait de plus âcre ....* Must be turned into a noun-clause. See note 51, chap. x. p. 135.

[56] *à travers sa paupière rose ce masque de gnome, borgne et brèche-dent,*
'through her roseate eyelids that gnome's face, one-eyed and gap-toothed.'

[57]. *qu'il ne me manquait que cela,* 'that it was the last drop in my cup
of bitterness.' Cf. *Il ne manquait plus que cela,* 'that was the last straw,'
'the crowning misfortune.'

[58] *ce qu'il y a de plus déchirant au monde,* 'nothing can be imagined
more heartrending than this laugh.' See note 51, chap. x. p. 135.

[59] *il ne craignit plus . . . . s'échappât.* Note the subj. with *ne* after
verbs of fearing (cf. Latin, *vereor ne veniat*). Cf. also *Je ne crains pas
que vous m'accusiez* (no *ne* before *accusiez* because the first clause, *Je ne
crains pas que,* is negative).

[60] *Les jours se succédèrent,* 'day after day passed.' Carefully distinguish
between *succéder à* (*succedo* with *dative case*) and *réussir,* 'to succeed'
(i.e. to be successful).

[61] *qu'il ne lui en restait plus que l'étonnement,* 'that the numbness
following upon her grief was all she now felt of it.' Cf. this passage
with Lamartine, *Le Lac :*

> 'Temps jaloux, se peut-il que ces moments d'ivresse,
> Où l'amour, à longs flots, nous verse le bonheur,
> S'envolent loin de nous de la même *vitesse*
> Que les jours de malheur ?'

[62] *tout fait écrouler en elle,* 'shattered everything in her heart.'

[63] *Et ce qu'il y a d'inexplicable, c'est que, plus cette passion . . . .* 'and,
unaccountable as it is, the blinder the passion is, the more it is tenacious'
(the blindness of the passion only increases its tenacity). For construction, *ce qu'il y a d'inexplicable,* see note 51, chap. x. p. 135. Cf. Alf.
de Musset, *Rolla :*

> 'J'aime ! Voilà le mot que la nature entière
> Crie au vent qui l'emporte, à l'oiseau qui le suit !
> Sombre et dernier soupir que poussera la terre
> Quand elle tombera dans l'éternelle nuit !'

[64] *lui en vouloir,* 'blame him too much.' Cf. *Il m'en veut,* 'he owes
me a grudge.' *En vouloir à* is used even in the lofty language of
tragedy. Cf. Voltaire, *Mort de César,* Act i. sc. 3, l. 92:

> 'Va, César est bien loin *d'en vouloir à* ta vie;'

and also Act ii. sc. 5, l. 4:

> '. . . . Si ma colère *en voulait à* tes jours.'

[65] *qu'elle revît,* 'if only she could' (i.e. could she but see again).

[66] *Elle s'étourdissait,* 'strove to put the best construction on.'

[67] *qui se dégageaient, pour ainsi dire,* 'escaping, as it were, from.'

[68] *quelquefois tonnantes,* now of 'thundering loudness.'

[69] *d'une foule à un clocher,* 'from the voice of a multitude to that of
a bell in a belfry.' For *clocher,* see note 7, chap. xi. p. 138.

[70] *répandaient sur elle à larges flots,* 'poured over her, so to speak, in
swelling billows."

[71] *il avait touché le fond de la douleur possible,* 'he had drained to the
dregs the cup of human sorrow.'

[72] *capitulaires*, 'of the chapter.' *Capitulaire* was formerly a book divided into *chapters*. Under the first French kings (or *rois de la deuxième race*), *capitulaires* were codes of laws and regulations drawn up by the kings for the guidance of the people. The most famous are the *Capitulaires de Charlemagne*. At the death of Charles the Simple (929) acts of royal authority ceased to bear that name.

[73] *comment toute cette affaire tournait*, 'the turn the matter was taking.' Cf. *cette affaire tourne mal*, 'matters are looking bad.'

[74] *il y aurait corde, pendaison* .... 'that hanging by the neck and other disagreeables *were in store for.*'

[75] *qu'en dernier résultat*, 'that after all, ...' *avaient continué de.* For *de* here, after *continuer*, see note 5, chap. xi. p. 137.

[76] *Charmolue*, the chief inquisitor. *Torterue*, the sworn torturer.

[77] *et qui ne chevauchaient pas* .... 'and did not, like he, Gringoire, soar aloft in the realms of imagination between the wings of Pegasus.' *Pegasus*, one of the forty-eight constellations of Ptolemy. It is not a whole horse, but only the head, fore-legs and shoulders, to which a pair of wings is attached. In mythology, *Pegasus* is said to be the son of Neptune and the Gorgon Medusa, though how, with such parentage, he came to be a horse is not stated.

[78] *son épousée au pot cassé.* See Vol. I. chap. iii. pp. 49, 50.

[79] *Saint-Germain l'Auxerrois.* It is one of the finest parish churches of Paris, named after its patron saint, St. Germain, bishop of Auxerre. It is especially rich in stained glass.

[80] *le For-l'Évêque* .... *le For-le-Roi*, 'subject to the jurisdiction of the bishop .... subject to the jurisdiction of the king.' *For*, from Latin *forum*, was the spot where pleadings took place. In some provinces bordering on the Pyrenees it was said of certain customs and privileges. Some localities of the *Béarn* had their *fors particuliers.*

[81] *dont le chevet donnait sur la rue*, 'the chancel of which was towards the street.' *Chevet* was formerly the name for the *choir* of a church (i.e. that part which is behind the high-altar).

[82] *on en peut dire ceci et cela. Toutefois l'ensemble est bon*, 'Well! only so-so; but on the whole pretty good.'

[83] *souci*, '*anxious* care,' in opposition to *soin*, '*nurturing* care.' Cf. *les soucis d'état*, 'the cares of state.'

[84] *fouillé*, 'is carved and thrown out.'

[85] *mine éblouie*, 'the fascinated look.' *Mine*, from Ital. *mina*, 'countenance.' Cf. *des femmes minaudières*, 'lackadaisical women.'

[86] *mignardise*, 'delicacy.'

[87] *mieux caressées du ciseau*, 'or more exquisitely touched by the chisel.'

[88] *trois rondes-bosses de Jean Maillevin*, 'three alto-relievos by *Jean Maillevin.*'

[89] *L'abside est d'une façon fort dévote et si particulière* .... 'the style of the chancel is most heavenly and so peculiar ....'

[90] *un philosophe pyrrhonien,* ' of the sect of which Pyrrhon was the head.' The *pyrrhonians* were also called *sceptics,* from the Greek σχεψις (examination), because they pretended that nothing was to be ' taken for certain,' but submitted to analysis. Their motto was, *Non liquet ; nil potius,* ' Nothing is certain ; everything is indifferent.'

[91] *C'est, pardieu, vrai,* ' Egad ! that's true.'

[92] *je me suis retiré du jeu,* ' I kept out of the business.' Cf. *tirer son épingle du jeu,* ' to wash one's hands of the business.' *Il est toujours tiré à quatre épingles,* ' dressed to the nines ' (i.e. ' looks as if he had just come out of a bandbox ').

[93] *Il y a arrêt du parlement,* ' there is a judgment of the supreme court to that effect.' *Parlement* in the 15th century was the supreme court of appeal, taking cognizance of all cases appealing to it from the judgments of inferior courts, such as *bailliages, sénéchaussées, duchés-paires,* &c.

[94] *Un peu plus, un peu moins, j'étais . . . .* ' I was within an ace of being.'

[95] *mais si je vais m'entortiller . . . .* ' but what if I should be going to bring a bad piece of business about my ears.'

[96] *Vous êtes bon, vous, mon maître!* ' it's all very fine, master.'

[97] *L'arrêt est exécutoire,* ' the sentence is to be put in force.'

[98] *Cela va bien jusqu'à présent,* ' So far, so good.'

[99] *quand il survient un coup de vent malencontreux qui . . . .* ' when an unlucky gust of wind suddenly dashes a cloud across the sun.'

[100] *que dites-vous du moyen?* ' what say you to the plan?' Note that *dire* and its compound *redire* make *dites* and *redites* in the present tense, and imperative second person plural, while *prédire, médire, contredire, dédire,* make *prédisez, médisez,* &c.

[101] *il le faut absolument,* ' it must be done.' Cf. ' I insist upon your doing it,' *Je veux absolument que vous le fassiez.*

[102] *Anaxagoras.* A philosopher of the Ionic school, born at Clazómenæ about 500 B.C. He taught in Athens for thirty years ; amongst his hearers being Pericles, Euripides, Socrates, Archelaus, &c. His chief treatise is on *Nature,* several fragments of which have been preserved by Simplicius. Vitruvius also attributes to him a work on *Perspective.* The leading notion of Anaxagoras was that all things were in a state of confusion until νοῦς (intelligence) placed them in order. Many strange notions on physical philosophy are attributed to him. He said that the sun was a mass of hot iron larger than the Peloponnesus. His opinion that the moon derived her light from the sun was probably not his own.

[103] *Tête à faire un grelot!* ' Oh ! thou head, *fit only* to make a rattle of.'

[104] *ton esprit d'alouette de billevesées et de folies,* ' thy flippant mind with trash and nonsense.'

[105] *vaine ébauche de quelque chose,* ' a mere shadowy sketch of something.'

[106] *c'est elle qui a commencé,* 'she first set you the example.'

[107] *C'est une drôle d'idée que vous avez eue là,* 'that's an odd idea of yours' (i.e. 'which has struck you'). Note the agreement of *eue* with the *que* standing for *idée,* because *avoir* is here an active verb (meaning to possess), and not the auxiliary of the *compound tenses* of *active verbs.*

[108] *N'épouse pas toujours qui fiance,* 'there's many a slip between the cup and the lip.'

[109] *éclateront-ils de rire,* 'burst out laughing.' *S'éclater* reflexive is only to be found in La Fontaine (see Book iii. Fable 1, l. 35; see also p. 83, l. 37):

'Le premier qui les vit de rire *s'éclata.*'

Note the subject *after the verb* because of *peut-être.* After *peut-être, encore, en vain, du moins, au moins, toujours,* &c., the subject is elegantly placed after the verb, but only at the *beginning* of a clause, as *Peut-être viendra-t-il;* but you cannot say, *Tels sont les conseils auxquels peut-être sommes-nous redevables de notre tranquillité;* but *auxquels nous sommes peut-être,* in its ordinary place as an adverb *after the verb.*

[110] *c'est dit,* 'it is agreed,' 'settled.'

[111] *pas d'humeur entre vieux amis,* 'old friends should not fall out.'

[112] *qu'il vient de me survenir....* 'that a splendid idea has *just* struck me.'

[113] *que je sois.... pour que vous soyez content,* 'to satisfy you.' Note the subj. after *est-il absolument necessaire que* (i.e. *num oportet ut*), and the same mood after *pour que* (*ut* with a purpose).

[114] *Ruisseau de paroles,* 'you irrepressible jabberer.'

[115] *Tout beau,* 'softly,' 'gently.' So in Corneille, *Les Horaces,* Act iii. sc. 6:

'.... *Tout beau!* ne les pleurez pas tous;
Deux jouissent d'un sort dont leur père est jaloux.'

[116] *qu'on est petit,* 'because one's of little account. So La Fontaine says:

'On a souvent besoin d'un plus petit que soi.'

[117] *les ennuis de l'attente,* 'the tediousness of waiting.' *Ennui,* from Lat. *in-odio.* In the glosses of Cassel (in Charlemagne's time) occurs the phrase *in odio habui* (i.e. 'I am sick and tired of').

[118] *dit timidement Jehan.* The irrepressible scholar, always short of money, again endeavouring to drain the archdeacon's well-filled purse.

[119] *un jour licencié et sous-moniteur,* 'one day M.A. and junior assistant.' *La licence* is equivalent in French to the English M.A., but is only obtained after examination, and not purchased as at Oxford and Cambridge.

[120] *une mine d'Ajax,* 'the port of an Ajax.'

[121] *Va-t-en au diable,* 'the deuce take you.'

[122] *qu'on lapiderait avec des os à moelle,* 'pelted with marrow-bones.'

CHAPTER XII.

L'ATTAQUE SUR NOTRE-DAME.

[1] *enceinte.* For account of the different walls constructed round Paris as the city expanded, see Vol. I. chap. iv. pp. 56—58.

[2] *couvre-feu,* 'curfew-bell.' So in *Les Misérables,* Vol. II. p. 31: 'Comme s'il avait encore la discipline du moyen âge et le joug du *couvre-feu.*' So in George Sand: 'Chaque piéton marchait avec son falot après l'heure du *couvre-feu.*'

[3] *s'il leur eût été donné,* 'had they been permitted to.' Here the subj. after *si* because of the pluperfect, with the force of a conditional. Otherwise *si,* implying in itself doubt, does not require a mood of doubt after it, and never takes the subj. except as here.

[4] *il se trame un grand dessein,* 'when some dastardly plot is being hatched.

[5] *accroupi,* 'crouching down, cowering.' *Etre accroupi* is properly of a fox to sit on one's tail. Cf. *croupe,* Eng. *crupper;* so *prendre en croupe,* 'to take any one up *behind* one on a horse.'

[6] *quelle que fût,* 'in spite of.' For spelling and construction, see Grammar (i.e. 'whatever, might be').

[7] *bizarrement accoutré de maint oripeau oriental,* 'fantastically bedizened with many an oriental gaud.' *Oripeau* is from *auri pellem,* used in Low Lat., 'gold-leaf, tinsel.'

[8] *le doigt en l'air,* 'the finger pointing upwards.'

[9] *à mainte face béante,* 'to many a gaping face. *Maint* is probably from the Gaelic or bas-Breton *maint, ment,* meaning quantity. '*Maint,*' says La Bruyère, 'est un mot qu'on ne devrait jamais abandonner, et à cause de la facilité qu'il y a à le couler dans le style et à cause de son origine *qui est française.*'

[10] *futaille,* 'cask.' Cf. *fût* (of which it is a diminutive), formerly *fust,* properly 'wood' (as in the phrase, *le fût d'une lance*), from Lat. *fustis.* Cf. also adj. *fûté,* 'crafty,' i.e. one who has experience, has suffered; in old French, has been beaten with a stick; so *affût,* 'gun-carriage,' compounded of *à* and *fût=au bois,* properly the leaning up against a tree to watch game; so also *futaies,* 'forest trees,' *bois de futaie.*

[11] *argotiers,* 'to the members of the brotherhood.' *Argot* is the language peculiar to vagabonds, beggars and thieves, who have a particular interest in using a phraseology intelligible to them alone. By extension it has come to mean any kind of phraseology, more or less rich and picturesque, used between themselves by persons practising the same calling, as *argot des coulisses* (theatrical slang), *argot des ateliers* (workshop, studio slang). Professor Barrère, of the Royal Military Academy, Woolwich, has just brought out (published by Whittaker & Co., Paternoster Square) a splendid dictionary of *Argot.* We trust a cheap edition may soon place this remarkable book within the reach of all students of philology. For derivation, see Vol. I. note 97, chap. iii. p. 133.

[12] *des halles,* 'the markets.' *Les halles centrales* in Paris are the Smithfield and Covent Garden combined of London.

[13] *armature de fer*, here 'iron-bars' that intersected them in every sense. *Porte à deux battants* are 'folding doors.'

[14] *coupé çà et là par la courbe blanchâtre* .... 'intersected here and there by the silvery windings of the Seine.'

[15] *qu'à une fenêtre d'un édifice éloigné* .... It was Louis the XIth keeping vigil in his trusty Bastille.

[16] *Tout en laissant* .... *son unique regard*, 'while letting .... the only eye nature had vouchsafed him.' Cf. in Macaulay's *Frederick the Great*, p. 11: 'Suffering had matured his understanding, *while it had* hardened his heart and soured his temper.' It can only be rendered in true idiomatic French by '*tout en endurcissant* son cœur et *en aigrissant* son caractère.'

[17] *qu'il se tramait.* See note 4, chap. xii. p. 145.

[18] *qu'il se pourrait bien qu'il arrivât* .... 'that something might *really* happen.'

[19] *Rabelais.* See Vol. I. chap. i. note 102, p. 124.

[20] *avait quelque chose de singulier*, 'that there was something unusual.' Cf. Lat. *quid boni, nihil boni.*

[21] *la Cité.* See Vol. I. chap. i. note 2, p. 118.

[22] *l'intérieur de l'île*, 'the island upon which Notre-Dame stands.'

[23] *s'épuisait en conjectures*, 'was lost in conjecture.'

[24] *si* .... *que*, synonymous of *quelque* .... *que*, 'despite the blackness of the night.'

[25] *si intéressée à*, 'so anxious to.'

[26] *un piétinement*, here 'a pattering of feet.' Of horses, it is a *trampling.*

[27] *d'une cohue de morts*, 'of a vast assemblage of the dead.' It is a verbal substantive of *cohuer*, 'to cry hue and cry together.' The term still obtains in Jersey, where the Royal Court of Justice is called *Cohue Royale.*

[28] *qu'il approchait de*, 'that he was on the eve of,' 'was nearing.'

[29] *la faire évader*, 'assist her to escape.' Hence *évasion*, 'escape from prison.' *Echappement* is the 'spring' of a watch.

[30] *l'église était acculée à la rivière*, 'behind the church lay the river.' *Acculer*, much used as a military term, is 'to drive into a corner, to bring to a stand,' out of which there is no escape but by fighting one's way through. Ex.: *L'ennemi était acculé à la rivière*, 'with its back to the river.'

[31] *Il n'y avait qu'un parti*, 'there was only one way out of it,' 'one course left.'

[32] *se promenèrent*, 'were waved above.' Cf. *il promena les yeux*, 'he cast his eyes around.'

[33] *boullaye*, 'a whit-leather whip.'

[34] *aviser aux*, 'to see to, deliberate upon.' Cf. *avisez-y*, 'see to it;' *m'est avis*, 'I am of opinion that.' *Avis* is from *à* and *vis*, which, from Lat. *visum*, meant 'opinion,' 'way of seeing anything.' It was spelt in two words, *à* and *vis*.

[35] *au besoin*, 'if needs be,' 'in case of need.' Cf. its doublet *besogne*, 'work,' 'business.'

[36] *des onze-vingts*, 'companies of 210 men.' Cf. *L'Hôpital des quinze-vingts* at Paris, i.e. having accommodation for 300 patients. Note that *onze, onzième, onzaine, huit, huitième, huitaine*, do not take the elided *e* before them; consequently you must say *le onze, le onzième, le huit, le huitième*, &c., and not *l'onze, l'huit*, &c.

[37] *Ecnome*, 'Ecnomus.' This great naval battle, in which some 300,000 men were engaged, took place in the First Punic War in the year 256 B.C. After a terrible struggle, fully described by Polybius, i. 26—28, the Romans, owing to the wedge-like or triangular formation of their ships, and also to their greater powers of fighting at close quarters, defeated the Carthaginians, and effected a landing on Carthaginian soil. Ecnomus, from which the battle takes its name, was on the southern coast of Sicily, and the station of the Carthaginian fleet. (Cf. Mommsen, *Hist. of Rome*, ii. 44).

[38] *la tête-de-porc d'Alexandre*, 'the wedge-like formation.'

[39] *ou le fameux coin de Gustave-Adolphe*. Gustavus Adolphus (1594—1632), the famous grandson of Gustavus Vasa, the hero of Protestantism in the Thirty Years' War, and the first king of Sweden, who played a conspicuous part in European affairs. Gustavus Adolphus, justly regarded as one of the greatest and noblest figures in history, made an epoch in the art of war. To the huge and unwieldy masses of Tilly he opposed a light and flexible formation of three deep, which he manœuvred with unwonted rapidity. His artillery was so dexterously handled at Leipsic that he fired three shots to the enemy's one. He was killed at Lutzen (1632).

[40] *s'appuyait*, 'rested.' *Pui*, the root of this verb, is from *podium*, 'a balcony' in Pliny; 'a base, pedestal,' in other writers. *S'appuyer* is therefore to support oneself by the help of something, by means of a *pui*, a prop. That *podium* produced *pui*, as *hodie* has *hui* (*aujourd'hui*), as *modium, muid*, 'a cask,' as *in odio, ennui*, leaves no room for doubt.

[41] *au sommet*, 'at the apex.'

[42] *une entreprise comme celle*. Begin in Eng., 'an enterprise such as . . . . was no uncommon occurrence . . . .'

[43] *régulateur*, 'discretionary' (i.e. all-commanding, with full powers for the preservation of order).

[44] *seigneuries*, here 'lordships.'

[45] *prétendant censive*, claiming 'manorial dues,' 'quit-rents.' *Prétendre* as an active verb means either *to claim*, as here, or to *intend*, as in Racine's *Athalie*, in the famous scene between the queen and the young Joas: 'Je *prétends* vous traiter comme mon propre fils,' viz. 'I *intend* to.' *Prétendre à* is 'to aspire to,' hence *prétendant*, ' one who aspires.'

[46] *droit de voirie*, 'jurisdiction over the highways.'

[47] *Louis XI.* See note 2, chap. xiii. p. 152. *Richelieu*. Armand Jean du Plessis, duc et cardinal de Richelieu, was born at Paris 1585, and died in 1642. Admitted (thanks to the protection of the queen, Marie de Medicis, whom he afterwards deserted) member of the Privy Council

in 1623, his power knew no bounds. Louis XIII. became a mere puppet
in his hands, and he moved France at his will. His policy may be said
to have had a three-fold object: (1) to strengthen the power of royalty
by weakening and oppressing the nobles; (2) to bring about the submis-
sion of the Protestants; (3) to lower the House of Austria. France
owes to him the creation of the *French Academy* (1635). *Mirabeau.*
Victor Riquetti, marquis de Mirabeau, was born 1715, and died 1789.
Elected deputy of the *tiers état* (i.e. third estate), he inveighed with all
the power of his splendid oratory against the abuses of the feudal system
and the monarchy, and gained complete ascendancy over the people.
It was he who, in answer to a summons from Louis XVI. to disperse the
assembly, said to the messenger despatched by the king: 'Allez dire *à
votre maître* que nous sommes ici par la volonté du peuple et que nous
n'en sortirons que par la force des baïonnettes.'

[48] *tout au travers*, 'right athwart it.'

[49] *ordre aux habitants . . . . défense de.* Translate in Eng., 'the inha-
bitants were ordered . . . . and forbidden.' Cf. 'no smoking allowed,'
défense de fumer; défense de passer, 'no thoroughfare.'

[50] *se croisant sur la ville, se gênant, s'enchevêtrant, s'emmaillant de
travers, s'échancrant les uns les autres,* 'crossing one another in all directions through the city, checking and impeding one another, entangling
and constantly overlapping one another.'

[51] *n'étaient pas là*, 'were not at hand.' *Grand coësre*, formerly a
slang term. It was the name given to the supreme chief of the beggars
of Paris, who in the *Cour des Miracles* formed the kingdom of *Argot.*

[52] *En foi de quoi je plante cy . . . .* 'in witness whereof I *here* set up
my standard.' *Cy*, old French for *ici*, is from Latin *ecce-hic*, just as *ecce-
hac* has given *ça.*

[53] *A la besogne les hutins*, 'To your work, my hearties.' *Hutin* is an
adjective meaning 'irascible,' 'hot-tempered,' 'quarrelsome.' Hamilton
has used it as a noun with the sense of 'quarrel,' 'uproarious discussion.'

'. . . . Maint et maint camarade
Qui menant fête et moult joyeux *hutin.*'

[54] *à faces de serruriers*, 'with pick-lock faces.'

[55] *travaillant la porte*, 'heaving at the door with.'

[56] *et elle a les cartilages racornis*, 'and her gristles are tough.'

[57] *et déshabillé*, 'and rifled.' The English word 'undressed' may also
be used in this sense.

[58] *que la serrure se détraque*, 'that the lock's going' (i.e. giving way).

[59] *qui s'écartaient . . .* 'who shrunk away with . . .' Cf. in V. Hugo's
Quatre-Vingt-Treize the famous description of the cannon on the orlop
deck breaking away from its gear, and careering about the vessel rolling
and pitching in a storm. For vividness of portraiture it is perhaps
unrivalled.

[60] *voussures*, 'covings.' *Voussure* is any portion of a vault or arch
from the starting-point of the curve to any point up to the highest portion of the arc which that curve would have to describe so as to form an
entire vault.

[61] *Je l'ai échappée belle*, 'I have had a narrow escape.' *Echappée* here agrees with its object preceding (i.e. *l'*), because it refers to *poutre* (f.), 'the beam' (i.e. 'I have only just escaped being crushed *by the beam*').

[62] *gisait*, 'lay,' from the old infinitive *gésir*, itself from *jacēre*. Cf. *ci-gît*, 'here lies.'

[63] *Le roi de Thunes*, 'Clopin Trouillefou, the king of the vagrants. *Thunes* for Tunis. Cf. *Le duc d'Egypte*, &c.

[64] *toute cousue de*, 'all overlaid with.'

[65] *Cette bravade fit bon effet; le charme* .... 'acted like magic; the spell ....'

[66] *A voir ainsi, dans le demi-jour* .... *on eût cru voir* .... Translate, 'Seen thus, by the dim light .... the long beam .... looked like .... advancing head-foremost against ....'

[67] *payait d'exemple*, 'was everywhere in the thick of the fray.' Cf. *Le général a payé de sa personne* ('exposed himself'); and *il faut payer de sa personne si l'on veut réussir*, 'you must not rest upon your oars if you would succeed' (i.e. 'you must bestir yourself').

[68] *faisaient éclater* .... 'kept fracturing skulls.'

[69] *Il y en avait peu qui ne* .... 'nearly all took effect.' Note the subj. *portassent* after *Il y en avait peu qui*.

[70] *continuait de.* For *de* instead of *à* before the three infinitives, see note 5, chap. xi. p. 137.

[71] *servi*, here 'active' (i.e. furthered the efforts of). Cf. the Lat. cognate accusative, *servire, servitutem. Servir à* is 'to do for.' Ex.: Cette échelle *sert à* escalader la falaise (i.e. does for). *Servir de* is 'to take the place of,' 'serve the purpose of.' Ex.: Cette salle lui *servait de* chambre à coucher et de salle à manger (i.e. served the purpose of). *Par malheur*, 'unhappily,' because he was mistaken as to the intentions of the truands, who were attacking Notre-Dame to rescue La Esmeralda, not to deliver her up to her doom.

[72] *La pensée lui était venue* .... 'he had at one time thought of ....' So in *Les Misérables*, Vol. I. p. 3, line 7: C'est la pensée *qui m'était venue*, 'precisely what had occurred to me.'

[73] *leur serrurerie*, 'their burglarious instruments.'

[74] *un trait de lumière*, 'a sudden revelation.'

[75] *des tas de gravois*, 'heaps of rubbish' (lit. it means the *mortar* used by masons: cf. *gravier*). Cf. also in *Jacques le Maçon*, by Brizeux:

> 'Avec leurs marteaux, leurs truelles,
> Et des *gravats* pleins leurs paniers,
> Comme ils sont vifs sur les échelles!
> Moins vifs seraient des mariniers.'

[76] *que décuplait*, 'multiplied ten-fold by,' from Lat. *decuplum. Décupler un nombre* is to increase its value *ten times* by placing an o (zéro) after it.

[77] *comme une aile de moulin qui* .... 'like one of the two cross-arms of a windmill whirling through space.' Note the gender of *espace* (m.),

from *spatium*. Lat. initials *sp, sc, st,* &c., give in French initial *é* through *es*: *stella, étoile; staticum* (low Lat.), *étage; spatium, espace.*

[78] *s'éparpiller à*, 'scattered in all directions by.' *Eparpiller* in the middle ages properly meant 'to scatter' (i.e. fly off like a butterfly). It is compounded of *ex* and radical *parpille*, which answers to Lat. *papilio*. So in Ital. *sparpagliare*, formed from *parpaglione*. Cf. *épars*, 'scattered,' from Lat. *sparsus.*

[79] *gravois*. See note 75, p. 149.

[80] *il disait: Hun!* (i.e. gave vent to a 'hum' of satisfaction).

[81] *sautaient en sursaut sur leurs pitons*, 'danced upon their rings.' *Pitons*. This word, the origin of which is unknown, according to M. Brachet, is frequently used by Bernardin de St. Pierre in *Paul et Virginie*, in his descriptions of West-Indian scenery, in the sense of 'cone-like mountain.' The hook into which the hinges are inserted, of a sign-board, for example, being pointed.

[82] *se répercutait à la fois dans les cavernes de l'église et dans ses entrailles*, 'not only re-echoed through the cavernous depths of the church, but shot pangs of apprehension through the heart of the bell-ringer.'

[83] *aboutissait au pavé*, 'verged on to the floor . . . .'

[84] *comme une meute qui force*, 'like a pack of hounds baying the wild boar in his lair.'

[85] *C'était à qui*, 'they all strove as to who would get nearest.'

[86] *d'appétit*, 'greedy desire.'

[87] *les Noels*, 'the Christmas midnight masses;' *les Pâques* . . . . 'the Easter high masses flooded with sunlight.'

[88] *deux trous noirs et fumants*, 'two black and reeking hollows.'

[89] *dont le vent emportait par moments un lambeau* . . . . 'tongues of which were, at moments, borne away by the wind amid volumes of smoke.'

[90] *plus grandes encore de toute l'immensité de l'ombre* . . . . 'huger still by all the immensity of shadow which they cast up . . . .'

[91] *des guivres*. The word is probably 'coined' by V. Hugo. Littré makes no mention of it. *Salamandres*. They were supposed to be a privileged kind of animal able to resist the active power of the elements, and therefore to live amidst the flames. *Tarasques*. It was the name given to the image of some would-be monstrous animal which used to be solemnly paraded at *Tarascon* and other towns of France at certain times of the year. The *tarasque* of Tarascon calls to mind a dragon or crocodile from which, if we are to believe the legend, the town was delivered by Saint Martha. The town of Tarascon derives its name from a subterranean cavern near it, still called *tarasque* (and probably the lair of the dragon). Read Alphonse Daudet's *Tartarin de Tarascon*.

[92] *le remue-ménage intérieur des maisons de l'Hôtel-Dieu*, 'the inward stir and bustle in the buildings comprising the Hôtel-Dieu.' The term *Hôtel-Dieu* is always applied to the chief hospital in French towns. In Paris the Hôtel-Dieu is still opposite to Notre-Dame, on the right bank of the Seine.

[93] *qui ne cessaient de rayer*, 'which kept streaking.'

[94] *s'en aller piteusement comme* ... 'skulk away pitifully like runaway footmen.' For the spelling of *grand'route*, see note 5, chap. ix. p. 127.

[95] *Qui en est?* 'who's game?'

[96] *que diable*, 'what on earth.'

[97] *la maison du lieutenant*, 'the overseer's house.' He had been to fetch it from the unladers' wharf of Saint Landry.

[98] *de sorte que Jehan eût peu* .... *de δεκεμβολος au navirè* .... δεκεμβολος (i.e. having *ten* prows). The word is used by Æschylus.

[99] *Qu'est-ce que cela me fait?* 'who cares?'

[100] *A moi, les fils!* 'Follow me, boys!' The exclamation, *A moi!* has become famous in French history since the Chevalier d'Assas, surprised by the enemy, and knowing that his company were unaware of their presence, preferred to die and save his men. Told by the enemy that if he said a word to betray their presence he would instantly be shot, he fearlessly uttered, with all the strength of his lungs, the famous words, *A moi! France!* and fell, riddled with twenty bullets.

[101] *dont le degré était jonché*, 'with which the steps of the paved portal were strewn.' *Joncher* was formerly to strew with rushes (*jonc*), and by extension of meaning to strew with flowers, verdure, &c.

[102] *qui se dressait contre l'église*, 'rearing itself aloft to assail the church.'

[103] *avant que* .... *eût pu*. The conjunctions most in use that *always* govern the subjunctive are the following, and they should be committed to memory: *afin que*, 'in order that;' *quoique* and *bienque*, 'although;' *de peur que*, *de crainte que*, 'lest, for fear that' (these last two require also *ne* before the subjunctive); *jusqu'à ce que*, 'until;' *pour que*, 'so that' (i.e. to enable any one to do anything); *pour peu que*, 'if only;' *pourvu que*, 'provided that;' *sans que*, 'without that;' *quoi que* (in two words), 'whatever;' and *si que*, with the meaning of *quelque* .... *que*, 'whatever;' *avant que*, before, with reference to (time, when), &c.

[104] *les éloigna du mur*, 'hurled them away from.'

[105] *grappe*, here 'cluster.' In the sense of 'hook' it remains in some special uses, as *grappe de maréchal-ferrand*. So in derivative *grappin*, 'a grappling-hook.'

[106] *et parut hésiter*, 'its inclination appearing for a moment doubtful.'

[107] *s'abattit*, 'came down upon.'

[108] *chevelu*, 'long-haired,' 'with flowing locks,' like *le Burgrave*, Job Magnus, in V. Hugo's famous trilogy, *Les Burgraves*.

[109] *une mine effarée*, 'a look of wild apprehension.'

[110] *ne prit pas garde à lui*, 'took no notice of him.'

[111] *qu'as-tu à me regarder de?* 'what dost thou look at me for with?'

[112] *Le vireton empenné*, 'the winged shaft.'

[113] *Pharamond*. His was one of the endless succession of statues on the façade of Notre-Dame. For historical note, see Vol. I. chap. i. note 31, p. 121.

[114] *plutôt qu'il ne jeta.* Note the redundant *ne* after the comparatives *plus que, moins que, plutôt que,* &c.

[115] *tant il se sentait perdu,* 'so utterly did he give himself up for . . . .'

[116] *avec une lenteur sinistre,* 'with ominous deliberateness.'

[117] *brassards,* 'armlets,' 'arm-pieces.'

[118] *qui éclate contre,* 'dashing to atoms against.'

[119] *en échec.* Both the name and game are oriental: Persian *schah,* Old Fr. *eschac* (in Persian 'a king,' the game taking its name from the principal piece). From the Persian phrase *schach-mat,* 'the king is dead,' comes the expression, *échec et mat,* 'checkmate.'

[120] *faisait rutiler,* 'distorted.'

[121] *ses drées.* Cf. Eng. *dree,* 'the terror.'

[122] *embrasée de lumière,* 'wrapped in a sudden blaze of light.'

[123] *échancrure,* 'a huge hollowed-out section.'

[124] *s'être émue,* 'to have been roused from its slumber' (to be astir).

CHAPTER XIII.

LOUIS XI.

[1] *la Bastille.* It was a fortress which stood at the east end of Paris, on the north side of the Seine. Commenced in 1369 by order of king Charles V., it was at first only a fortified gate intended for the protection of the city. It was gradually added to, until it became one of the strongest fortresses in Europe. Louis XI., on his rare visits to his capital, preferred to take up his abode there, feeling more secure within its impregnable walls. It was besieged and taken by the Parisians on the 14th of July 1789, and its demolition decreed on the 16th by the *Comité Permanent du Salut Public.* Read, in Carlyle's *French Revolution,* the marvellously graphic description of this great national event. The 14th of July is now, since the overthrow of the third empire, the great national *fête* day of the French.

[2] *Louis XI.* Etienne Pasquier (1529—1615), the celebrated Juris-consult, in a letter to de Tiard, Seigneur de Bissy, relates how, while one day paying a visit to a friend, he saw lying on his table an old book with the title of *Chronique Scandaleuse du Règne de Louis XI.,* and asked for the loan of it. After wondering that exception should have been taken to the title of *scandaleuse,* 'because,' he says, 'the first scandal proceeds from him who does evil, not from him who lays it bare,' this is the masterly judgment he passes on the crowned tyrant:

'I find in this king,' he says, 'a ready, restless and versatile mind. Crafty and dissembling in his enterprizes, reckless in the commission of faults which he would make good at his leisure by exacting heavy bribes in money, he was a prince who by fine promises knew how to impose upon his enemies, and break down at once both their anger and their designs. Chafing at inactivity, of insatiable ambition, he never scrupled

to make justice suit his particular opinions of the moment.   To reach
his ends he spared neither the blood nor the purse of his subjects; and,
despite he made a great show of piety and religion, he used these, by a
masterly display of superstition, to further his worldly concerns, deeming
that all excesses were permissible to him provided he had faithfully gone
through some church-ordered pilgrimage.   In short, endowed with an
indomitable will, he recklessly appointed and dismissed such officials as
he chose, and in the same way indulged in all manner of reckless and
foolish acts, and would not brook contradiction.   It is no small wonder
that, finding all this mixture of good and evil in one man, some historians
should have extolled this prince, while others have severely censured
him.   Here is, in brief words, what I have been able to gather respecting
his actions.

' I see in all this a judgment of God upon him, seeing that, as five or
six years before his own accession to the throne, he had grieved his
father, in that he banished himself from his court and took refuge with
the Duke of Burgundy, who at that time was at enmity with us, so in
his old age was he afflicted, not by any rebellion on the part of his son,
because he was too young to attempt anything against the state, but by
his own treatment of him.   To render him unskilled in the affairs of the
kingdom, lest he should conspire against his father, he not only refused
to have him taught in his youth the noble exercises of the mind, but
confined him in the castle of Amboise, keeping him as much aloof as
possible from his court.   Again did this prince afflict his people in that
he oppressed them with body-taxes, aids and subsidies extraordinary,
whilst he kept the princes and lords about him in continual fear of their
lives, they being like 'the bird upon the branch' (for no one could call
himself secure, having to deal with a prince so infinitely capricious).
Again, in his declining years, did he begin to show a manifest distrust
in all his principal subjects, while there was nothing that racked him
so much as the fear of death—he having more prayers said by the Church
for the preservation of his life than for the salvation of his soul.   And
this is the finest philosophical lesson which I would deduce from his life.
For while I admit that historians think it imperative with them to
severely criticise the conduct of kings, I would go further, and say that
kings are often their own inquisitors.   God racks them with a thousand
torturing doubts, which are like so many extreme penalties of the law
carried out in their own consciences.   This king, who had put so many
people to death at the dictates of his own unreasoning passion, by the
instrumentality of Tristan, was himself his own gloomy provost, dying
an infinity of deaths before the day when death deigned to release him.
Commines will tell you with what skill and cunning the king knew how
to get the better of his enemies.   As for me, the lesson I would deduce
is this—that God knows how to get the upper hand of kings when He
wishes to chastise them.'

Cf. also Casimir Delavigne, *Louis XI.* Act i. sc. 3:

COMMINE.

' Je suis seul, relisons: du jour qui vient de naître
Cette heure m'appartient; le reste est à mon maître.
    (*Il ouvre le manuscrit.*)

Mémoires de Commine ! . . . . Ah ! si les mains du roi
Déroulaient cet écrit, qui doit vivre après moi,
Où chacun de ses jours, recueilli pour l'histoire,
Laisse un tribut durable et de honte et de gloire,
Tremblant, on le verrait, par le titre arrêté,
Pâlir devant son règne à ses yeux présenté.
De vices, de vertus quel étrange assemblage !
Là, quel effroi honteux ! là, quel brillant courage !
Que de clémence alors, plus tard que de bourreaux !
Humble et fier, doux au peuple et dur aux vassaux,
Crédule et défiant, généreux et barbare,
Autant il fut prodigue, autant il fut avare.
Aujourd'hui quel tableau ! Je tremble en décrivant
Ce château du Plessis, tombeau d'un roi vivant,
Comme si je craignais qu'un vélin infidèle
Ne trahît les secrets que ma main lui révèle.
Captif sous les barreaux dont il charge ces tours,
Il dispute à la mort un reste de vieux jours ;
Usé par ses terreurs, il se détruit lui-même,
S'obstine à porter seul un pesant diadème,
S'en accable, et jaloux de son jeune héritier,
Ne vivant qu'à demi, règne encor tout entier.'

³ *Montilz-les-Tours,* also called *Plessis-les-Tours.* A royal castle near Tours built by Louis XI., and where he shut himself up during the closing years of his life, a prey to imaginary terrors. Its ruins may still be seen a short distance from the town of Tours. *Plessis* means *maison de plaisance,* 'country-house surrounded by woods.' *Montilz-les-Tours* was really the village where Charles VII. in 1454 promulgated the act by which he ordered the collection and revision of all the usages of the country, that they might henceforth have force of law.

⁴ *de cinq toises carrées. Toise,* a former measure of length (about 6 ft. or 2 metres, a little over 2 yards = a fathom), Ital. *tesa.* It is formed from a late Lat. subst. *tensa,* from the participle *tensus,* from *tendo,* 'the length between the outstretched arms.'

⁵ *lui agréaient peu,* 'were little to his taste.' Cf. the formula that usually ends all letters in the French language, *Agréez, monsieur, l'assurance . . . .* 'Be pleased to accept,' &c. Cf. *gré,* the root, from Lat. *gratum,* Ital. *grato.*

⁶ *Ce bon roi bourgeois,* 'citizen king.' So Louis XVIII. was called. See p. 49 of the present volume, where Hugo, speaking of Louis XI., calls him, 'Cet infatigable ouvrier qui a si largement contribué à la démolition de l'édifice féodal,' &c.

⁷ *engagée dans le donjon,* 'contrived in the great keep of the castle.'

⁸ *avec les entrevous de couleur,* 'with coloured spaces between them.'

⁹ *fait d'orpin et de florée fine,* 'made of orpiment and fine indigo.' *Orpiment,* from Lat. *auri pigmentum,* 'a colour to paint gold with.'

¹⁰ *de fil d'archal,* 'brass wire.'

¹¹ *revenait à vingt-deux sols,* 'had cost.' *Sol,* of which the softened form *sou* is now in use, is from Lat. *solidus,* an old coin. It was the

twentieth part of the oid *livre*, and was worth twelve *deniers* (Lat. *denarii*). There was the *sou tournois*, worth twelve deniers, and the *sou parisis*. See the forcible reminder of Louis XI. to Olivier le Daim, p. 81, line 32.

¹² *à cintre surbaissé*, 'under an overhanging circular arch.' Cf. in *Les Chants du Crépuscule*, in the poem entitled *Dans l'Eglise de* . . . . one of the most beautiful Hugo ever wrote :

> ' C'était une humble église, *au cintre surbaissé*,
> L'Eglise où nous entrâmes,
> Où depuis trois cents ans avaient déjà passé
> Et pleuré bien des âmes.'

¹³ *menuiserie curieusement ouvrée*, ' cabinet-work' (curiously carved).

¹⁴ *Sauval.* He is referred to in Vol. I. p. 2, as the author of a very elaborate work on the *Antiquités de Paris*.

¹⁵ *d'un chacun*, ' of everybody.' Cf. Lat. *quisque-unus.*

¹⁶ *le siége de cordouan vermeil*, ' the seat of red morocco,' e.g. *cordovan* leather; hence *cordonnier*, formerly *cordouanier*, ' one who works with *cordovan* leather for shoes.' There is also the word *maroquin*, which means ' morocco leather.'

¹⁷ *La solitude de cette chaise faisait voir*, ' the significant oneness of this chair testified to the fact.' So in Saintine's *Picciola*, p. 14, ' une chaise dont *la poignante unité* lui faisait entendre.'

¹⁸ *gallemard taché d'encre*, ' standish,' ' inkstand.'

¹⁹ *un chauffe-doux*, the old word for ' a stove.'

²⁰ *sans façon*, ' of the most ordinary description,' or ' may be arranged anyhow.'

²¹ *qu'on appelait ' le retrait où dit ses heures Monsieur Louis de France*, ' which was popularly styled the closet where . . . . says his prayers.' *Heures* are certain parts of the Breviary which the Roman Church orders to be said at different hours of the day, such as *matines, laudes, vêpres*, &c. *Monsieur Louis de France*, as in England George IV. was called ' the first gentleman of Europe.' *Monsieur* was usually the title given to the eldest brother of the reigning sovereign.

²² *était sonné depuis une heure*, ' had rung an hour ago.' Here the pluperfect in French as in English, because it refers to past action, not continuous. See Vol. I. chap. i. note 40, p. 121.

²³ *et d'une casaque à mahoîtres*, ' and a robe with puffed sleeves.' In the chronicle of Jacques Duclerc (1467) it is recorded that the high-born ladies of the court of Philip le Bon wore great *mahoîtres* on their shoulders to make themselves look more dressy. For these mediæval terms, consult Ducange's *Glossarium mediæ et infimæ latinitatis*.

²⁴ *ciselée en forme de cimier et* . . . . ' chased in the form of a helmet-top, and surmounted with a count's coronet.'

²⁵ *on voyait sur son visage* . . . . ' his face denoted . . . .'

²⁶ *les genoux chevauchant*, ' with his legs crossed.'

²⁷ *rotules cagneuses*, ' a pair of knock-knees . . . .;' *surtout de futaine*, ' a loose overcoat of linsey-wolsey' (fustian), introduced in the middle ages through Genoese commerce.

[28] *On se souvient . . . . à la politique secrète.* See Vol. I. p. 17, lines 14—29.

[29] *dérobant ses oreilles sous deux larges abat-vent de* . . . . 'his ears concealed, each under a great mat of straight hair . . . .;' *tenait à la fois du* . . . . 'seemed a sort of compound of.'

[30] *Croix-Dieu!* 'Zounds!' (i.e. *Je jure par la croix de Dieu*).

[31] *l'envie me démange de,* 'I feel a mighty itching to.'

[32] *Gardez-vous-en bien,* 'you had better beware of doing so.'

[33] *Ou sur les genoux,* 'or in the fawning attitude of a courtier.'

[34] *un hasteur* . . . . 'a cook.' It is from *haste*, in culinary art 'a spit to roast on,' itself from Lat. *hasta*—a spit being an iron instrument, long and pointed like a pike. In its modern sense *hasteur* means a foreman of a factory whose duty it is to prod on workmen who lag in their work. *Potager,* cook in charge of the 'soups'; *saussier*, in charge of the 'sauces,' 'gravies;' *queux*, 'a chef.' The great *restaurateurs* of Paris used to call themselves *des maîtres queux.*

[35] *galopins de cuisine,* 'scullions.'

[36] *Et le maître de la chambre de nos deniers,* 'and the comptroller of our privy purse.'

[37] *Tous les mugots du Louvre fondront à un tel feu de dépense,* 'all the treasure in the Louvre will melt away in such a blaze of expense.' *Mugot* was said in old Fr. of hidden treasure; as in *La Satire Ménippée,* 'Nous découvrîmes à peu de frais le beau et ample *mugot* de molan.' La Fontaine also has, 'Le malheureux n'osant presque répondre, court au *mugot*' (the modern word has been corrupted to *magot*). The Louvre, now chiefly known for its unrivalled galleries of painting and sculpture, dates back to the 13th century. Philip Augustus had a large tower built there in 1204, which he turned into a state-prison and an arsenal. Charles V. converted it into a library, and made it his abode. But it was in the reign of Francis the First, 1540, that important works in connection with it were commenced, and terminated only under his successor, Henry II.: they constitute what is now known as *le vieux Louvre.* The part running parallel to the Seine, under the name of *galerie du Louvre,* was erected under Charles IX. and Henry III. At last, under Louis XIV., was constructed, from the designs of Claude Perrault, the new façade. Its galleries of paintings and sculpture it owes to Napoleon I., who pillaged the art-museums of Europe to enrich it. As regards the derivation of the word, the most commonly accepted version is that it comes from *lupara*, because of the wolves who infested the spot before any buildings were commenced upon it. Cf. in Malherbe's *Stances à Duperrier :*

> 'Le pauvre en sa cabane, où le chaume le couvre;
> Est sujet à ses lois (i.e. the laws of death).
> Et la garde qui veille *aux barrières du Louvre*
> N'en défend point nos rois.'

[38] *tiens-toi ceci pour dit,* 'remember this once for all.'

[39] *Vous me sucez des écus par tous les pores!* 'you plunder me!' 'you drain me dry!'

[40] *en faisant une grimace,* 'making a wry face the while.'

[41] *Enterrer un écu pour déterrer un sou!* 'penny wise and pound foolish!' 'nonsense!' The treasure in question was supposed to exist in the house of Nicolas Flamel, who was said to have solved the problem of the transmutation of metals. See Vol. I. p. 75, and note 52, p. 141.

[42] *Pour avoir mis à point,* 'for putting in.' For *Tournelles,* see chap. ix. note 2, p. 127.

[43] *faite de neuf,* 'entirely re-made.' *Pour remettre à neuf* would be said now.

[44] *d'emprès Saint-Paul* (i.e. *auprès de*), 'lodged at the Hôtel St. Pol.' See Vol. I. p. 61, lines 11—26.

[45] *c'est une belle . . . .* 'a fine piece of royal magnificence.'

[46] *de ces rugissements,* 'roarings like these.'

[47] *d'un maraud piéton enverouillé . . . .* 'of a rogue and vagabond imprisoned for the last six months in the lock-up.' *Verrou,* which is the root of *enverouillé,* was in old Fr. *verrouil,* from mediæval Lat. *veruculum,* 'a metal pin.' Note that just as old Fr. *genouil* remains in the derivative *agenouiller,* so *verrouil* is found in *enverouiller.*

[48] *entendez-vous de la chose,* 'arrange matters with.' For *M. d'Estouteville,* see Vol. I. beginning of chap. vi. p. 81.

[49] *taxée et ordonnée,* 'to him adjudged by.' For *prévôt de Paris,* see Vol. I. chap. i. note 14, p. 119.

[50] *et icelle fait garnir de fourreau . . . .* 'and had the same fitted with a scabbard and other appurtenances.' *Icelle* is the old Fr. feminine form of *icil,* then *icel,* from *eccille,* itself from *ecce-hic.* It still survives in legal documents.

[51] *fait remettre à point* (*à neuf* would be said now) . . . . *comme à plein peut apparoir,* 'as can be more fully made appear.' Only a few verbs in *ére* persisted in the vulgar Latin of Gaul and became French verbs in *oir* (such as *habére, avoir; debére, devoir;* and a few others either partly or wholly obsolete, such as *sedére, seoir,* 'to befit, beseem;' and, as here, *apparére, apparoir*). The rest either turned *ére* into *ire,* or shortened it into the atonic termination *ĕre,* instead of the *ēre* of classical Latin.

[52] *où je ne regarde pas,* 'about which I am not at all particular.' Cf. *il ne faut pas y regarder de se près,* 'it does not do to be so particular.'

[53] *se recruta,* 'gathered in its train.'

[54] *A porte basse, passant courbé,* 'the low door suits the shrunken frame.'

[55] *si embarrassé . . . . qu'on mit,* 'so overlaid with . . . . that it took.

[56] *si étoffement treillissées d',* 'so thickly latticed with.'

[57] *pour contenir la légèreté d'un esprit,* 'to restrain the levity of a spirit.'

[58] *Pasque-Dieu!* 'Zounds!' or 'S'death!' (i.e. *je jure par la pâque de Dieu*).

[59] *qui en écorchaient . . . .* 'clanking on the floor.'

[60] *pour poser les grilles des fenêtres,* 'to fix the window-grates.'

[61] *sols parisis.* See note 11, chap. xiii. p. 154.

⁶² *Grâce! sire! Je vous jure que c'est.* V. Hugo supposes the prisoner in question to have been Guillaume de Harancourt, bishop of Verdun, a friend of Cardinal de Balue (see p. 71); but history says it was Cardinal de Balue himself. A cardinal and minister of state under Louis XI., La Balue enjoyed, in principle, the king's favour; but, accused of having intrigued against the Government, he was shut up in the Bastille for eleven years in an iron cage by order of the king, and only released at the earnest solicitation of the Pope. He died in 1491.

⁶³ *Le maçon est rude,* 'the mason knows how to charge.'

⁶⁴ *le cardinal Balue.* See note 62, above.

⁶⁵ *Voilà quatorze ans ....* 'history says eleven years.' *Vous retrouverez cela dans le ciel,* 'it will be counted you in heaven.'

⁶⁶ *Notre-Dame! .... Voilà une cage outrageuse!* 'By our Lady! here's a cage out of all reason!'

⁶⁷ *La clémence .... qui rompt les courantes de la colère,* 'which turns aside the stream of wrath.' Cf. in *Merchant of Venice,* Act iv. sc. 1:

> 'But mercy is above this sceptred sway;
> It is enthroned in the hearts of kings,
> It is an attribute to God himself;
> And earthly power doth then show likest God's,
> When mercy seasons justice ....'

⁶⁸ *qu'il n'est de raison,* 'than is needful.' Note the redundant *ne* after the comparative *plus pesante que.*

⁶⁹ . . . . . 'Maître Jehan Balue.
> Has lost out of view
> His good bishoprics all;
> And his grace of Verdun
> May not now boast of one:
> They are gone, one and all.'

⁷⁰ *l'évêque de Verdun.* See note 62, above.

⁷¹ *à maître Olivier qui paraissait ....* This was *Olivier le Daim,* the minister-barber.

⁷² *Mon beau cousin de Bourgogne.* This was *Charles the Bold,* Duke of Burgundy. *La grandeur des maisons s'assure en l'intégrité,* 'is secured only by maintaining intact its ....'

⁷³ *en coupant sa lecture,* 'interrupting here and there his perusal' (or reading). See note 25, chap. ix. p. 128. Note the old fem. gender of both *comté* and *duché,* which are now both masculine.

⁷⁴ *et quérimonies,* 'and petitions against.'

⁷⁵ *en diligence,* 'with all speed.'

⁷⁶ *Que les gendarmes des ordonnances,* 'king's men-at-arms.' They were created by Charles VII., who, after having driven the English from France with the help of the Maid of Orleans, re-constituted the army. *Les nobles de ban,* 'owing military service to their lord.' *Les suisses.* They were part of the five hundred men-at-arms whom the Duke of Calabria brought from Switzerland in 1464 to Louis XI.

⁷⁷ *à grands coups de bâton ou de voulge,* 'with heavy blows of staves or bills.' *Voulge* was a single-edged blade fixed to a pole.

⁷⁸ *qu'il ne nous agrée pas qu'aucun ménétrier*, 'it does not please us that any minstrel.' *Ménestrel*, from which it comes, was the name given in the time of Charlemagne and during the age of chivalry to those who composed the melodies to the songs of the troubadours. Sometimes they sung their own poetry, but then they were rather called *chanterres*, and were usually accompanied by *jongleurs*, or players of instruments. They were held in great veneration among Scandinavian races. They lost all consideration towards the end of the 16th century, and in 1597 Elizabeth ordered them to be treated as vagrants and beggars. The modern meaning of the word *ménétrier* is the 'village fiddler,' who figures at weddings and other festivities. Flaubert uses the term in describing a marriage procession on its way from church.

⁷⁹ *Que messieurs les goujats peuvent bien se rabaisser jusque-là, eux aussi*, 'that the army serving-men may well indeed come down to that.' *Eux aussi.* This particular use of the disjunctive pronoun in French is due to the fact that in that language you cannot emphasize the pronoun, subject or object of a verb, as you can emphasize in English *I, he, we, me,* &c. (the same thing may be done in Latin by merely expressing the *ego, tu,* &c., which are as a rule contained in the person of the verb). In French many of the conjunctive pronouns are mute syllables, such as *je, me, te, le, se,* &c.: hence the necessity of the disjunctives used as expletives.

⁸⁰ *par saccades*, 'short, abrupt sentences.'

⁸¹ *une narration très-effarouchée*, 'some very wild story.'

⁸² *le bailli du Palais de Justice.* See Vol. I. chap. i. note 38, p. 121.

⁸³ *ni comme justicier ni comme voyer*, 'neither as justiciary or surveyor of roads.'

⁸⁴ *Oui-dà!* 'Is that so, indeed!' Cf. with the same force the German *So!*

⁸⁵ *qui fait rayonner le visage*, 'which irradiates the countenance.'

⁸⁶ *cet étalage*, 'this terrifying display.'

⁸⁷ *en faux air sérieux*, 'with affected seriousness.'

⁸⁸ *Il se reprit*, 'he corrected himself.'

⁸⁹ *les Mureaux*, 'bordering on the walls.'

⁹⁰ *la Maladerie appelée la Banlieue*, 'the lazzaretto.' The outer boulevards and modern suburbs of Paris are generally described as *la Banlieue.* *Banlieue* is the popular Latin *banleuca.* *Leuca* had in mediæval Latin the sense not only of a league, but of an indefinite extent of territory. It is found with this meaning in the capitularies of Charles the Bold. *Banlieue*, properly 'the extent of *ban*,' is the territory within which a *ban* had force, and thence a territory subject to 'one jurisdiction.'

⁹¹ *voyer, haut, moyen et bas justicier, plein seigneur*, 'keeper of the highways,' 'chief, mean and inferior justiciary,' 'full and absolute lord.'

⁹² *vous aviez là* . . . . 'you had a very pretty slice of our Paris in your clutches, truly.'

⁹³ *qui ont leur péage à tout bout de champ*, 'who have their own tolls at the corner of every field.'

⁹⁴ *et la confusion m'en déplaît*, 'and we like not the confusion of it.'

[95] *qui agace et lance sa meute*, 'hounding and cheering on his pack.'

[96] *Sus! sus!* 'On! on!' An interjection from Latin *susum* (found in Tertullian and St. Augustine). Cf. *dessus, en sus, susdit*.

[97] *Oh! je te brûlerais....* 'if thou could'st reveal my secret thoughts.'

[98] *qui rentre sournoisement à son terrier*, 'stealing back to his hole.'

[99] *et l'on pendra vertement....* 'and all who are taken shall be hanged *forthwith*.' Note the future *sera pris*, instead of the Eng. *are taken*, because implying *futurity*.

[100] *d'un air hébété*, 'with an air of sottish stupidity.'

[101] *qui suait à grosses gouttes*, lit. 'who was perspiring profusely,' 'was beside himself with terror.'

[102] *Or çà! paillard*, 'How now, fellow, scoundrel.' So called because these beggars slept on litters of straw, *paille*. It is used in the sense of *gaillard*, 'boon-companion,' so often to be met with in Molière, notably by Voltaire : 'Ainsi fuyaient mes *paillards* confondus.'

[103] *Tu nous romps la tête*, 'you split our head with your irrepressible jabber.'

[104] *plus vert qu'une olive*, 'as green as grass.'

[105] *ne bombarde pas une laitue*, 'do not strike the lowly plant.' Translate *la grande foudre....* by 'God's thunderbolt.'

[106] *plus empêché d'attiser....* "as incapable of fanning the flames of revolt as....'

[107] *ne sauraient faire quitter....* 'cannot make the traveller lay aside his cloak.' See La Fontaine's fable, *Phœbus et Borée*.

[108] *ne sont pas de l'équipage....* 'go not in the train of.'

[109] *Ce n'est pas moi qui m'irai....* 'I am not the man to.'

[110] *usé aux coudes*, 'out at elbows.'

[111] *les plus consommés aux bons livres*, 'the most accomplished writers.' Note the difference between *consumer*, 'to consume.' 'to annihilate by fire,' &c., and *consommer*, 'to consume' (i.e. 'to absorb by the mouth'). Cf. *Voulez-vous jouer les consommations?* 'Shall we play for the *drinks?*'

[112] *La seule avocasserie....* 'The gentlemen of the law take all the wheat to themselves, and leave nothing but the chaff to the other learned professions.'

[113] *La clémence porte....* Cf. in the *Merchant of Venice :*
'The quality of mercy is not strained.

'Tis mightiest in the mightiest ; it becomes
The throned monarch better than his crown :
His sceptre shows the force of temporal power,
The attribute to awe and majesty,
Wherein doth sit the dread and fear of kings ;
But mercy is above this sceptred sway :
It is enthroned in the hearts of kings,
It is an attribute to God himself;
And earthly power doth then show likest God's,
When mercy seasons justice....'

[114] *avec son gousset vide qui résonne* .... ' with his *empty* fob sounding hollow on his *empty* stomach.'

[115] *un malin ulcère,* 'a virulent ulcer.' Translate in the preceding lines, *se font une perle à* .... by 'add a jewel to their crown.'

[116] *Cela n'est pas d'un boute-feu de rébellion,* 'that was not the act of a fire-brand.' *Boute-feu* is literally a piece of wood or metal shaped like buds (*bouture*), used to 'set fire to.' Cf. *boute-en-train,* 'that which *sets* going;' *boute-selle,* a signal to cavalry to mount (i.e. '*set* themselves in the saddle'); *arc-boutant,* 'a flying buttress;' *boutade,* 'an attack,' 'push,' introduced in 16th cent. from Italy, as its termination *ade* shows.

[117] *ils n'ont des oreilles qu'aux pieds,* 'hear only through their feet.'

[118] *braillard,* 'prater.'

[119] *bourrade,* 'drubbing.' *Bourre* is literally a 'flock of wool.' The *bourre* of a gun is the same word, the wads being generally made of wool and hair. From this word comes *bourrer,* 'to ram the wad (*bourre*) home by pushing.' Cf. the Eng. slang expression, 'give him a lamming' (i.e. ramming).

[120] *perçait dans tout,* 'manifested itself in everything.'

[121] *d'un dogue qui a vu et qui n'a pas eu,* 'of a mastiff baulked of his meal.'

[122] *allaient quelquefois très-loin,* 'sometimes went to great lengths;' *jusqu'à vouer,* 'even so far as to promise.'

[123] *j'ai l'oreille sibilante* .... *qui me raclent la poitrine,* 'I've a singing in my ears, and teeth of fire are raking my breast.' Translate in the next line, *avec une mine capable,* by ' with a knowing look.'

[124] *Coictier sè rembrunissait à vue d'œil,* 'Coictier's brow grew darker as he felt it.' Cf. in Prescott's *Conquest of Peru,* when the Spanish conqueror wished to induce the Incas to acknowledge the supremacy of Spain: 'And his brow grew darker as he replied, I shall be no man's tributary,' *Et son front se rembrunit à mesure qu'il répondait : Je ne veux être le tributaire d'aucun homme* ....

[125] *Le brave homme n'avait* .... 'The king's bad health was the good doctor's only milch-cow.' Coictier is only a doctor, but he is the doctor of Louis XI., and of Louis XI. on the brink of the grave. He is therefore absolute master of the life of a prince both cowardly and superstitious, who gives in to him through fear, and who would unscrupulously sacrifice him if a miracle which he has the audacity to hope for gave him back to life and health. 'Ah! traître, si jamais tu deviens inutile,' says the crowned tyrant. The whole character of Louis XI. is in this verse of Casimir Delavigne's, which is almost sublime from the clear insight it throws on the mind of the king. Besides, Coictier knows his master well. See, in *Louis XI.* (by Delavigne), how truthfully he depicts in the famous tirade (Act i. sc. iv.) the relations existing between him and his cruel master:

> ' Il serait *mon tyran,* si je n'étais le sien ?
> Vrai Dieu! ne l'est-il pas ? sait-on ce qu'on m'envie ?
> Du médecin d'un roi sait-on quelle est la vie ?'

[126] *une recette des régales vacante,* 'a receivership of ecclesiastical revenues vacant.'

[127] *Je suis au bout de ma finance,* 'I'm at the end of my cash.'

[128] *où en veux-tu venir?* 'what are you driving at?'

[129] *qui ne soit un diamant,* 'but he makes a diamond of it.' Note the subj. after *Il ne m'arrache pas . . . . qui.*

[130] *C'est le seul rechange qu'ait . . . .* 'it is the only change of countenance ever seen on the face of a courtier.' Note the subj. after *le seul,* implying 'comparison,' 'relation to.'

[131] *Il n'est don que de roi, il n'est peschier que en la mer,* 'Every *good* gift cometh from a king, as every *good* fish from the sea.'

[132] *oyez ceci,* 'listen to this.' Cf. in Norman legal documents: A tous ceux qui ces présentes verront ou *orront* (i.e. entendront).

[133] *vous les vouliez parisis,* 'because of greater value.'

[134] *gruyer,* 'warden.'

[135] *assis, par lettres patentes scellées . . . .* 'settled upon you, by letters patent on extra label with green seal.'

[136] *octroyé,* 'granted;' hence *octroi,* 'town dues.'

[137] *n'êtes-vous pas saoul,* 'have you not your fill.' *Saoul,* now *soûl,* is from Lat. *satullus,* found in Varro. It means 'tipsy,' 'surfeited.'

[138] *L'orgueil est toujours talonné de la ruine et de la honte,* 'ruin and shame follow close on the heels of pride.'

[139] *firent revenir à l'insolence,* 'brought back the insolent expression ôn the face of . . . .'

[140] *madame Marie,* Mary of Burgundy, daughter of Charles the Bold. (See Philippe de Commine's *Histoire de Louis XI.*) Louis XI. claimed this lady as his ward, because divers of her dominions, namely Flanders, Artois, &c., were held by the crown of France, and because he was her godfather (Commine).

[141] *boudant le roi,* 'looking sulkily at.' Cf. *boudoir,* lit. 'a place where you sulk away from the companionship of your fellows.'

[142] *il a prise sur nous . . . .* 'our whole body is in his hands.'

[143] *cela se retrouvera,* 'it will all come right' (i.e. 'I will make it good to you.').

[144] *du seigneur d'Hymbercourt.* See Commine's account of the wars between the Burgundians and the Liégeois.

[145] *Votre Majesté ébrèchera,* 'it will cost your Majesty.'

[146] *vous auriez beau vouloir,* 'you would choose in vain.'

[147] *on̄ a bon marché de,* 'you make short work of.'

[148] *faisait fi de cette canaille,* 'spurned, despised, such rabble.' *Grandson:* Charles the Bold, duke of Burgundy, had determined to crush the bold republicans who defied his threats. He led a finely-equipped army into Switzerland, but was defeated at Grandson, April, 1476; at Morat, June 22nd, where his army was annihilated. In his distress he sought and obtained the aid of the duke of Lorraine, and the two princes again encountered the Swiss at Nancy, January 5th, 1477. They were totally defeated, and Charles the Bold fell on the field of battle.

[149] *s'éclata comme une vitre* .... 'was shattered, shivered, to pieces like a pane of glass struck by a flint stone.' Translate *avoyer* by 'magistrate.'

[150] *quand il me plaira de froncer le sourcil*, 'by a single frown when I choose to do so.' Note the future in French after *quand*, when any futurity is implied.

[151] *comme on flatte une croupe de destrier*, 'as you stroke the sides of a charger.' *Destrier* was a 'knight's war-horse,' a horse led by the *écuyer* on his right hand (*dextra*). *N'est-ce pas que tu ne crouleras pas si aisément, ma bonne Bastille?* Louis XI. was right about his trusty Bastille: 300 years of tyranny and oppression elapsed before it fell.

[152] *sont commodes à,* 'are prone to.'

[153] *on a toujours quelque chose sur le cœur,* 'some wrong unredressed.'

[154] *on arme les manants* .... 'the people get arms by disarming the soldiers.'

[155] *ils n'en sont encore qu'aux baillis,* 'they have got no further yet than the provosts.'

[156] *avait aussi l'air consterné, mais content en dessous,* 'there was consternation too .... but satisfaction lurking under it.'

[157] *et tiens bien ta tête,* 'and look well to thy head' (i.e. 'have regard for').

[158] *qu'elle ne scie encore le tien,* 'that it cannot yet saw thine.'

[159] *Il semblait suffoqué à ne pouvoir parler; ses lèvres remuaient* .... 'he seemed to be choking with anger—his lips moved without utterance —his withered hands were clenched.'

[160] *main basse sur les coquins!* .... 'fall upon the knaves, Tristan!'

[161] *Ah! messieurs les manants de Paris, vous vous jetez* .... 'So! good people of Paris, you presume to fly into the face of.'

[162] *punir le peuple de vouloir* .... 'It is the way with all tyrants and tyrannies.'

[163] *ont outrepassé,* 'have trespassed upon.'

[164] *Et j'entends que le pourchas de l'exécution soit fait* .... 'and it is my wish that the execution be carried out under your direction.' *Pourchas* meant literally, 'great shaking,' 'great agitation.'

> .... 'Et cœurs en tels *pourchas*
> Risquent du moins autant que cerfs et que biches,'

says J. B. Rousseau. 'Pourchas,' adds La Harpe, 'is harder than it is old; and it is one of the defects of the *marotism* of J. B. Rousseau that he chooses very badly old words that he would rejuvenate: those which have fallen into disuse because of their harshness can never be revived.'

[165] *c'est que les rois ont le vin moins cruel que la tisane,* 'it is because kings are less cruel in their cups than under a barley-water *régime*. After reading and studying this striking chapter as it deserves to be studied and read, it is impossible not to be lost in admiration at the breadth and power of Hugo's genius. Apart from the splendid colour of the style and the matchless vivacity of the dialogue, nowhere, perhaps, has this fearful historical figure been portrayed 'to the life' as he is in these immortal pages.

CHAPTER XIV.

LA MÈRE.

[1] *d'un cheval échappé,* 'of a runaway horse.'

[2] *Baudoyer.* See Vol. I. p. 56, for explanation.

[3] *comme s'il eût pu.* The subj. here after *si,* because it has the force of a conditional. *Si* otherwise always takes the indicative.

[4] *Mort!* 'S'death!'

[5] *Je viens de l'échapper belle!* See note 61, p. 148; and in Vol. I. chap. i. note 133, p. 126.

[6] *Oh! quenouille de paroles!* 'You spinner of words!' See note 114, chap. xi. p. 144.

[7] *Petite flambe en baguenaud,* probably 'small blade in case.' It is a kind of undulating blade. Painters have placed a *flambe* two or three feet long in the hands of the archangel St. Michael. Cf. also *Guerre de la Petite Flambe,* when adventurers in Louis XIVth's time infested the streets of Paris, cutting with their *flambes* ('blades' or 'scissors') the purses of the alms-gatherers. *Baguenaude* is lit. the fruit *pod* of the shrub *baguenaudier.*

[8] *le Terrain.* For explanation, see text, p. 93, ll. 18—21.

[9] *abattant lances et brides,* 'lances and bridles down.'

[10] *firent volte-face,* 'faced about.'

[11] *le trouble chez les meilleurs,* 'confusion even among the stoutest-hearted.'

[12] *acculés à . . . .* See note 30, chap. xii. p. 146. *Tout à la fois assiégeants et assiégés,* 'at once besiegers and besieged.'

[13] *A chair de loup dent de chien,* 'wolves' flesh calls for dogs' teeth.'

[14] *et la taille reprenait ce qui échappait à l'estoc,* 'and those who escaped the lance-thrust, fell by the edge of the sword.'

[15] *Clopin Trouillefou,* 'the king of the vagrants.'

[16] *écaillé de lucarnes,* 'checkered with dormer-windows.'

[17] *Elle s'était levée sur son séant,* 'she had sat up in bed.' *Séant* is from Lat. *sedentem,* by loss of medial *d* and change of *en* into *an,* as in *amande,* which was in old Fr. *amende.* *Séant* means also 'resident,' as, *La cour royale séant à Paris.* Cf. *séance,* 'the sitting of any assembly, society,' &c.

[18] *comme les feux de nuit qui rayent la surface . . . .* 'like meteors, playing over the misty surface of a marsh.'

[19] *qu'elle avait surpris en maléfice,* 'that she had come unawares upon the hideous revels . . . .'

[20] *le profond néant de sa faiblesse,* 'the utter helplessness of her position.'

[21] *Car, ne crût-on à rien . . . .* 'for, did a man believe in nothing . . . .; *qu'on a sous la main,* 'nearest at hand.' Cf. *sous main,* 'secretly.'

[22] *ce qu'on voulait,* 'what was intended.'

[23] *de silence,* 'dumb.' Note that *silence,* Lat. *silentium,* is the only noun in *ance* or *ence* which is masculine; all the others coming from *entia, antia,* are feminine.

[24] *était en mue,* 'was changing, shedding, his coat.' Cf. Lat. *mutare. Muer* at first retained the whole force of the Latin word. Froissart has, 'Les dieux et les déesses *muoient* les hommes en bêtes;' and Voltaire has still preserved the etymological meaning in the following lines:

> 'Qui de Méduse eût vu jadis la tête
> Était en roc *mué* soudainement.'

It is now restricted to the moulting of birds, and the skin-shedding of certain animals.

[25] *pour forcener les gens de la sorte,* 'for using people so roughly.'

[26] *s'y blottissaient,* 'were cowering, terror-stricken.' *Blottir* was originally a term of falconry used of the falcon when it 'gathers itself up' to roost on its *blot,* 'perch.' By extension of meaning, it applies to 'people crouching in corners.'

[27] *plus brouillée et moins criarde,* 'duller and fainter.'

[28] *fil,* 'current.' Cf. Vol. I. chap. iv. p. 59, ll. 31, 32.

[29] *où de vives étincelles font mille courses bizarres,* 'over which bright sparks are darting in a thousand fantastic courses.'

[30] *Rembrandt.a de ces fonds de tableau,* 'such backgrounds as these are to be met with in Rembrandt's pictures.' See Vol. I. chap. viii. note 22, p. 150.

[31] *maillée de,* 'trellissed with.'

[32] *vers le large,* 'towards mid-stream.' Cf. in *Les Travailleurs de la Mer,* p. 14, l. 457: *de là au large,* 'thence out into the open.'

[33] *On est obligé,* 'we are indebted.'

[34] *rebouché,* 'turned off.'   [35] *carapoue,* 'hood.'

[36] *mêlé au froissement des mille plis* . . . . 'mingled with the continuous rippling of the water.'

[37] *et joyeux comme des ascalaphes,* 'and as merry as owlets.'

[38] *Didyme d'Alexandrie.* A celebrated grammarian of Alexandria, the son of a seller of fish. He was born in the consulship of Antonius and Cicero, B.C. 63, and lived in the time of Augustus. Macrobius calls him the greatest grammarian of his or any other time. According to Athenæus, he published 3500 volumes; but to judge from the specimens of his writings given by Athenæus, we need not regret the loss of them. The *Scholia Minora* on Homer have been attributed to him, but wrongly, for Didymus himself is quoted in those notes.

[39] *de par,* 'by order of.'

[40] *On flétrit en moi ce qu'on couronne en toi,* 'one man gets praised for what another gets blamed for.'

[41] *ut apes geometriam,* 'as the bees do geometry.'

[42] *Les fâcheuses humeurs que vous avez là tous deux,* 'the plaguy humour you're both of you in.'

[43] *embrunché*, 'muffled up in.' Cf. the carpentering term *embrever*, to 'fit in,' 'enclose.'

[44] *c'est tout au plus s'il*, 'he was within an ace of having me;' *ce qui m'aurait fort empêché*, 'which would have put me out very much.'

[45] *étroit*, 'paltry,' 'niggardly.'

[46] *c'est la ratelle, qui s'enfle . . . .* 'are as the spleen which grows big on the pining of the other members.'

[47] *deviennent*, 'turn to.'

[48] *les prisons crèvent . . . .* 'the prisons are crammed to bursting.'

[49] *de nouvelles foulles*, 'with fresh burdens.'

[50] *port au Foin*, 'hay-wharf.'

[51] *que le bateau abordait*, 'that they had reached the shore.' Cf. *il m'aborda dans la rue*, 'he accosted me in the street;' *aborder une question*, to 'come to,' 'enter upon,' 'touch upon;' *cet homme est d'un abord difficile*, 'is difficult of access,' 'is not easily approached.'

[52] *pour s'esquiver*, 'to make off.' Translate *pâté* by 'cluster.'

[53] *Elle n'avait plus de ressort*, 'no muscular strength was left her.' *Ressort* is properly that which 'goes out again,' 'rebounds.'

[54] *rougeoyante*, 'glaring.'   [55] *essoufflement*, 'breathlessness.'

[56] *Il avait l'air de son fantôme*, 'he looked like the ghost of himself.'

[57] *une cavalcade*, 'a trampling of horses.'

[58] *intelligente et vivante.* Translate by two nouns, 'instinct with . . . .'

[59] *qu'elle n'avait pas affaire à . . . .* 'that it was no . . . . with whom she had to deal.'

[60] *Tu en étais*, 'one of the gang.'

[61] *elle aura eu beau crier*, 'she will have shrieked in vain.'

[62] *je l'irai chercher . . . .* 'I'll crawl thither on . . . .'

[63] *du démon*, 'of the foul fiend.'

[64] *carme*, 'couplet.'
'When you the like to this behold,
A mother's arms will you enfold.'

[65] *En moins de temps qu'il n'en faut à l'éclair*, 'with lightning quickness.' Note the redundant *ne* before *faut* after *moins de temps que.*

[66] *avait . . . . depuis . . . .* 'had been . . . . for the last . . . .'

[67] *tinrent bon*, 'would not give way.' Cf. *l'ennemi tint bon*, 'the enemy held their ground.'

[68] *dont l'accent faisait toute la beauté*, 'which derived all their beauty from the accent in which they were uttered.'

[69] *comme une pétrification*, 'petrified like the statue of salt of Biblical history.'

[70] *pour s'arracher . . . .* 'tearing her grey hairs in frenzy from her head.'

[71] *s'arrêta*, 'drew up around.'

[72] *que chantait donc . . . .* 'what sort of a tale was . . . . telling us.' Translate *effaré* by 'with the scared face.'

^{73} *et par où a-t-elle pris?* 'and which way has she gone?' Cf. in *Les Misérables*, Vol. I.: *Il prit la grande rue*, 'he went down the high street.'

^{74} *qui donnait de la dévotion*, 'which made one feel devout to look at.'

^{75} *que la commère se trouble*, 'that the old witch is getting disconcerted.' See Vol. I. chap. v. note 71, p. 142.

^{76} *donné dans*, 'backed into;' *Que même j'ai injurié*, 'What's more, I abused.'

^{77} *à qui cet interrogatoire*, 'to whom this cross-questioning was like crossing an abyss on the edge of a knife.'

^{78} *de cette charrette*, 'since this cart affair.'

^{79} *Voilà qui est louche*, 'that looks fishy.'

^{80} *Tu mets bien de la chaleur* .... 'there's a good deal of warmth in that oath of thine.'

^{81} *Elle en était à faire des maladresses*, 'she was now making blunders.' Cf. *en être là*, 'to have come to that;' and, *où en êtes-vous de votre travail?* 'how far have you got in?'

^{82} *de faire tête à*, 'to bear up against,' 'make head against.'

^{83} *te tirera* .... 'will worm your secret out of you.'

^{84} *Je ne comprends rien à*, 'is quite beyond me.'

^{85} *maugréer*, 'inveighing against.' *Maugréer* is 'to show one's *malgré*;' *montrer son malgré*, as the mediæval phrase ran.

^{86} *et résiste à*, 'and is reluctant to.'

^{87} *La quenaille de peuple est à bas*, 'the rabble rout is put down.' Possibly a corruption of *canaille, chienaille*.

^{88} *en lui enfonçant* .... 'burying her nails in the young girl's neck.' *N'y regarde pas de si près*, 'is not so particular.'

^{89} *Tu vas me pendre cela*, 'to the gibbet with the jade.'

^{90} *ses deux mains appuyées* .... 'her two hands resting on the window-case, like the clawed feet of some animal.'

^{91} *malaisée*, 'none so easy to take.'

^{92} *que si*, 'that there is though.'

^{93} *Regarde plutôt*, 'you'd better look for yourself.'

^{94} *des basses œuvres*, 'for execution purposes.'

^{95} *qu'as-tu donc à*, 'why will you?' .... *Ce que j'y ai?* 'why do I?'

^{96} *Qu'est-ce que cela me fait, ton roi?* 'what's your king to me?'

^{97} *égayait*, 'lit up.'

^{98} *serrait de plus en plus*, 'pressing closer and closer.' *Serrer*, Ital. *serrare*, from Lat. *serare*, 'to lock' in Priscian, then 'to put under lock and key.' The meaning in the old French phrases, *serrer son argent*, *serrer les grains, serrer des hardes*, and in subst. (f.) *serrure*, 'a lock.'

^{99} *se fussent pressées* .... 'had crowded to her lips to burst forth at once.' Note subj. after *comme si* with the force of a conditional.

^{100} *goujats assassins*, 'bloodthirsty suttlers.'

¹⁰¹ *Approche un peu* . . . . 'you'd better come and take.'

¹⁰² *elle voulut,* 'she would fain have.'

¹⁰³ *Allons donc!* 'Now for it!'

¹⁰⁴ *mort-Mahom!* a former contraction of the name of Mahomet.
was an oath in use at the time of the Crusades.   It means *par la mo*
de Mahomet.

¹⁰⁵ *vieil argousin,* 'hardened convict-warder.'   The word is a corru
tion from the Spanish *alguazil.*

¹⁰⁶ *je ne dis pas,* 'I don't say no.'

¹⁰⁷ *un trou à mes entrailles,* 'a stab in the side.'

¹⁰⁸ *on les laisse passer,* 'you let them go quietly.'

¹⁰⁹ *des regards noyés,* 'the swimming looks.'

¹¹⁰ *à lui aussi,* 'even his.'

¹¹¹ *Car c'était la mode,* 'for this was a way of.'

¹¹² *qui semblaient regarder.*   They were the archdeacon and the be
ringer.

¹¹³ *tant la chose l'apitoyait,* 'such a pity did he think it.'   This fear
pleading of the mother for the life of her child just restored to her is t
most touching and terrible thing in all French literature.   And t
naturalness of it! the touches at every line!   The whole gamut of hum
feeling is run over, from the most touching appeals of pity to the high
outbursts of rage and passion.   It is only genius of the order of Hug
that can, at the age of twenty-eight, have so understood the human hea
Those who can read this chapter dry-eyed must be insensible indeed.

CHAPTER XV.

LA CATASTROPHE.

¹ *trépigna de,* 'stamped with.'   *Trépigner* is from old Fr. *tréper,* j
as *égratigner* is from *gratter.*   It is of German origin.

² *les y aida,* 'assisted their search.'   He imagined they were comi
to rescue La Esmeralda from the truands whom they had just dispers

³ *les doubles fonds,* 'the false-backs.'

⁴ *qui ne se rebutait pas* . . . . 'who was not so easily turned away fr
his purpose' (i.e. 'disheartened').

⁵ *Un mâle qui a perdu sa femelle,* 'a beast who has lost his mate.'

⁶ *que c'en était fait,* 'that all was over.'   Cf. *c'en est fait de lui,* 'it
all up with him.'

⁷ *qui donne sur,* 'which looks out on to.'   Cf. in Macaulay's *Frede*
the Great, in his description of Rheinsberg: 'The mansion surround
by woods of oak and beech *looks out upon* a spacious lake' (i.e. *a vue s*
un lac spacieux).

⁸ *tapie,* 'lying close,' 'nestling.'

[9] *et se mit à . . . . du battant de ses cloches,* 'and fell to . . . . of the clapper of his bells.'

[10] *et un cercueil plein,* 'and a full bier.' *Cercueil,* old Fr. *sarcueil,* originally *sarcueu,* is from Lat. *sarcŏphăgus,* by loss of the two final *atonic* syllables and change of *o* into *ue* (cf. *accueillir,* from *adcolligere).* The study of *proper* nouns, which is usually a powerful aid in establishing the origin of *common* nouns, here confirms the above etymology, which connects *cercueil* with *sarcophagus.* In the arrondissement of Lisieux, in Normandy, there is a place called *Cercueux,* which in mediæval documents is called Ecclesia de *Sarcophagis.* Cf. in Victor Hugo's *Les Pauvres Gens :*

> 'Et dans sa gaîne, ainsi que le sang dans l'artère,
> La froide horloge bat, jetant dans le mystère
> Goutte à goutte, le temps, saisons, printemps, hivers ;
> Et chaque battement, dans l'énorme univers,
> Ouvre aux âmes, essaims d'autours et de colombes,
> *D'un côté les berceaux et de l'autre les tombes.*'

[11] *qui ne font pas de bruit,* 'which no thunder follows.'

[12] *au fond de sa rêverie désolée,* 'far down in his desolate thoughts.'

[13] *ongles:* translate by 'fangs.' Cf. *resisto,* with dative case, and *résister à:* so *placeo, plaire à ; respondeo, répondre à ; noceo, nuire à,* &c.

[14] *Il songeait . . . .* 'he said to himself that it was the archdeacon's work,' *et la colère de sang et de mort . . . .* (translate by *two adjectives . . . .*), *se tournait chez . . . .* 'was changed in the heart of . . . . to . . . .'

[15] *Claude allait . . . .* 'the archdeacon's step was slow and measured.'

[16] *se heurtaient,* 'were wrestling, struggling' (for the mastery). Cf. in Lamartine, *Le Tailleur de Pierres : Je ne cherchai pas à le heurter en résistant* (i.e. 'to go counter to him').

[17] *attardées,* 'lingering.' Cf. *des passants attardés,* 'belated passersby.'

[18] *tous les plans que ses mille . . . .* 'the endless varieties of outline which . . . .'

[19] *faisaient du bruit,* 'were astir.'

[20] *le cliquetis . . . . d'une charrette en marche,* 'the clatter, or rattle, of a dray in motion.'

[21] *solfatare.* It is the Italian word for *soufrière,* 'sulphur-work.' It is said of the site of some former crater which still exhales sulphurous vapours, depositing sulphur in the fissures through which they pass. The most famous one is at Puzzuoli. near Naples, which was worked in Pliny's time.

[22] *qui fronce son eau,* 'whose waters ripple up.' Saint Simon has used the verb *froncer* in a very bold sense. In speaking of the suspicious rumours of poisoning on the part of the Regent, which were current at the court, he says: Il n'en fallait pas moins pour *froncer* les courtisans à son égard (i.e. 'it was enough to *set* the courtiers *against him*').

[23] *arrachées à la toison de brume des collines,* 'plucked from the fleecy mantle of the hills.' Cf. Châteaubriand's famous description of a moon-

light scene in the savannahs of North America.   It is perhaps the finest
painting in words in the French language.

[24] *des grès,* 'of the stone-work.'

[25] *folâtre,* 'sportive.'   The root *fol* is connected with the Lat. *follis,*
a grimace made by puffing out the cheeks, used by Juvenal.   The idea
of motion survives in the phrases, *feu-follet,* 'will-o'-the-wisp,' and *esprit
follet.*

[26] *où la terre* . . . . 'where the earth might crumble to ruins unper-
ceived by us.'

[27] *s'y heurter,* here, 'obtrude upon.'   See note 16, chap. xv. p. 169.

[28] *sa longue portée,* 'its long reach.'   Cf. *un fusil à longue portée,* 'with
small bore;' *à portée de fusil,* 'within gun-shot.'

[29] *courir* . . . . *le long du corps,* 'quivering over . . . .'

[30] *de l'araignée et de la mouche.*   For explanation, see Vol. I. chap.
viii. p. 115, line 12, to p. 116, line 5.

[31] *Au moment où* . . . . 'a fearful picture of revenge gloating over the
agonies of its victim.'   Cf. the famous death scene in Act v. of *Hernani,*
with Don Ruy Gomez standing by, watching the effect of the poison on
the dying lovers, victims of his revengeful passion.

[32] *avec des mains désespérées,* 'with desperate grip.'

[33] *sans y mordre,* 'without gripping it.'

[34] *qui fuyait sous lui,* 'sloping away beneath him.'

[35] *qu'il y eût au monde,* 'which existed for him' (i.e. 'that he was
conscious of').   Note the *eût* after *le seul.*

[36] *qui n'avait* . . . . *versé qu'une seule larme.*   That was when the poor
gipsy-girl brought him the blessed cup of water while he was writhing
in agony in the pillory.   See Vol. I. chap. vi. p. 95.

[37] *le prenait aux entrailles,* 'froze his vitals.'

[38] *droits,* 'standing on end.'

[39] *ventre :* translate here by 'viscera.'

[40] *d'une manière maladive et étonnée,* 'and there was in them a glare
of sickly terror.'

[41] *d'un cran,* 'notch by notch.'

[42] *s'appuyait,* 'was hanging.'   See note 40, chap. xii. p. 147.

[43] *mais le plan était trop incliné,* 'but the incline was too great.'

[44] *frémir* . . . . *dans les derniers tressaillements* . . . . 'quivering in its
last death-throes.'

[45] *goûté de,* 'dabbled in.'

[46] *avoir fait* . . . . A pun on the word *tragédie* above.   Translate *la
plus folle de toutes* by 'the vainest pursuit of all.'

[47] *de l'Ordinaire,* of the 'commissary,' 'treasurer.'

[48] *ordonné des personnages, iceux* . . . . 'for duly ordering the charac-
ters, with properties and habiliments in keeping with the said mystery
play.'

[49] *cave,* 'the great charnel-vault of.'

⁵⁰ *la Courtille*, a 'village' just outside Paris to the north.

⁵¹ *un cromlech celtique* .... 'a druidical temple ; and having, like the cromlech, its ....'

⁵² *un gros parallélipipède* .... 'a huge oblong bulk of stone masonry ....'

⁵³ *qui semblent pousser de bouture autour de* .... 'rising like shoots from the great central fork.'

⁵⁴ *les assises* .... 'the courses of hewn stone were all gaping wide at the joints.'

⁵⁵ *Il suffisait de ce gibet* .... 'The presence of this gibbet there sufficed to give a dismal and gloomy aspect to the surrounding landscape.'

⁵⁶ *Enguerrand de Marigni.* See note 26, chap. xi. p. 139. *L'amiral de Coligni :* the famous champion of the Protestant cause in France who fell victim to the horrors of the terrible massacre of St. Bartholomew, on the night of the 24th of August, 1572.

⁵⁷ *Olivier Le Daim :* the famous 'minister-barber' of Louis XI.

⁵⁸ *qu'il avait la colonne vertébrale déviée*, 'that the spine was crooked.' *Dévier*, old Fr. *desvier*, is from Lat. *de-ex-viare*, 'to leave the right path,' just as *fourvoyer*, 'to stray,' is compounded of Lat. *foris* and *voyer*, derivative of *voie*, 'way.' Cf. *voyer*, 'keeper of the king's highways.'

C. Green & Son, Printers, 178, Strand.